珍瓏無雙局

桩桩——作

壹

珍瓏無雙局

目錄

005 楔子 刺客珍瓏
009 第一章 賭運好的少年
029 第二章 誰是藍衣娘
048 第三章 釣出了大公子
075 第四章 一路捉弄
096 第五章 千萬人中遇見你
115 第六章 核桃撞見的祕密
130 第七章 陌生的母親
152 第八章 用他的命換她的命
170 第九章 丹桂與面具

189 第十章 神祕黃衫女
214 第十一章 東廠來人
231 第十二章 咱們是同窗了
249 第十三章 公子如蘭
271 第十四章 棋枰中的布局
293 第十五章 踏春偶遇

楔子　刺客珍瓏

夜空晴朗，點點星辰如散碎寶石。星光微弱，淮安城宵禁之後，屋舍漸掩於黑暗之中。

藉著簷下懸掛的燈籠與屋中未滅的燈火，依稀能看清兩淮鹽運使府邸華美的屋宇建築、精巧的亭臺樓閣。

後花園臨湖水閣中隱隱傳來女孩的淒厲哭叫聲，不過盞茶工夫，那些聲音漸漸轉弱，如同剛出生的小貓，怯怯弱弱，變得似有似無，轉眼間被湖風吹散。

白牆烏瓦之中，這處水閣布置得富麗堂皇。新鋪設的猩紅地毯被高達三尺的琉璃八寶宮燈映著，彷彿地上汪著的一池鮮血。

十歲左右的小女孩蜷縮在地毯上一動不動，細嫩雪白的單薄身體上布滿了道道血痕，兩眼緊閉，嘴角沁出縷縷血漬。

「嗖！」

鞭子在空中捲出風聲落在小女孩身上，鞭身輕輕彈起。

小女孩沒有任何動靜，連嗚咽聲都不曾有半點。

執鞭的男子穿著一件石青色繡雲龍紋曳撒，雪白的頭髮整齊束於網巾之中。興奮的潮紅之色從那雙狹長而薄的眼睛裡漸漸褪去。他將被血浸透的馬尾鞭隨意扔在地上，接過毛巾輕輕擦拭著雙手，陰陰柔柔地說了句：「沐浴吧！」

門外飛快進來兩人，俐落地捲起浸透血漬的地毯將小女孩一併裹了，又速速離開。

身邊侍候的番子諂媚地扶住男子的手進了一側的浴房。「鹽運使季大人有心孝敬公公，這地方布置得還算乾淨。」

駱公公脣角浮起絲倨傲的淺笑，閉著眼睛伸開雙臂，讓番子侍候著脫去外裳。這時，門窗緊閉的浴房裡起了風，像是有人靠著他的脖子吹了口涼氣。駱公公偏了偏腦袋，睜開眼時，他看到一股血噴進水池中，瞬間散成色彩豔麗無比的紅花。

氣管被瞬間切斷，讓他胸悶氣短，難受得鼓脹了雙眼。想喊人的聲音從割斷的喉間漏了出來，像拉動著一具破損的風箱所發出的嘶嘶聲。

他捂著咽喉痛苦地倒在地上，才看到侍候自己的番子直愣愣地站著，喉間突出一截雪亮的尖刃。

那把尖刃被人緩緩抽離，番子撲通倒在地上，露出他身後站著的黑衣人。他全身包裹在黑衣之中，連頭髮都被黑巾裹得嚴嚴實實，只露出一雙極清亮的眼睛。

駱公公死命地瞪著他，悲憤驚怒化為陣陣血絲湧進他的眼睛。他想問他是誰，喉間呼氣聲卻越來越短促，終於不甘心地吐出最後一口氣。

指，一枚黑色的棋子落在他的額間，像一隻充滿嘲諷之意的眼睛。

黑衣人不緊不慢地將匕首擦拭乾淨，厭惡地看著駱公公渙散了雙瞳。輕彈手品。

雲子被一枚枚放在棋盤上。

白子溫潤如玉，黑子澤如點漆。邊緣泛著一層寶藍色的光暈，是雲南進貢的珍品。

執棋的手保養得極好，手指修長，指甲呈健康的淡粉色。中指與食指間夾著一枚黑子，襯著他手背淡淡的青色筋絡，有一種說不出的美感。

夕陽從雕花木窗投進來，黃花梨製成的棋盤散發出燦爛奪目的光暈。

白色雲子如大龍，斜斜將棋盤分成了兩半。四周的黑子散亂無章，似被下棋之人毫無章法地隨意擺放。認真打量，又發現黑子彼此間同氣連枝，似在布局圍剿白子。

那枚黑子遲遲沒有落下。

「阿弈，你可知道前朝劉仲甫驪山遇仙媼鬥棋，嘔血三升？」

「孩兒記得。世人把那局殘棋稱為珍瓏……珍瓏如今是江湖中最有名也最神祕的刺客。沒有人知道他是誰。珍瓏出手後，必定會留下一枚棋子為記。」

「珍瓏未必不能破。珍瓏也未必是一個人。」司禮監掌印大太監——東廠督主譚誠盯著棋盤，喃喃唸道：「從徐州到淮安。淮安……」他輕聲吩咐道：「讓薛公公去趟揚州。端午節的揚州必定熱鬧。」

他身邊站立的年輕公子有些不解，「義父，您怎麼知道珍瓏會在揚州出現？」

望著貫穿棋盤的白棋，譚誠淡然一笑，「從年初起，東廠有六人被刺殺。從京都到通州，從徐州到淮安。順著大運河往南，下一站可不就是揚州？」

年輕公子恍然大悟，「義父的意思是讓薛公公作餌？」

拈在譚誠指間的黑子終於落在棋盤上。這枚黑子樸實無華，顯然不是同一副雲子。夕陽餘光中，棋子上顯現出淺淺刻出的兩個小字：珍瓏。

第一章 賭運好的少年

晨曦初現，停靠在碼頭上的一艘輕帆船上傳來嘰嘰喳喳的吵鬧聲。為了不耽誤端午節的獻藝，穆家班沿大運河南下，沿途停靠碼頭，班裡的人都被班主穆胭脂拘在船上。

總算到了揚州城，穆家班的人早耐不住性子，盼著進城逛耍。李教頭答應去穆胭脂面前說項，眼瞅著他沉著一張臉從艙裡出來，徒弟們先前的興奮激動悉數化成了失落，紛紛噤聲住嘴，霜打的茄子似的，垂頭喪氣。

朝陽照在這群孩子身上，個個嫩氣水靈。李教頭板著的臉再也繃不住，蒲扇般的大手揮了揮，爽朗地笑道：「班主允了！」

歡呼聲頓時響了起來。

李教頭斂了笑容厲聲訓道：「日落前回船。不得打架滋事。誰要惹是生非，誤了明天獻藝，家法可不是吃素的！」

穆家班的丫頭小子們想到那根年深日久、用得已經泛起油光的家法鞭子，禁不住渾身一凜，齊聲應了，「是！」

「進了城要聽核桃的，別跑散了。」見徒弟們把自己的話記在心裡，李教頭欣慰地笑了，將一只青布錢袋遞給十六歲的核桃，「班主給了一百文茶水錢，省著點兒花。」

核桃笑吟吟地收了。看著班裡的人雀躍地下了船，她忍不住四處張望。

突然一枚帶殼花生砸在她腦門上，核桃捂著額頭，仰起臉罵道：「少班主，你又使壞！」她的嘴角高高翹起，清澈晶瑩的杏眼裡滿滿都是笑，哪有半分被打疼的惱意。

高高的桅杆坐著個身材瘦削的少年，隨意用了一根青布束在額際，襯得眉眼如新葉般清美。

穆瀾漫不經心地往空中拋著花生米，張著嘴接了，赫哧赫哧嚼得正香。聽到核桃罵自己，他歪著頭直笑，「我不敲妳一下，妳怎知道我在這裡？」

他的臉被朝陽一映，精緻立體的五官如浮在琉璃上的描金花朵。一笑之下，說不出的靈動活潑，充滿了勃勃生機。

核桃瞧得痴了，突然羞紅了雙頰，跺腳道：「誰找你了？」

穆瀾哦了聲，打了個呵欠，懶洋洋地說道：「沒找我啊？那我繼續晒太陽。」

「核桃姊，妳快點！」

聽到碼頭上的催促，核桃有些著急，氣呼呼地說道：「不去算了！回頭聽我們說好吃的，別流口水！」

眼前青影晃動，穆瀾翻身躍下，伸手就去搶核桃手裡的錢袋。早料到他有這麼一齣，核桃輕輕巧巧地往旁邊踏出一步避開。誰曾想穆瀾使的是假動作，貓腰就竄到她身後，將錢袋一把拽了去。

穆瀾拋著錢袋，聽到嘩嘩的銅板聲，笑嘻嘻地說道：「錢袋太重，我幫妳拿著！」

核桃嗔了他一眼道：「你可拿仔細了。除了班主給的一百文，我所有私房錢都在裡面了。」

穆瀾嚇了一跳，打開錢袋瞅了眼，拿出那錠二兩重的碎銀塞進自己的荷包，不解地問道：「帶這麼多錢做什麼？」

「上次你不是說在書上看到個養顏的方子？今天進城把材料買了唄。知道班主管你管得緊，你荷包裡連十枚大子都拿不出來。我不帶錢，你就在家晒太陽耍吧！」

穆瀾嘴角高高翹起，「少班主像荷包空空的人嗎？」

換來核桃打量一番，啐道：「像！」她語氣一頓，突然又低聲說道：「我又不嫌你窮！」說完紅著臉就跑了。

望著她的背影，穆瀾嘆了口氣自語道：「這丫頭越長越漂亮，眼光卻是越來越差了。」

穆家班的人進了揚州城，看什麼都新鮮熱鬧，看什麼都想嘗一嘗，圍著穆瀾和核桃嚷個不停。

「停！」穆瀾兩隻耳朵邊像飛著一群麻雀，吵得他頭疼。他指著長街拐角處三層樓高的四海居道：「知道進揚州城要玩什麼不？揚州講究早上皮包水，晚上水包皮。清晨往茶鋪裡一坐，叫上一桌精細點心，泡上一壺清茶，吃喝閒談。晚上再去澡堂子裡泡個澡，神仙也不過如此。瞅見沒？老四海！揚州城百年老茶鋪。大廚是告老還鄉的御廚。知道什麼是御廚嗎？專門做飯給皇上的廚子。能不好吃嗎？」

聽得穆家班的丫頭小子們悠然神往，直嚥口水。

核桃忍不住輕輕扯了扯穆瀾的衣角，低聲說道：「只有一百文，你還想帶班裡的人去老四海啊？」

「李教頭說了，聽核桃的，別亂跑，日落前回船！」穆瀾學著李教頭的話，將錢袋拍在核桃手裡，「錢和人都交給妳了。我去辦點兒事。」

說了那麼多，勾得班裡弟兄直吞口水，自己卻沒錢請大夥去吃，乾脆轉身跑了。核桃又是好氣又是好笑，隨即她突然反應過來，又氣又急地說道：「你拿走那二兩銀是不是又要去……」

穆瀾修長的手指頭豎在她唇邊，截斷了她的話。

嘴唇觸到他的手指，核桃瞬間暈生雙頰，偏頭躲了去。她轉過頭再看，穆瀾的身影晃了晃就消失在人群中了。她怔怔地站著，禁不住伸手摸了摸自己的嘴唇。突然發現班裡的人正笑嘻嘻地望著自己，核桃臉燒得滾燙，只裝著沒瞧見，埋頭就往前走。

「都愣著做什麼，還等著少班主請大夥去吃老四海啊？他窮得叮噹響，甭指望他了。走吧！」

有道是天下殷富，莫逾江浙。江省繁麗，莫盛蘇揚。佇立在大運河岸邊的揚州城溝通南北要道，自古就是通衢名城、兵家要地。南來北往的客商，密布於城中的商鋪，摩肩接踵的人群，將偌大的城池烘托出勃勃生機。

揚州水路貫穿全城，河道上百舸往來，穿流不息。

穆瀾上了一艘城中載客的烏篷小舟，道：「去白蓮塢。」

小舟靈巧地在擁擠的水巷中穿梭，船老大搖著櫓和他搭訕，「聽公子口音不是本地人？慕名前去賞蓮？」

穆瀾有些忐忑不安，又似乎有點不好意思，輕聲嘟囔道：「白蓮塢的蓮也開了……聽說那裡還有間賭坊……」

原來是去賭坊的。見穆瀾老老實實坐在船頭，說起去賭坊瞬間露出股羞澀的表情，一見就是初出家門的青澀少年。船老大便笑著說給他聽，「白蓮塢所在的整座白蓮坊幾乎都是林家私產，連坊丁都是林氏族人。閉了坊門，如城中小城一般，夜不閉戶，極是安全。林家開的賭坊最是公道，一個銅子也能玩一把，還奉送清茶一碗。縱然贏了金山銀海，林家也賠得起！」

穆瀾的眼睛亮了，「揚州首富林家？」一副再不害怕被賭坊坑了的表情。

一個外鄉少年也曉得林家，船老大與有榮焉，滔滔不絕地說開了。

不過半個時辰，小舟轉進一條水巷，一大片碧葉白荷鋪天蓋地撞進了眼簾。白蓮塢到了。

船老大慢慢將小舟搖近岸邊，指著水巷對面的屋舍笑道：「那處是揚州最有名的風月之地，凝花樓。也是林家開的。」

沿岸一排綠柳，枝葉幾乎墜進水中，將清湛的湖水染得綠意蔥蘢。綠柳後掩映著數幢精巧的屋舍，白牆烏瓦的風火牆（註1）從樹梢間露出來，如同美人秀眉，彎而柔美。有長長的木廊自岸邊直伸向翠葉白荷中，花葉間停著一艘華美的畫舫。這時，一群窈窕美人提裙而下，抱著滿懷翠葉白荷嬌笑著踏上木廊。

嗅著清香，聽著美人嬌笑，穆瀾不由得大讚，「暖日凝花柳，春風散管弦。美人如花，這名字取得妙極！」

付了船資上岸，穆瀾並不著急進流香賭坊，站在岸邊悠悠然地欣賞著滿湖蓮葉。

他眼珠一轉，突然明白過來，忍不住噴笑，「這邊贏了錢，那邊去纏綿，肥水不落外人田。林家可真會做買賣，怪不得會成為揚州首富！」

流香賭坊占地不小，主樓是座三層樓高的建築，雕梁畫棟。角替（註2）斜撐雕

註1　防火牆。

註2　位於立柱與梁枋相交處，其形好似雙翼附於柱頭兩側，以縮短梁枋的淨跨距離，來增強梁枋的荷載力。

刻的圖案均以金粉相飾，映射著陽光，險些晃花了穆瀾的眼睛。他眯縫眼看了看，想著這些金粉全刮下來也有半斤八兩，有點了解林家的奢豪了。

進了大門，悅耳的骰子聲脆生生地撓得穆瀾耳朵發癢，手心捏著的二兩碎銀錠漸漸燙了起來。

樓上還有兩層，隔出無數房間。想來是那些大手筆的豪客所聚之處。穆瀾抬頭看了一眼，一千兩才有資格上樓。一文錢難倒英雄漢。如果不是核桃帶了私房錢，還要另想辦法才能籌到本錢，心裡頓時生出一股幽怨。

他嘆了口氣，今天註定是極累的一天，勞神費力。

一樓大堂很是寬敞，擺放了二十來張賭檯，零散地圍著賭客們。

此時不過辰初，大多數玩了一夜的賭客早已離開；留下不走的，雙眼已熬得通紅，只是荷包未空，還想翻本。

夥計迎了過來，一雙打量過南來北往無數人的火眼掃過穆瀾穿著的青布直綴，不用打探，就曉得他荷包的銀錢不多，殷勤地將他引到一張人少的賭檯前。

穆瀾道了謝，不動聲色地聽著盅中骰子轉動的脆音，在莊家的催促下小心無比地將那錠二兩碎銀放下去。

沒錢的賭客中流行一句話，錢少賭大小，輸贏各占一半的機率，賭的就是這一半翻倍的賠率。

穆瀾下注前，莊家已經搖出了七把小，開大的機率更高。可是賭檯四周站著七、八位賭客，興奮地瞪著布滿血絲的眼，仍將銀錢全部推到那個血紅的「小」字上。

穆瀾也不例外，二兩銀正躺在「小」字上。

莊家嘀咕了句，「邪門了，今天難道要連開八把小？」說著就去揭骰盅。

「小！」

賭客們驀然高昂的聲音讓穆瀾側了側頭，眼神往骰盅方向瞥去。

白瓷骰盅被輕輕揭開，幾點殷紅的點數嵌在象牙白的骰子上，可愛得像雪白饅頭上那一點紅糖，引人垂涎。

「二、三、三，小！莊家通賠。」

莊家有氣無力的聲音瞬間淹沒在賭客們的歡呼聲中。穆瀾滿臉驚喜地拿回四兩銀，珍惜地將核桃的二兩私房裝進荷包，捏著剛贏來的二兩銀等著下一局揭盅。

旁邊一人好心地勸他道：「小兄弟頭把手風順，不如再賭一把，贏了就有八兩了！我看這把非開大不可！」

穆瀾只露出滿臉囊中羞澀、頭回進賭坊的忐忑神情，仍捏著剛贏來的二兩銀下了注。老頭兒常說細節決定成敗，他現在的表現遲早會落在有心人眼中。

「買定離……」

「等等。」穆瀾打斷了莊家的話，緊張地將才下的二兩銀拿起來，小心地挪到另一邊，有些不好意思地說道：「雖然開了八把小，九為極數，我覺得有可能還會繼續開小。」

莊家的眉輕輕挑了挑。他都有點佩服自己了，就這樣隨便搖搖，居然第九把還是小。然而像眼前少年這般，繼續堅定搏小的人已經沒有了。賭檯四周的賭客們都覺得開大機率勝過連開九把小，賭資全移到了「大」字上。

少年穿著乾淨的布衣，眉目清俊如畫，臉上掛著羞澀和緊張的表情，看起來像個稚兒。他將本金揣進荷包的舉動表明，他並不是個爛賭之人。莊家對穆瀾生出了好印象。初來就連贏兩把，運氣倒不錯。莊家想著，又高喝一聲，「買定離手！開囉！二、二、四，小！」

「哎喲，邪門了！都開了八把小了，怎麼就不搖一把大？」一名賭客用力捶著胸，悔得直叫喚。

拔去莊家抽成，穆瀾一人押小，賠率翻倍。他驚喜地拿著贏到手的十六兩銀子，有點吶吶無語了。

「公子好手氣，連贏兩把。好事不過三，不如見好就收。」也許是穆瀾的表現太斯文，莊家好心勸道。五十兩銀夠中等人家過上一年，十六兩對穿普通青布衣裳的小戶人家來說不是小數目。

穆瀾滿臉喜色，喃喃說道：「好事不過三，說不定這第三把，我手氣仍然好。」人性總是貪婪的。踏進這裡，也許過不了多長時間，這少年就會變得和別的賭客一樣。見得太多，莊家臉上恢復了淡漠之色，搖響了骰盅。

賠光銀錢的賭客已不知所蹤，新來的賭客憑著自己的經驗押著大小。

莊家的手離開骰盅之後，穆瀾自言自語道：「九為極數，這把該開大了吧？」他似下定了決定，將十六兩銀全推到血紅的「大」字上。

又賭對了！莊家有點吃驚於穆瀾的好運氣，不禁笑道：「萬一開出來的仍然是小，公子不是要全部輸光？」

穆瀾愣了愣，不好意思地回道：「哪裡會輸光呢？輸的都是我贏來的錢。」

莊家哭笑不得。人人都如這少年一般，只拿贏來的錢賭，這世上就沒有輸家了。他有些賭氣地想，就算連贏三把，總有輸光拿出本錢的時候。他不信這少年的運氣能一直好下去。

然而，穆瀾拿著第三把贏來的四十兩銀頭也不回地離開了，一個銅子都沒捨得打賞莊家。莊家瞥著穆瀾走向別的賭桌，頗有些不甘地想：吝嗇的小公子，你一定會輸光離開的。

時光在對賭中悄然而逝。午時左右，穆瀾賭遍了一樓所有的賭檯，不聲不響地贏了三千兩。他揉著太陽穴，只贏不輸，還不能引人矚目，有點累了。

「公子，想用點兒什麼？」面對贏錢的賭客，夥計的殷勤中多了分尊敬，更多的願望是將他留下來。

一句話勾起穆瀾的饞蟲，有點好奇，「什麼吃的都有？」

夥計笑得牙不見眼，「只要您出得起銀子，想吃什麼都行。」

穆瀾瞥了眼二樓。他需要休息，從善如流地隨夥計去了。

後院一湖碧荷旁搭著捲棚，用隔扇隔出一間間雅室，裡面布置著躺椅、案几。有嬌小美貌的小娘子溫柔地替客人敲腿揉肩，說書聲、絲竹聲熱鬧並不顯得嘈雜。

穆瀾愜意地擇了角落一間清靜的雅室坐了，吩咐小二撿揚州名菜擺桌席面。

蟹粉獅子頭粉嫩不膩，拆燴鏈魚頭味香醇濃，水八鮮鮮脆香甜，穆瀾吃完躺在躺椅上品一盞揚州名茶魁龍珠，欣賞著怒放的白蓮搖曳著蓮葉。他的眼睛半睜半閉，舒服得似要睡著了。

竹簾垂下，彷彿隔開了一個世界，擁擠熱鬧的賭坊氣息被眼前一湖蓮花驅散得乾乾淨淨。

五月的陽光不濃不烈地自捲棚上晒進來，湖風不冷不涼溫柔吹動紗簾。這邊一靜，外面的聲音就顯得大了。近的是旁邊雅室的談話聲，遠的是隨風傳來的凝花樓裡美人們的嬌笑聲。

穆瀾彷彿睡在穆家班的船上，各種聲音像浪潮一樣起起伏伏。緊繃的神經似乎仍然無法放鬆，穆瀾腦中一遍遍響起另一個聲音。

「賭找林十八。嫖找藍衣娘。」

林十八是流香賭坊的管事，輕易不會出手。他需要更多的賭本，更好的運氣……至少勾出林十八對自己的興趣。

「辦事都不肯給錢，也太摳門了！不曉得我的荷包比臉都乾淨嗎……」低低埋怨了句，穆瀾闔目睡去。

這一覺足足睡了兩個時辰，他才撐了個懶腰醒來，提起桌上的鈴鐺搖了搖。竹簾掀起，小娘子捧了熱水侍候他淨面。

「公子爺可歇好了？」

吳儂軟語柔媚不已。穆瀾輕佻地捏了把她水嫩的臉，塞了張銀票在她手裡，就得了自己想要的消息。

小娘子輕靠在他肩頭悄悄告訴他，「最厲害的是十八爺，公子千萬別和他賭。十八爺也不是沒有輸過，前幾日來了個琉球富商，就贏了十八爺一局……最後輸得身無分文被夥計架了出去。」

贏得，輸不得啊。穆瀾微笑著又塞了張銀票給小娘子，在她戀戀不捨的目光中再次進了賭坊。

「公子又贏了！」

身邊侍候的小娘子比穆瀾還興奮，盯著荷官撥過來的銀子，兩眼熠熠生輝。

穆瀾隨手揀出一張銀票塞進她手中，生怕被人瞧見似的，只敢偷偷地捏了一把白嫩的小手，引得小娘子捂嘴直笑。

房間裡已點起了燈，林十八仍然沒有出現。穆瀾心裡著急，臉上仍然維持著平靜，掛著「不好意思」的笑容，繼續贏下去。

在二樓坐莊的賭坊夥計腦門沁著細汗，哭喪著臉站在林十八面前，求他去看一看，「……那位公子這樣一直贏下去，可不得了！」

「八萬兩也不是什麼大數目，慌什麼？」林十八蹙眉喝斥道。

求助的夥計一句話引起了他的注意。

「十八爺，這小子進門時，荷包裡只有二兩銀子！」

在流香賭坊有豪賭百萬兩的富商，但以二兩賭本在一天之內贏到八萬兩的人如鳳毛麟角，絕不多見。賭坊辦事的效率很高，半個時辰裡，見過穆瀾的賭檯夥計輪流被叫到林十八面前。

林十八對穆瀾生出了興趣。一上午賭遍了一樓，每張賭檯只賭三次，三次全贏。他淹沒在眾多賭客中，一點兒都沒引起注意。然而他下午上了二樓，賭注翻倍，贏得二樓莊家面無人色，這才報到林十八面前。

「怕是遇到千門高手了。」一場都沒有輸過。十八爺，咱們又看不出來。」

開賭坊的最怕遇到千門高手，對方出千，賭坊看不出端倪。為了名聲，除非對方收手，賭再大都只能咬牙陪著。

林家開的流香賭坊出了名的信譽好，也出了名的惹不起。來流香賭坊出千的人，要嘛是受人指使，要嘛就是個初出江湖的稚兒。不管是哪一種，都沒有好下場。

林十八起了身，端著小巧玲瓏的紫砂壺啜著，慢條斯理地說道：「去瞧一瞧。」

見到穆瀾的第一眼，林十八不由得一怔。

少年身體單薄，眉眼俊秀精緻，臉上掛著靦腆的笑容，穿著四百文一件的便宜布衫，瞧著像個窮家讀書郎。

「十八爺，他第一把贏了二兩銀，馬上把本錢揣了回去。」有夥計低聲把穆瀾的表現告訴林十八。

「樓下二十六張賭檯。他賭到十六號檯時才給了賞錢。依夥計們的回憶，那時候他應該贏到了一千兩賭本。」

「還有，撐船的老周送他來的。他最關心咱們家賭坊的聲譽。估計是擔心贏了錢被賭坊攔著不放人。」

「骰子和牌九都沒輸過。不過，骰子他似乎更有把握。六號檯的夥計對他印象特別深。他彷彿能『聽』。」

「二樓的七管事說，他摸牌九的手一看就不是養尊處優之人。」

也許這個窮家少年遇到了難事，亟需銀錢，想到流香賭坊撈一把。或許是想起了自己年少時的經歷，林十八對這少年起了些許憐憫之心。

不動聲色地站在穆瀾身後看了兩把，林十八暗暗心驚。少年沒有出千，手中的牌時好時壞，但他彷彿知曉莊家的底牌，氣定神閒地把莊家折磨得滿頭大汗，連拿著一手好牌都不敢賭下去。他看了兩把，穆瀾又多贏了四千兩銀子。

林十八示意夥計離開，坐到穆瀾對面。

突然發現莊家換了人，穆瀾愣了愣，臉上沒當回事，心裡一聲石頭落了地。林十八終於來了。

「公子，還是玩牌九？」林十八將紫砂壺遞給旁邊的夥計，溫言問道。

「行啊！」穆瀾隨口應了，又偷偷地捏了一把小娘子的手。

沒見過世面的窮小子，這等侍候茶水的婢女也能讓他著迷。林十八很理解。十五、六歲，正是年少慕艾的年紀。

從林十八坐下來之後，穆瀾的好運彷彿到了頭。他不停地輸，贏來的八萬多兩轉眼輸了三萬兩出去，只剩下五萬六千兩。門口窺視的夥計不約而同地鬆了口氣。

少年不再貪戀小娘子的美色，眼神變得焦急。林十八慢慢啜著茶，眼角餘光瞥見賭坊夥計崇拜的眼神，他的嘴角微微揚了起來。

宮燈的光正好投在鋪了黑絲絨的賭桌上，少年拿牌的一雙手有點顫抖，手指不自覺地輕輕敲打著檯面。

他很緊張。林十八突然不想玩了。能以二兩賭本起家，憑賭技和好運贏到五萬多兩，何必將他打回原形，拿著荷包裡的二兩銀黯然離開呢？給他個教訓，今天就到此為止吧。有這樣的賭技，送他五萬兩，也算結了個善緣。林十八對穆瀾的興趣漸漸消失了，「公子今天的運氣似乎到了頭。」

穆瀾像是聽不懂他的話，不滿地嘟囔著，「真邪門了，遇到你就不停地輸，都輸了三萬兩出去了。」

賭客便是如此，輸了想翻本，贏了還想贏得更多。

「二兩賭本贏了五萬六千兩，多少人一輩子都掙不到這麼多銀子。」林十八輕聲感嘆，希望眼前的少年見好就收。

「酒來！」穆瀾叫了聲，接過小娘子新送來的酒，不等倒進杯中，提壺便飲。酒壯慫人膽。穆瀾也不例外，藉著酒意，他盯著林十八面前堆積的銀子，一副想把輸走的三萬兩贏回來的表情，「再賭最後一把！」

最後一把？林十八有些唏噓。他不知道見過多少人，全部家當就輸給最後一把，換來無窮盡的悔恨。林十八心裡那點兒憐意消失得乾乾淨淨。少年不知天高地厚，讓他微微起了薄怒，他決定給對方一點兒教訓。

玉石做的骰子被林十八擲了出去，在白瓷盤中脆生生地轉動著，慢慢停了下來。

林十八示意荷官繼續發牌。

「等等！」穆瀾叫了聲，深吸口氣道：「我好像可以切下牌！」

莊家擲骰子，閒家可以切牌。林十八點了點頭，「當然可以。」

穆瀾搓了搓手，將牌切換了三次。

牌發到手中，烏木打磨的牌九手感極好，略沉的材質，閃動著暗黯的光。林十八沒有看牌，直接數出一萬兩推了過去。

對方的五萬六千兩在林十八眼中根本不算大數目，他的權限是五十萬兩。

「你、你不看牌就押一萬兩？」

穆瀾吃驚的表情取悅了林十八，「敢跟嗎？」

穆瀾小心地將兩張牌掀開一絲縫隙，瞥了眼，一絲興奮讓他的眼睛亮了亮。

看來拿到的牌不錯。林十八微微一笑。不怕他的牌好，只怕他的牌差了，就此停手。

果然，穆瀾也數出一萬兩，「我跟。」

牌再次發過來。林十八看了牌，眉心輕輕皺出一道褶子，又舒展開來。這次他數出了兩萬兩銀子。

已經推出去一萬兩了，就此罷手，又少贏一萬兩。穆瀾果然跟了。

林十八這一次下了三萬兩的賭注。

「我的賭本不夠……」穆瀾失聲說道。他只有兩萬六千兩了，想跟都跟不起。

然而他馬上又道：「我可以找賭坊借錢嗎？」

拿到一副捨不得讓他就此放棄的好牌了。林十八心裡想著，從賭注裡拿回四千兩銀票，「公子都說了是最後一把，就賭你面前所有的銀子好了。」

他這樣一說，穆瀾反而猶豫了。不跟的話，他還能拿走面前的兩萬六千兩。跟的話，萬一輸了，他又只有荷包裡的二兩銀了。

林十八沒有催促。他欣賞著穆瀾臉上掙扎的表情。他知道，賭徒就是賭徒，捨不得放棄一絲贏錢的機會。

「就賭我面前所有的銀子……可以看牌了？」穆瀾彷彿下定了決心。

「就這些吧。林家慈悲，從不喜歡做趕盡殺絕的事。找賭坊借錢，在下怕公子還不起。」林十八打算收割完穆瀾贏的所有銀子就行了。

「好！亮牌吧！」穆瀾將所有銀子全推了出去。

這一瞬間，林十八突然覺得有點不安。對方臉上一直掛著的靦腆神色消失殆盡，一雙眼睛明亮得刺眼。不過是死到臨頭的豪氣罷了，就算拿到一對天牌，也註定要血本無歸。

平靜地將面前的牌翻開，他笑道，「二四配么二。公子，在下今晚運氣也很好，拿了副至尊寶。你輸了。」

「至尊寶？」穆瀾從椅子上站起來，盯著桌上的至尊寶發愣。

林十八也站了起來，端著心愛的紫砂壺淡淡說道：「小公子，賭坊裡沒有人能一直有好運氣，有時候拿到一對天牌也不見得能贏。」

「誰說我輸了？」穆瀾詫異地反問。

林十八怔了怔。

「你看我的牌！」穆瀾大笑著將牌翻開。他此時的笑容特別耀眼，一笑之下，滿室生輝。

心房彷彿被重重擊打了下，林十八渾身的血直衝上頭，喉間乾澀無比，「癟十。」在流香賭坊十五年，從未輸過，因而被少爺賜了家姓。他還從來沒遇到過癟十吃至尊寶的牌面，自己輸了。

「至尊寶遇到癟十只能吃癟，對吧？」穆瀾像初學推牌九似的，小心地向林十八求證，心裡笑得像隻狐狸。對，他就是故意氣林十八的。

「你斷定我手裡的牌是至尊寶？」林十八突然問道。

穆瀾眨了眨眼睛，「猜的。今天晚上我運氣這麼好，居然能拿到癟十。我覺得它一定不會是最差的牌。果然，它不僅幫我贏回了輸掉的三萬兩，還多贏了兩萬六千兩！」

林十八一口老血差點吐出來。他要是猜的，自己可以去投湖了。他的聲音冷了下來，「如果在下再加籌碼，公子能再跟嗎？」

穆瀾把林十八剛才說的話扔了回去，嘲諷味十足，「林家心善，管事心慈。扔出來的籌碼剛好是在下檯面上所有的銀子，沒有讓在下賣身為奴的心思，輸贏也就那一注了。」

癟十吃至尊寶，哪有這麼巧的事！林十八猛然反應過來，少年切牌的時候動手腳了。然而他雙眼盯著，荷官的雙眼也盯著，誰都沒發現絲毫端倪。少年出千了，他卻沒有看出來！

當自己的面挖了個大坑讓自己跳！前面輸的三萬兩不過是讓自己放鬆戒心罷了，然而自己卻沒有絲毫察覺到。

雖然只輸給穆瀾兩萬六千兩，林十八卻像被人摑了一巴掌，老臉發燙，籠在袖子裡的手暗暗攥成了拳頭。他朝夥計使了個眼色，盡力控制著自己的憤怒道：「替公子換成和順銀莊的銀票可好？」

「全國通存通兌的銀莊，再好不過。」穆瀾笑咪咪地直點頭。

等到銀票送來，林十八聽到關閉坊門的最後一聲鑼響。他給了夥計一個笑容，時間算得剛剛好。他禮貌地告訴穆瀾，「坊門已經關了。」

林十八惡狠狠地想，他的銀子不是這麼容易就能拿走的。

「哎哎，早知道就不賭最後一把了。少贏一點兒而已。」

兩萬六千兩還叫少贏一點兒？出千還這麼理直氣壯！真當林家好欺負嗎？林十八氣得抿緊了嘴。

穆瀾抽了一張百兩的銀票塞進小娘子手中，戀戀不捨地摸著小娘子的小手道：

「坊門關了，我去坊中尋間客棧住一宿。」

「公子，你可以去對面的凝花樓。那裡的姑娘……」

她話未說完，就見著穆瀾守財奴似地捂緊了荷包，頭搖得像波浪鼓，「銀子我還沒捂熱乎呢。聽說凝花樓住一晚都要花千兩銀呢。」

林十八呵呵笑了，不動聲色挖坑給穆瀾，「賭坊大管事薦去的貴客，住宿吃食都不收分毫。」不信你這個小色鬼不動心！

「真的？」穆瀾不僅心動，心跳也加快了。一整天，絞盡腦汁，終於讓林十八主動把自己送進了凝花樓。下一個要找的人是藍衣娘，她又會是個什麼樣的女人？

住宿吃食免費，叫姑娘聽小曲還是要花銀子的。林十八拿了自己的腰牌，吩咐人領穆瀾去凝花樓。

看著穆瀾興高采烈地離開，林十八冷著臉吩咐道：「替他叫兩個貴點兒的姑娘。讓他花光所有銀子再走！一文不剩！」

第二章　誰是藍衣娘

娘欸！穆瀾心中陣陣哀號。

「公子！奴餵你新剝的蓮子。」姑娘的嬌聲輕喚讓穆瀾頭皮發麻。

他自認為是個憐香惜玉的，此時，也只能狠心讓姑娘們傷心了，「不用花銀子，我就吃。」

美人洗了素手，辛苦剝開蓮蓬，殷勤服侍。提一句銀子，實在大殺風景。沒料到遇到這麼個吝嗇小心的人，吃枚蓮子都要問價錢。

凝花樓的姑娘什麼人沒見過？媚眼如絲，揀了水晶盤裡翠瑩瑩的蓮子餵到穆瀾嘴邊，「小公子這張臉啊，讓姊姊給你銀子都成！」

穆瀾差點噴了。

他摸了摸自己的臉，很是好奇，「我長得……有那麼俊？」

一雙手就摸了過來，「小公子這張臉如畫一般。」

他捉著那雙不老實的手笑道：「姊姊用的什麼膏？養得這手又滑又嫩的？」

「這麼漂亮的小弟弟，姊姊也喜歡！」另一個柔若無骨的身軀偎了過來。

穆瀾趕緊放過那雙手，直接將偎過來的姑娘抱起來，用她擋在身前攔住其他作勢撲來的姑娘，「真的喜歡我？」

「奴是真心的！」懷裡的姑娘羞羞地笑著，伸手就去扯穆瀾的衣裳，才觸到結實的胸膛，就被他輕輕巧巧地扔到榻上。

眼前六個姑娘，十二雙手。穆瀾恨不得變身千手觀音，這樣一味躲下去不是辦法。

「長夜漫漫，不如……玩遊戲？」扯出姑娘繫在腰間的汗巾，穆瀾終於想到了主意。

「小公子想玩什麼，奴都肯呢。」姑娘們吃吃地笑了起來。

誰能摸著穆瀾，一張銀票就塞進小手中。蒙著眼睛的姑娘們興奮地滿屋子亂撲，笑著去捉穆瀾。

穿花蝴蝶般在衣香鬢影中閃身而過，穆瀾心知不可能玩一晚上捉迷藏，自己不累，這些姑娘們也受不住。為了鼓勵她們，他心疼地塞出一張張銀票——就是扔著玩，十萬兩也扔不了一晚上。

他心裡一通狂罵。說好的藍衣娘呢？凝花樓裡就沒有一個姓藍的姑娘！

「公子你在哪兒？」

「公子！」

穆瀾已躲到了水榭外頭，咬牙切齒地將扯鬆的腰帶重新繫緊。他知道住進凝花樓會是個坑，本打算鐵公雞裝到底，沒想到應付得手忙腳亂，銀票也扔出去不少。

他入住的精舍是凝花樓中最精巧的一棟水榭，房外的平臺直伸入湖中，伸手便能觸到潔白如玉的蓮花。

房間裡六個姑娘聽不到穆瀾的聲音，已急了起來。穆瀾焦急地思考對策。能稱為揚州第一風月名樓，凝花樓取悅客人很用了些心思。華燈初上時，數條小船就駛進了蓮湖中。船停湖中，用寬木板相拼在蓮葉間搭起一方小巧的平臺。四周燈籠高掛，照得影影綽綽。絲竹聲起時，姑娘們便於平臺中起舞。遠遠望去，舞衣輕如迴風之雪。舞姿翩躚，人如踏在蓮花上一般，妙不可言。

這時湖中平臺四周燈籠全滅，燈光再現時，平臺上多了個舞女。她穿著一件藍色紗裙，長長的水袖揮舞起來，裙裾在月色下層層旋轉鋪開，舞姿似仙，如夢如幻。

「公子真壞！扔下咱們姊妹跑這裡來了。」

捉迷藏的遊戲少了主角自然玩不下去，扯了蒙眼汗巾的姑娘們笑著尋到了平臺上。

穆瀾心中一動，指向湖中，「那位藍衣舞孃是誰？」

姑娘嗔道：「公子瞧不上奴等庸脂俗粉，原是瞧上茗煙姊姊了。今晚樓裡來了貴客，親自點了茗煙姊姊獻舞，她恐怕沒空來陪公子。」

銀票開路，還怕她不來？

「告訴崔媽媽，爺今晚就要她侍候！」穆瀾幾張銀票塞過去，打發走了這幾位姑娘，總算得了片刻清靜。

穆瀾望著不遠處臨湖處的宴席想，如果跳舞的茗煙不是藍衣娘，那就只能按自己的方式行事了。

漪水閣臨湖的木廊上擺著一桌豐盛的席面，來揚州巡查今年內廷供奉的薛公公坐在主位上欣賞著歌舞，滿臉陶醉。

這是趟美差，還是一趟肥差。

薛公公只在揚州城住一晚，明天看過端午賽龍舟，就去蘇州了。

凝花樓聞名江南，名氣傳到了京城，他決定今晚宿在這裡好好享受一番。

林家的豪富有一半倚仗內廷供奉，江南的絲綢茶葉瓷器透過內務府送進宮中，對薛公公的要求自然滿口答應，將最好的漪水閣重新布置了一番，安排妥貼周到。林家大公子林一川在凝花樓設了晚宴後，知趣地退下了。

「朴大人，一路辛苦了。咱家敬你一杯。」薛公公並不敢怠慢一路護送自己的東廠大檔頭，語氣中多有奉承。他能拿到這趟差事，多虧平時對司禮監大太監、東廠督主譚誠孝敬有加。

朴銀鷹正是譚誠手下最得力的十二飛鷹大檔頭之一。

一路上，薛公公都惴惴不安。自己是內務府的採辦太監，所到之處，地方上的官員富紳無不恭敬禮遇，何來危險？為何譚公公定要遣了身為大檔頭的朴銀鷹來。

朴銀鷹端起了茶水，「卑職職責所在，不敢飲酒。」

他的職責是保護自己。薛公公想到這裡，險些坐不住了，「譚公公令大人護送咱家，難道會有人對咱家不利？」

你就是一個餌！誘珍瓏現身的肉餌罷了。死太監居然對姑娘感興趣！朴銀鷹垂眸掩住眼裡的鄙夷，淡淡說道：「公公多慮了。卑職另有職司在身，東廠事務，不便透露。」

原來他另有任務在身。薛公公暗暗鬆了口氣。

朴銀鷹說著起身離了座，「公公盡興。卑職先行告退。」

有美當前，誰願意身邊坐著個連酒都不喝的大黑臉？朴銀鷹剛離開，凝花樓的四名姑娘就嬌笑著圍住薛公公，讓他瞬間把朴銀鷹拋到腦後。

朴銀鷹站在樹中的陰影裡。從這個角落能看清大半座蓮湖與廊上的酒席，燈光將湖中歌舞映襯得美如仙境。朴銀鷹想，珍瓏會混在那些舞孃、樂師中嗎？

身邊一名番子有些不解，「大人此時離開，萬一刺客來了……」

「我若不離開，珍瓏哪來的機會？」朴銀鷹淡淡回道。

他又想了一遍今晚的布置。

凝花樓外鬆內緊，照他的安排並未對外拒客。林家擔心薛公公安全，調了三十名護衛前來，又增添了坊間的巡查；林家大公子林一川甚至也宿在凝花樓中。樓中人手多了，等於斷了一條後路。就像行獵時故意放開的口，珍瓏會尋著這個空檔逃走。

薛公公死不足惜，只要能誘出珍瓏。

水域四通八達，這片長滿白蓮、青荷的湖應該是珍瓏最好的逃生地點。朴銀鷹已經將人手布置在蓮湖各條水域，只要刺客進了湖，就如同網中的魚，絕無脫身可能。

薛公公的行程只有兩天，今晚宿在凝花樓，明天在揚州碼頭看龍舟競舸。珍瓏會選擇今晚行刺還是明天出手呢？

凝花樓一片祥和，月影漸漸升至中天，薛公公醉倒在姑娘們的懷裡，被扶進了樓中歇息。

湖面的歌舞便停了，搭起的平臺被拆除，兩艘畫舫載著凝花樓的樂師、舞孃駛回了岸邊。朴銀鷹親自領著人盤查，令他失望的是，並沒有可疑人混在其中潛入凝花樓。

身後響起細碎的腳步聲，還有崔媽媽那蜜一樣甜膩的笑聲。

「公子久等了。」

這就來了？穆瀾轉過身，面前站著一位身材嬌小的姑娘。她還穿著跳舞時的藍色舞衣，裙裾長長拖曳在身後。只是蒙著面紗，看不清楚她的容貌。梳著尺餘的高髻，露出纖細而長的脖子。

她行了個福禮，略一曲膝又挺直了腰背。

這個舞孃有點意思。穆瀾感覺她像一隻驕傲的天鵝，不像是青樓裡的姑娘。

「好好服侍公子。」崔媽媽生怕穆瀾不滿意，用手推了茗煙一把。

茗煙沒有料到，踉蹌著往前撲來，穆瀾正好伸出手扶住她的胳膊。

四目相對，看到她眼裡一閃而過的委屈，穆瀾瞬間心便軟了。反正不是她，也會是別的姑娘。想要掏空他荷包裡的銀子，崔媽媽不會讓他在凝花樓白住一宿。他朝崔媽媽使了個眼色。

見他留了人，崔媽媽喜孜孜地退出去。

水榭裡只留下兩人四目相對。茗煙身上的氣息太過清冷，一副拒人千里之外的冷漠。穆瀾先笑了起來，「怎麼，不願意來侍候我？」

茗煙伸手揭開了面紗，譏諷地說道：「你願意嗎？」

一條長長的傷疤劃過她的右臉頰，傷得太深，皮肉略凸了出來，像條粉紅的肉蟲子爬在她臉上。

一個正常人來青樓絕不會找毀了容貌的姑娘。她這話噎得穆瀾不知道怎麼接話才好。真是個可憐的姑娘啊。他的眼神閃了閃，笑咪咪地捧起她的臉，「我只知道藍衣娘跳舞的身姿美如天仙！」

她是嗎？凝花樓沒有姓藍的姑娘，而她今晚恰巧穿了一身藍色的長裙。

茗煙瞪著他，眼裡的冰雪之意漸漸消融，「公子心善。」

這反應，她究竟是不是啊？穆瀾聽著模稜兩可的話，暗地裡又把老頭兒拎出來痛罵一頓。

繫上面紗，茗煙款步走到香爐旁，挑了點兒香燃起。她轉過臉輕聲說道：「奴去沐浴，再來侍候公子。」

就這樣啊？給個準話行不行？穆瀾長長地嘆了口氣，不再抱希望找到藍衣娘。

老頭兒的計畫也有出現漏洞的時候？穆瀾思忖著這種可能性的大小。林十八一如老頭兒所說，心胸狹窄，贏得，輸不得。一激就落了套。老頭兒的調查素來仔細周詳，然而凝花樓裡卻沒有藍衣娘？那麼，只能靠自己見機行事了？

穆瀾雙手撐在頸後，打定主意後就不著急了。

隔了半個時辰，沐浴後的茗煙款步從屏風後走出。她似乎特別喜歡藍色，換的衣裳依然是藍色的高腰長裙，披著件藍色輕紗裁成的寬袍，映得胸口一片瑩白。姣好的身材在衣飾下若隱若現，反倒讓人忽略了她蒙著面紗的臉。

穆瀾情不自禁地讚了聲，「姑娘真會打扮。」

茗煙盈盈在矮几前坐了，柔聲說道：「奴的臉毀了，還好舞技尚可，能在凝花樓混碗飯吃。除了跳舞，奴還擅長點茶。公子不嫌棄茗煙貌醜，這盞茶就當是茗煙的謝意了。」

不卑不亢，依然驕傲，看得出來流落青樓前是位大家閨秀。茗煙與青樓格格不入的氣質讓穆瀾對她多了幾分憐惜。

「能得姑娘一盞茶，是在下的榮幸。」穆瀾含笑坐下。

香爐裊裊燃起的香氣清淡悠遠，似荷香又非荷香。面前美人露出一雙纖細的手，動作優雅如畫。穆瀾看著她煮水分茶，一時間有種此地不是青樓的感覺。

沸水注入，沖起雪白的茶花，聚成一朵牡丹。

花瓣層層分開，從含苞到吐放，栩栩如生。

「姑娘這茶藝神了，定是受過名師指點。」穆瀾大讚。

茗煙垂了眼睫，輕聲說道：「幼時去走親戚，跟一個遠房姑姑學的。茗煙不過學到她三成手藝而已。」

穆瀾盯著那朵牡丹出神，正想說什麼，一張嘴竟然打了個呵欠。他不好意思地連連道歉，「姑娘神技。在下失禮了。」

盯著茶花散去，穆瀾端起茶盞喝了一口，「好香！多謝姑娘！」

茗煙微微一笑，「大概公子白天在賭坊耗費了太多精神。夜深了，奴服侍公子歇息吧。」

「哎，不用啦。我不會勉強妳的。」穆瀾大氣地走到旁邊的短榻上躺了，又打了個呵欠，「妳睡床吧。多謝妳陪我。」

茗煙似沒料到他會這樣，一時間竟愣住了。等她回過神來，穆瀾已發出淺淺的鼾聲。

「公子，你睡著了？」茗煙抱起被子輕輕搭在穆瀾身上。她怔怔地望著他，隔了片刻，這才舒了口氣喃喃說道：「真睡著了。」

她吹熄火燭，拿起穆瀾沒喝完的殘茶澆熄香爐，走到床榻前躺下。

兩個時辰後，茗煙突然睜開眼睛。她靜靜地躺著，聽著穆瀾的呼吸聲依舊平穩綿長，這才起身。

她動作迅速地從自己帶來的包袱裡拿出一套夜行衣換了。看了穆瀾一眼，她毫不遲疑地去了水榭平臺，順著邊沿滑進水裡。

穆瀾慢慢睜開眼睛。

夜漸沉，凝花樓各處精舍隱隱傳來嬉鬧聲，再正常不過。

難道珍瓏今晚不出現？朴銀鷹蹙緊了眉。

如果換成是自己，最好的下手機會應該是明天。五月端午，江邊舞獅唱戲、看龍舟競舸。人多熱鬧，更容易混水摸魚，不似這戒備森嚴的凝花樓。如臨大敵一宿不睡，明天自己的人都會疲倦，難道這才是珍瓏想要的？

「大人，依您的吩咐，薛公公已經送去了攬翠閣歇息。林家大少爺帶著護衛住在攬翠閣守著。凝花樓餘下七座精舍住著四個本地人、兩個外地人。尚空著一處都安排了人盯著。」

朴銀鷹唔了聲，吩咐道：「也就這一夜一天的工夫，不可懈怠。」

漪水閣是間臨湖的獨院，番子假扮的薛公公住進了正房，凝花樓的姑娘們也未離開。婢女正端著消夜送進了正房。人只進不出，安排沒有絲毫漏洞。

朴銀鷹往正房瞥了一眼，獨自進了東廂。

點起蠟燭四處查看了下，朴銀鷹嗅到似有似無的淡淡蓮香。如果不是要誘捕珍瓏，他也許有興致欣賞月夜下的湖中荷景。他笑了笑，關上窗戶。

吹熄了燈，他衣不解帶地躺在床上，合攏了眼睛。

時間一點點過去，凝花樓各處傳來的絲竹聲漸弱，客人們都摟著姑娘歇息了。樓裡除了巡夜的護衛，已無人走動。

朴銀鷹聽不到絲毫異常動靜。

他從來沒有懷疑過督主的判斷力：珍瓏一定會在揚州出現，一定會刺殺薛公公。

離天明不到兩個時辰，他的心神有些鬆懈。這時辰，正是一天當中最疲倦的時間。白天趕到揚州，布置埋伏，他感覺到倦意襲來。睡會兒吧，明天才有精神……迷迷糊糊中，他感覺到有風撲面而來。他記得自己睡之前，親手關好門窗……清涼的風襲來的瞬間，朴銀鷹下意識地一按吞口（註3），抱在懷中的刀「噌」的出鞘。

「叮噹！」出鞘的刀與襲向他的匕首瞬間碰撞，發出冰冷的聲響。朴銀鷹猛然驚醒。

黑暗中，銀光在眼前閃過，躺在床上的他來不及躲避，情急之下，用盡全部力氣一掌拍向床榻。

床嘩啦垮掉，他摔在地上，狼狽卻有效地避開了那一擊。

他背部用力正要躍起，身體的反應速度卻變得慢了。他眼睜睜看著一柄極細而長的匕首插進了胸口，輕鬆得像是刺進一塊豆腐。

手裡的刀叮噹掉落在地上。他後悔極了，恨自己太自大，他住的東廂外一個服侍的番子都沒有。

「刺客珍瓏？」一句話讓他痛苦得眼前陣陣發黑。他嗆咳著，嘴裡噴出了血沫。

黑衣人猛地抽出匕首。

註3　刀劍柄、刃相連的部分，有的會裝飾成異獸吞吐刀刃的樣子，稱為吞口。

血猛然湧出，沁透了衣襟。椎心的痛苦讓朴銀鷹抽搐了下。他捂住胸膛，睜大了眼想看清楚刺客的模樣。面前站著的黑衣人身材嬌小，全身上下罩在黑衣裡，只露出一雙燃燒著怒火的眼眸。

漪水閣寬敞，正房與東廂相距二十丈。但夜深人靜，床垮塌的聲響並不小。朴銀鷹相信手下的番子定能聽到，趕過來不過是幾個喘息的時間。

「我一向仔細，如何下的毒？」如果沒有下毒，他身體的反應速度不會突然變得這麼慢。他掙扎著問出了口。

他不想稀里糊塗地死去，更想拖延時間。

「朴銀鷹，十年前你參與滅門的蔣家鬼魂都在等著你。我記得你的臉，從來沒有忘記過。」黑衣人咬牙切齒，喘了兩口氣，似乎平復著激動的心情。

十年前……蔣家滅門！蔣家還有人活著！朴銀鷹的瞳仁驀然睜大……是那個他挾在臂彎裡掙扎不休的孩子！他一時心軟留下一命的女孩。

「是妳！」

「我很感謝你，留下我一命讓我有機會殺你！」黑衣人說完從房中拿走一件東西，轉身走到窗邊往外躍去。

那孩子成了刺客珍瓏？她拿走的是什麼？不，外面是湖，不能讓她跑了！朴銀鷹腦中飛快閃過各種念頭。人的意志總能爆發出驚人的力量，他用盡最後的力氣抬起手臂，綁在臂間的弩箭「嗖」的射出去……

他聽到一聲悶哼。射中了！

黑衣人栽向湖中的瞬間，一隻手接住了她，隨手擲出一件暗器。

胸口又受了重重一擊，朴銀鷹「噗」的吐出了一口鮮血。

眼前一片黑暗，朴銀鷹覺得胸口的洞像是傳說中的冥淵，颼颼往外冒著冷氣。他快死了，瞬息間他的靈臺一片清明。

出行時，譚誠曾道：「珍瓏未必是一個人。」

沒有幫手，珍瓏如何能順利地對他下毒？沒有內應，珍瓏又如何如此熟悉漪水閣的地形。還有人接應……從東廂臨湖的窗戶進來，知道他住在東廂房。

原來……珍瓏的目標是我！死之前，朴銀鷹突然明白過來。珍瓏要殺的是東廠的人，不是宮裡的太監。他前面刺殺的六個人都是太監，但都是東廠的人。

難道自己才是釣珍瓏的餌？督主為什麼要讓自己當這個誘餌？難道督主已經知道自己……

然而他已經沒有精力想得更多更深，瞪著眼睛落下最後一口氣。

黑衣人進屋刺殺到離開，沒有超過一刻。

聽到動靜的番子破門而入時，愕然看到朴銀鷹瞪著雙眼死在一堆碎木之中，胸口淌出的血染紅了半幅外袍。

朴銀鷹的死完全出乎番子的意料，一時間群龍無首，不知所措。

一人蹲下，小心檢驗朴銀鷹的屍身，「利刃刺穿了心臟。是柄細長薄匕，開有刃槽。一刀致命。」

眾人倒吸一口涼氣。朴銀鷹的功夫他們都知道，能被人一刀穿心，對方的功夫有多高？

「棋子！嵌在大檔頭身上。」檢查屍體的番子從朴銀鷹胸口摳出一枚黑色的圍棋子。燈光下，「珍瓏」二字清晰可見。

果然是死於珍瓏之手。

「督主的判斷沒有錯。刺客珍瓏在揚州出現了。」

然而與朴銀鷹同樣的疑惑從番子們心頭掠過。督主既然能猜中珍瓏會在揚州出現，為何他下手的目標不是薛公公，而是大檔頭？

沒有人敢說出心裡的這個疑問。

「大檔頭的臂弩裡少了一枝弩箭！定是射中了刺客！」檢查屍體的番子高興地叫了起來，「刺客受了傷！在湖裡游不遠。發信號圍湖搜捕！」

「窗戶附近沒有發現血跡，很顯然弩箭是大檔頭危急時射出的。如果沒射中刺客，射進了湖中呢？」

「如果射中了刺客呢？明明可以抓到他，卻因遲遲不行動讓他溜了，誰能擔責？」

「咱們南行是為了抓捕刺客珍瓏。行動不僅失敗，還賠上了大檔頭的命。珍瓏殺了東廠七個人，咱們連他的影子都沒看到，傳揚出去，督主顏面何存？東廠還要臉不要？」

屋裡吵了起來。一個聲音是馬上發信號圍捕，抓住刺客為頭兒報仇；另一個聲音卻不贊成大肆聲張。

釣與捕是完全不同的兩種行動。

沒釣出刺客珍瓏，反倒賠上了十二飛鷹大檔頭的性命。如果大肆圍捕也抓不到刺客，東廠丟不起這個人，傳出去會被錦衣衛笑話死。

一人終於開口道：「兄弟們別吵了，聽我一言。珍瓏已經殺了東廠七個人，錦衣衛明裡暗裡早就譏諷東廠無能。這次居然連朴大檔頭都死在他手裡。搜捕動靜太大，萬一抓不到珍瓏呢？能抓到他，自然是奇功一件。抓不到，可能督主就要打發咱們去戍邊了。」

屋裡一片靜默。

主持行動的頭兒死了，他們不過是下面的番子。沒有抓到刺客珍瓏的把握，就別去火上澆油捅出更大的婁子。

「搜捕必須暗中進行。我們布置在蓮湖各處水域的人繼續埋伏。這樣就變成敵在明，我們在暗處。」

「叫醒薛公公，就說朴大檔頭另有公幹離開，咱們卻得了消息有刺客想行刺他。大檔頭不在，薛公公一定會主動提出連夜去蘇州。正好製造我們離開揚州的假象，也不會引起錦衣衛的疑心。」

「遣人速速回京奏報。下一步如何做，我們在蘇州等上頭指示。」

朴銀鷹的幾名心腹番子一合計，決定暫時瞞住他的死。

有人很是懷疑，「瞞得住嗎？」

一名番子拍了拍他的肩笑道：「大檔頭死在林家的地盤上，林家不僅會幫我們瞞得死死的，還會送我們一筆豐厚的車馬費！」

醉夢中的薛公公被叫醒後，聽說有刺客對自己不利，果然慌了神。對明天的龍舟賽興致全無，堅決要走。他匆匆上了馬車，一行人拿著刑部發下的文牒連夜叫開城門，登船往蘇州去了。

朴銀鷹針對珍瓏所有的布置沒有發動，凝花樓看似一片平靜。

「……去畫舫。」

穆瀾聽到虛弱的聲音，略一猶豫，旋身輕點荷葉，帶著黑衣人躲進了停在湖邊的畫舫中。

月光清冷照進來，他看到深深插進黑衣人後背的弩箭。

箭已經穿透黑衣人單薄的胸，血漸漸沁出來，在地上匯成小小的血泊。穆瀾心裡有點難受。一箭致命，縱然拔出來，也救不活了。

穆瀾摘下了黑衣人蒙面的面紗。茗煙扯動嘴角對他微微一笑，「對不起。」

一滴淚從她眼角滾落下來，穆瀾小心地用手指拭去，「妳應該告訴我，我可以幫妳。」

「我原姓蔣，蘇州虎丘蔣家。名藍衣。」

說到藍衣的時候，她的聲音像是一聲嘆息，特別柔美。茗煙眼裡泛起了一絲回憶，彷彿想起了幼時在家中穿著藍色紗裙學舞，又彷彿聽到家人柔聲叫著自己。

蘇州虎丘蔣家？穆瀾翻找著記憶。他很快想了起來，老頭兒說過虎丘蔣家。蔣家與先帝元后娘家是姻親。

十年前先帝駕崩，引起朝堂震盪，從京都到地方的官員經歷了一次大換血，多少名門世家煙消雲散。曾是后族姻親的蔣家被東廠抄了家，那時候的蔣藍衣應該只有七、八歲，活下來卻被賣進了青樓。

這是位可以稱呼先皇后一聲姑姑的貴族小姐，若蔣家門楣依舊的話，凝花樓毀了容貌的舞妓茗煙還是個矜貴的世家千金。

穆瀾想起剛見到她時的模樣，像是一隻驕傲的天鵝，心裡憐惜更盛。

淚影漸漸蒙上了茗煙的眼，她近乎哽咽著說道：「先生的計畫裡原沒有刺殺，我怎能連累你。」

「東廠走狗，人人得而誅之。妳做得對極了。」穆瀾柔聲哄著她，不忍心再苛責。是他跟隨茗煙晚了一步，才讓她中了致命一箭。

「十年了，藍衣好想念爹娘……」茗煙突然激動起來，「我親手殺了他。他一掌打死了我爹，我報仇了！」

「嗯。」穆瀾鼻腔微微泛酸，輕輕將她抱在懷裡，「報了仇就好啦，以後再不會覺得難過了。」

「我快死了，是嗎？」

穆瀾不忍心騙她，深吸了口氣，對她展開笑容，「妳不會孤單，他們都在等著妳。不要害怕一個人走黃泉路，路上有親人相伴。」

茗煙甜甜地笑了起來，「嗯，我不怕。我終於可以和爹娘兄弟在一起了。」她望著穆瀾。月光替穆瀾的臉蒙上一層清輝，他的眼神那樣柔軟……茗煙用力地昂起頭，冰涼的嘴脣輕輕在穆瀾脣上落下一吻。

穆瀾瞬間呆住。

「你是第一個不嫌棄我貌醜的人。」茗煙喘了口氣，臉無力地貼在他胸口，「小時候，我爹娘總是抱著我哄我睡覺。這裡沒有家人，沒有朋友。甚至沒有人肯這樣抱著我。先生說可以幫我報仇，我等了一年又一年，等得累極了。」

穆瀾收緊胳膊，眼淚滴在她髮間，「睡吧，我抱著妳。」

長長的睫毛無力地搭在眼瞼下，茗煙喃喃說道：「我對不起你，對不起先生……香爐裡的香會讓人疲倦無力。崔媽媽對我用過，我偷偷把沒燒完的香藏了起來，否則我也殺不了朴銀鷹。找到我，他們就不會再懷疑你了。大公子……他很厲害，你要小心。」

林家那位大公子？聽說經商的本事很厲害。十六歲就掌管了林家南北十六行。穆瀾思索著，柔聲說道：「好姑娘，妳放心吧。我連妳燃的香都能辨出，怎麼會有危險呢？」

「我的家人都葬在蘇州府郊外的……七子山麓……」茗煙睜開眼睛，手用力揪緊了穆瀾的衣襟。她嘴皮翕動著，大大的眼睛渴盼地望著他。

「我定將妳與家人葬在一起。」穆瀾鄭重地承諾她。東廠發現她的屍身後，這個承諾並不容易兌現。穆瀾想，他一定會做到，將這個可憐的姑娘送回她家人身邊。

一絲笑從茗煙脣角綻開，她輕輕閉上眼睛。

四周異常安靜，偶爾有幾聲蛙鳴。茗煙躺在青色的月光下，彷彿睡著了。

時間不多了。穆瀾嘆了口氣，決然離開。

凝花樓依然平靜。漪水閣方向一點兒動靜都沒有。看來那枚珍瓏棋子暫時嚇住了東廠那些小番子。

老頭兒對朝中事判斷極準。珍瓏是東廠的眼中釘、肉中刺，欲除之而後快。與之爭權奪利的錦衣衛隔岸觀火，卻盼著這根刺扎得更深一點兒，讓東廠更疼一些。

此時沒有動靜，意味著東廠的人選擇了暗中搜捕，這對穆瀾來說是好事。但是東廠大檔頭死在林家地盤，林家無辜被拖下水，搜捕刺客只會比東廠更積極。

找到茗煙屍身是早晚的事。而茗煙今晚和自己在一起，自己一定會受到盤查。

計畫中沒有這場刺殺。

穆瀾高調住進凝花樓是為了引起林家大公子林一川的注意，與之結識。他不能真正的叫姑娘相伴一晚。老頭兒才會告訴他，嫖找藍衣娘。

茗煙讓計畫生了突兀的變化。

如果東廠的番子認定茗煙是刺客珍瓏，拿了她的屍身交差，那麼他只需要應付林家大公子林一川。

他很厲害？能比東廠更難纏嗎？穆瀾躺回短榻上，在腦中思索著如何完成老頭兒的計畫。

薛公公帶著隨從與東廠的番子匆忙離開了凝花樓，林家的護衛迅速守在漪水閣外。

東廠的番子做事謹慎，發現朴銀鷹屍體後並沒有聲張。待在閣中的姑娘與僕役已被送離，除了幫忙善後的林家大公子和凝花樓管事媽媽，沒有人知曉今晚漪水閣東廂還發生了一起命案。

東廂裡多點了幾盞燈，將屋裡照得如同白晝。

朴銀鷹的屍體已被東廠帶走，如果不是臥房裡垮塌的床榻與地上的一灘鮮血，很難讓人相信這裡死過一個人。

房中站著一位年輕的公子，長眉入鬢，面容極為俊美。他穿著件天青色繡百鶴紋圓領長袍，乍一看只覺得衣裳素雅，但燈光一映，袍子上夾了銀線繡製的百鶴突兀地顯現出來，栩栩如生。懂行的人一眼就能看出，這件長袍僅是繡工就價值不菲。

「少爺。」燕聲走進來，語氣輕鬆地稟道：「小人親眼目送薛公公一行出了城門。碼頭上放了燈，船已經離開揚州了。」

林一川「唔」了聲，仍盯著地上的血跡出神。他見自家公子站在地上那灘鮮血旁，目不轉睛地看著，燕聲覺得有些奇怪。他朝地上看了看，訥悶地覺得地上沒多出什麼來。他素來佩服公子的眼力，好奇地問道：「少爺，可是發現了什麼？」

林一川抬起臉看著他，提點了一句，「燕聲，你也是習武之人，你就沒覺得這屋裡很奇怪？」

看出他眼神中的淺淺責備，燕聲知道自己定是觀察不仔細了，認真地重新打量著房間。

薛公公起意要住凝花樓，林家有意奉承，漪水閣全部重新布置一番。新鋪了地毯，更換了精緻的家具擺設。

進門兩步靠牆是一張高几，擺著一盆萬年青盆景。旁邊擺著一架多寶閣，陳設著蘇繡屏風、石雕擺件。對面是窗戶，大敞的窗戶下設著一張紅木書案，文房四寶齊備。案几上的寬口圓肚青瓷中插著白天才從湖中採下的白蓮。

房間正中懸掛著帶著彩穗的華麗宮燈。床榻對面是一張八仙桌，鋪著精美的蘇繡桌袱，桌上擺放著整套越青瓷茶具。

燕聲腦中靈光一閃，脫口說道：「沒有打鬥痕跡，連凳子都沒碰倒。」

「是啊，不僅房中沒有打鬥痕跡，朴銀鷹還被一刀斃命。」林一川嘆了聲。

他指著那堆碎木說道：「床榻是被掌力打碎的，朴銀鷹就死在床榻所在的位置。東廠大檔頭的武藝不會差，既然能夠一掌將床打垮，為何發現有人刺殺，沒有出聲叫人並與之打鬥呢？」

沒有打鬥，身上沒有別的傷痕，可以一掌拍垮床榻的朴銀鷹難不成會傻站著讓人捅？燕聲打了個寒顫，「除非他當時身體有異，無法出聲，也無法反抗。」

「也許東廠番子認為是刺客武藝太高。」林一川思忖著今晚的異常，緩緩說道：「先是薛公公不住行館，改住在凝花樓。原本為了他的安全，我打算讓凝花樓關門歇業，服侍他一人。然而朴大檔頭卻婉拒了林家的好意。在漪水閣設宴時，薛公公還很滿意這裡的布置，誇林家有心了。然而晚間他飲醉之後，番子將他送到了我住的攬翠閣，還是悄悄送來的。示意我不要聲張。這說明什麼？」

燕聲明白了，「凝花樓不比行館有官兵把守，住凝花樓又不讓拒客，這是故意要放刺客前來。晚上東廠的番子在漪水閣中布下了埋伏，哪曾想打雁反被雁啄了眼，他們的大檔頭死在刺客手中。」

「看來東廠非常了解這名刺客，不僅知道他會來行刺，還知道他的武功非常高，所以東廠番子對朴銀鷹被一刀捅死並不意外。」林一川突然想到什麼，竟笑了起來，「正因為這樣的了解，讓他們忽略了一些事情。頭目一死，不著急抓刺客，竟然匆匆離開了揚州。東廠的人也不過如此。」

了解自家公子的燕聲卻愁苦了臉勸道：「少爺，難不成您還要幫東廠查案不成？走之前收了咱們的銀票，還威脅咱們呢。」

「舉國上下不受東廠威脅的人有幾個？林家不過一商賈。」林一川自嘲地說道：

「人死在林家地盤上，消息是林家幫著隱瞞的，林家還能置身事外？只怕是下面的人作不了主，暫時不敢聲張選擇了離去。東廠的人不會善罷干休的。我們不搶在前面掌握線索、抓到刺客，恐怕會被東廠的人拿這件事搾骨吸髓。」

林家太有錢了，早就是權貴們眼中的肥肉。出了這檔事，能否化解麻煩，要嘛林家搶先一步抓住刺客，給東廠一個交代；要嘛，就要看宮裡那位東廠督主胃口有多大了。

林一川是商人，他下意識地算計著得失。

刺客在林家地盤上殺死了東廠一個大檔頭，拖了林家下水，這筆帳是刺客欠林家的。

兩相比較，他寧肯幫東廠抓刺客，也不願意用辛苦掙來的銀子去填京中那位譚公公的無底洞。

離刺殺已經過去了一個時辰。想到這裡，林一川覺得時間緊迫起來，「叫崔媽媽來，我總覺得這屋子不對勁。」

燕聲領命離開，林一川走到窗戶旁。

月影西移，正是黎明前最黑暗的時光。他想到了父親的重病，宗族中人的虎視眈眈，想到如狼似虎的東廠，深邃的眼眸裡漸漸盛滿了憂慮。

窗下就是蓮湖，細莖的翠綠荷葉幾乎快探到了窗臺上。林一川伸手在窗臺上一摸，感覺手指沾上了淡淡水意。

刺客鳧水進來，殺死朴銀鷹後又跳湖離開。他怎麼如此肯定朴銀鷹住在這裡？

是想從東廂潛進漪水閣行刺薛公公，結果遇到了朴銀鷹。還是刺客要殺的人根本就是朴銀鷹呢？

身後響起腳步聲，林一川回過頭。

凝花樓的崔媽媽見著他，習慣性對所有人掛著的甜膩笑容變成了端莊鄭重，規規矩矩行了個蹲禮，「妾身見過大公子。」

「媽媽免禮。妳好生瞧瞧，這屋裡有什麼異樣。」

為了服侍好薛公公，崔媽媽親自檢查過漪水閣每間房的布置。仔細再看，她突然臉色大變，「公子，這屋裡的香……」

林一川早聞到了屋中的香氣。書案上插瓶中的白蓮香，檀香木搭架的宮燈有著淡淡的木香，被褥散發出的熏香，還有香燭燃放發出的香氣。

凝香樓這種地方，房間裡不香才會令人奇怪。

崔媽媽鼓足勇氣說了實話，「樓裡姑娘不聽話，有時會用到這種香……這種香是妾身自己照著宮裡傳出來的方子調製的。窗戶大敞著，妾身還是聞到了一絲味兒。」

林一川瞬間明白朴銀鷹為何無力反抗了，「要多久才會起作用？」

見林一川沒有追問樓裡用香的事情，崔媽媽略鬆了口氣，小聲回道：「只要在這屋子裡待上半個時辰就會起效。待的時間短，只會生出倦意。吸得多了，身子骨就軟了。這是宮裡頭傳出來的方子，聞著像普通的熏香，很難引人懷疑。一餅可以燃十二個時辰。」

薛公一行人是未時進了凝花樓，午時漪水閣收拾妥當……香是在崔媽媽檢查之後才燃起來的。

時機掐得準，這是出了內應了。會是清掃漪水閣的雜役？還是留下來服侍的婢女？或是趁著布置時人多雜亂，悄悄進來的其他人？

林一川思忖著，暗暗有些佩服朴銀鷹的功夫。聞多了讓人身子骨軟掉的香，還能有拍碎床榻的一掌之力。

他轉念又想，如果不燃這種香，是否意味著刺客並沒有把握殺死朴銀鷹？萬一被朴銀鷹發現屋中香氣有異，豈非給朴銀鷹提了個醒？但是東廠的人卻認定刺客武功特別高。他們想抓的人，和刺殺朴銀鷹的刺客是同一人嗎？

東廠大檔頭死在這裡，屋裡又燃過自己調製的那種香，如果被東廠查出來，不僅凝花樓，包括林家都脫不了勾結刺客的關係。細想之下，崔媽媽嚇白了臉，顧不得尊重林一川，逕自越過他在屋裡找了起來。

「媽媽在找燃過香的證據？」林一川變了臉色。他絕不能讓東廠的人知道凝花樓中有刺客的內應。

「公子，那種香餅通常是用香爐熏燃的，可是這屋裡竟然沒有香爐。」崔媽媽找遍了屋子，急得直跺腳。

望了眼大敞的窗戶，林一川卻鬆了口氣。看來刺客走時，順手帶走了那只香爐，只要沒落在東廠手裡就好，「樓裡有誰能拿到這種香餅？」

崔媽媽愣了愣道：「凝花樓用那種香的時候並不多。妾身做的少，一直都是親自保管。」

「查。如果少了一餅，但凡有機會拿到它的人名都報上來。餘下的香餅悉數毀了，方子都不能留，將來也絕不能再用。這事不能讓第三個人知道。找人把這間屋清掃乾淨。」

「妾身這就去辦。」

等崔媽媽離開，林一川勾起了脣角，冷冷地笑了起來。所有人都認定刺客會借四通八達的水系逃走，然而，樓中有內應，刺客還有必要逃進湖中嗎？

「燕聲，你覺得刺客會藏在哪裡？」

燕聲想了想，老老實實地說道：「雖說坊門已閉，若刺客功夫好，會避開巡夜的坊丁，低矮的坊牆也攔不住他。蓮湖與各處水系相通，如果水性好，夜裡難以被人發現，游出去也不難。他離開白蓮坊，回到城裡住所的機會很大。」

「不，他哪兒都不會去。」林一川迅速做出判斷，「他一定就在白蓮坊。說不定就在這凝花樓中！」

今晚除了為薛公公安排的漪水閣、自己住的攬翠閣，九棟精舍中還有六位客人。

林一川相信，刺客就在其中。

穆瀾住的水榭熄滅了火燭，安靜地佇立在湖邊。

崔媽媽親自提著燈籠，引著林一川主僕兩人悄悄進了水榭的院子，吩咐服侍的婢女退到院門外守著。

「那位穆公子瞧到了茗煙在湖中跳舞，迷上了她的舞姿，只點了她侍候。」崔媽媽小聲地說道：「妾身這就去叫醒茗煙？」

林一川淡淡說道：「對那位穆公子用不著這麼客氣！燕聲！」

燕聲上前推了推門，門從裡面被拴住。他俐落地抽了劍削斷門栓，推開房門。房中沒有任何動靜，安靜得像是一間空屋。

燕聲警惕地提著劍擋在林一川身前。

崔媽媽一進門就抽動了兩下鼻子，詫異地低聲說道：「公子，這裡也燃過那種香！」

「點燈！」

燈光亮了起來，崔媽媽一眼看到案几上的香爐，緊走幾步拿起來查看，「已經熄滅多時了。看殘灰，用的分量比較少。」

臨湖的門窗大敞著，吹著雪白的紗帳輕輕飄動。床榻上扔著一條藍裙、一件藍色紗袍。崔媽媽拿起衣裳環顧四周，「這是茗煙的衣裳，她人呢？」

林一川已經走到短榻前。

榻上的少年睡姿很豪放，雙臂伸開，一條腿搭在短榻上，另一條腿已落在地上，絲被只搭了一角在身上。

被幾雙眼睛盯著，燈光照著臉，少年沒有絲毫反應，睡得很沉。

林一川很是詫異，「燕聲，如果一個人睡著了，還抱著自己蜷曲如嬰兒，他的防範心一定很強。」

燕聲失笑道：「這位穆公子睡得四仰八叉，顯然心裡很坦蕩。少爺還懷疑他嗎？」

林一川眼神閃了閃，慢慢說道：「如果不是裝睡的話，這睡姿倒讓我的疑心去了一半。」

這睡姿著實不雅。穆瀾很小的時候，老頭兒就告訴過他，不想被人看出破綻，生活中的細節很重要。他是訓練出來的習慣，沒想到林一川真的能注意到自己的睡姿。穆瀾打起了十二分精神。

「茗煙的衣裙都扔在床榻上，她總不至於光著身子離開。房門內拴，唯一的路就是從平臺下水。現在看來，她的疑點倒是比穆公子多。」說話時，林一川的目光分毫沒有從穆瀾臉上移開過。他讓燕聲抬了張椅子過來，坐到穆瀾身前，吩咐道：「你親自去找找。東廠的人未必全部離開了揚州，別讓他們發現異常。」

燕聲看著自家公子的舉動，有些吃驚，「公子還是懷疑……」

「你去吧。有消息速來回稟。」林一川打斷了他的話。

遣走燕聲，林一川又吩咐崔媽媽一句，「去把解藥拿來。」

兩人一離開，屋裡就靜了。

林一川凝神注視穆瀾。少年呼吸聲輕而綿長，沒有半點變化。

他看上去不過十五、六歲，下巴乾乾淨淨，還沒長鬍子。新葉似的眉，鼻梁挺而豎直，眼睫有點長啊。林一川伸手撥了撥穆瀾的睫毛。這是極癢的，少年仍無動靜。他有點相信穆瀾是真睡著了，自言自語道：「眉眼如此精緻俊秀，不像沉淫賭坊之人。」

他抬起了穆瀾的手。

指甲修剪得非常乾淨，粉色的指甲光潔，沒有泥土、灰塵、水漬、血跡。手指很長，瘦而無肉，指節也不突出。

手掌好像有點小，比自己的小上一圈。林一川把手蓋在穆瀾手上比了比。嗯，小上一大圈。

他輕握著穆瀾的手，感覺到手指的涼意、掌心微微散發的暖意，握著的感覺還不錯。

林一川捏著穆瀾的掌心，手指一點點地摩挲著。

嗚嗚……還在摸！

穆瀾真想跳起來一掌劈暈了林一川！快要忍不住了啊！

這是一雙有著薄繭的手，很顯然他的環境並不優渥，平時還要做力氣活？嗯，還是個讀書人。林一川摸到穆瀾手指處的繭，正是常年握筆磨出來的位置。

他終於放下穆瀾的手，瞥了眼他的腳。是個骨架纖細的少年，連腳也短上一截。不過，他沒有聞別人臭腳的習慣，目光移到穆瀾身上。

身上的布衣只值幾百文，腰間掛了個荷包，普通的藍綢，繡的花樣甚是特別……像是兩枚圓鼓鼓的核桃。

極少有人荷包上的花樣繡著兩枚核桃，難道有什麼特別的含義？林一川對荷包上的繡花很好奇，順手摘下來，捏到裡面硬硬的一團。

他從荷包裡倒出了一錠二兩重的碎銀，恍然大悟，「本錢就是這二兩銀子？憑它就贏了十一萬兩千兩？這一定是塊銀母吧？」

傳聞中銀母所在處，銀子會自動朝它聚集。銀生銀，生生不息。

林一川看這錠碎銀有點順眼了，極自然地放進自己腰間的荷包裡，將空荷包又繫回了穆瀾腰間。

少了二兩銀，荷包就輕了。穆瀾感覺到了，一時有些無語。

這是揚州首富家的公子？還要偷別人的二兩銀子？穆瀾心疼得要命。核桃攢了一年的私房錢呢。一定讓他還！不還就搶回來！

看到穆瀾腰間鼓出一團，林一川的手又伸了過去。

還有完沒完？難不成他要把自己摸個遍？穆瀾有點後悔為何要選擇假裝被香迷倒暈睡，但他又不敢真把自己弄暈過去。穆瀾暗暗發誓，再敢摸下去，就跳起來胖揍他一頓！

就在這時，崔媽媽回來了，拿了一根熏香，「公子，這香燃著在他鼻端熏一熏，片刻就醒了。」

林一川接過了熏香，「妳下去吧！」

熏香的辛辣味道直衝鼻端，穆瀾張嘴就是兩個驚天動地的大噴嚏，「阿嚏！阿嚏！」

口沫濺飛。

不是說要片刻才醒嗎？怎麼才把煙吹過去，人就醒了？林一川沒想到熏香這麼靈，猝不及防被噴了一臉唾沫星子，瞬間噁心得呆住了。

穆瀾故意的，他又連打了兩個噴嚏，睜開眼看到一張呆滯的傻臉。這表情傻乎乎的人就是林一川？他反應極快，見鬼似地坐起來，「你誰呀？」

穆瀾的聲音很大，將林一川驚回了神。他感覺滿臉扎滿了暗器似的，舉起袖子抹了把臉，又覺得這件外袍也穿不得了，嗖地衝進浴房。

茗煙不是說林一川很厲害？臉上沾了點兒口水沫子就嚇成這樣？穆瀾被他旋風般衝向浴房的行為弄糊塗了。聽到嘩啦啦的水聲，他險些笑出聲來。至於嗎？就算自己是故意的，也就多了點兒口水沫子，又不是真朝他臉上吐了多少口水。

「原來他愛潔如命啊。」穆瀾喃喃自語。想到林一川傻乎乎的表情，他實在忍不住，將手捏成拳頭堵住自己的笑聲。

這幾聲噴嚏打亂了林一川試探穆瀾的節奏。

洗乾淨臉，林一川嫌棄地脫下外袍扔了。他惱火地在浴房裡踱了幾步。難道就此功虧一簣？敢拖林家下水，就休想讓自己輕易放過他！

忘了剛才那件事。那小子敢笑一句，定讓他這輩子都不敢再笑！林一川暗暗發誓，直到心情平復後，這才從浴房走出來。

一抬頭，他就看到穆瀾舉著一張圓凳對自己怒目而視。

「你是誰，半夜跑我房間幹麼？茗煙呢？你把她弄哪兒去了？來人啊！有採花賊！」

採花賊？他可真能想啊！林一川磨著後槽牙氣笑了，「別喊了，沒有人會進來！」

匡噹一聲，穆瀾手中的圓凳掉在地上。他期期艾艾地說道：「我、我是男的……」

難道本公子是女人？林一川氣得指著他怒喝道：「你該不會以為本公子想要對你不軌吧？」

「你休想得逞！」穆瀾氣性比他還大，憋紅了臉罵道：「林家真不要臉！賭坊贏了錢，誆我住進凝花樓想害我！你敢過來，我就對你不客氣！」說著又抓起了桌上的茶壺當武器，「實話告訴你，我師父是江南鬼才杜之仙！我少一根頭髮，他絕不會放過你們！」

江南鬼才杜之仙的弟子？林一川實實在在震驚了。

杜之仙相當有名。

十六歲高中，因年紀太小，殿試上被先帝欽點了探花。若不是杜之仙聲稱家中已為自己訂下婚約，先帝差點招他為駙馬。

杜之仙博學多才，天文地理、相面觀星無一不精。

有人說天底下就沒有杜之仙不會的事情。有人就打賭說杜之仙肯定不會刺繡，杜之仙用了兩個月時間繡成一幅青蓮扇面。江南織巧閣的李金針是蘇繡大家，看過繡品，連李金針都嘖嘖稱讚說此人天賦異稟，再繡十年，絕對能超越自己。所有人心服口服，杜之仙因此得了個江南鬼才的雅號。

先帝在位時，他年不過三十便官至文淵閣大學士，門生無數。先帝駕崩後，朝廷震盪，杜之仙恰逢寡母病逝，傷心欲絕，當朝吐血昏迷，辭官返鄉為母結廬守墓。

新帝年幼繼位，皇太后曾三次招杜之仙進宮為帝師，奈何杜之仙落下了吐血的病根，纏綿病榻。新帝遺憾不已，仍以老師相稱，年年賜下厚禮，遣御醫遠赴揚州為杜之仙把脈開方，關懷備至。

杜之仙不在朝堂卻聖眷不衰，揚州知府把他當菩薩供著。他也知趣，以養病為名待在揚州老家隱居，幾乎足不出戶。

仰慕杜之仙，想拜他為師的人能排到揚州城牆拐角處還繞三圈。

揚州首富林家也起過心，想把杜之仙請到家裡做先生，被杜之仙拒絕了。

林家大老爺不死心，買下了杜家周圍所有的地，種滿了杜之仙喜歡的竹子。

杜之仙想拒絕都沒辦法。地是林家的，林家不讓一個人住進四周的地，杜之仙「被迫」得了好處：雖無地契，卻獨自住在一大片清靜之地中。

為此，十年前杜之仙破例進林府替林大老爺把了一次脈，卻說林大老爺十年後必染重病，活不過一年。

好心相待，卻被人咒十年後重病會死，林大老爺自然不肯相信，把杜之仙客氣請出了府；又敬畏杜之仙的聲望名聲，就當那片竹林不存在，兩相再無往來。

十年一過，今年二月開春時林大老爺就病了，林大老爺這才回憶起當年杜之仙的金口斷脈。林一川為了老父親的病，去求了杜之仙無數回，回回都吃閉門羹。杜之仙對林一川來說，相當重要。

穆瀾的話讓他瞬間改變了主意。林一川沉吟了下，抱拳行禮，「穆公子誤會了。在下是林家大公子，林一川。」

他亮明了自己的身分，意思是：我堂堂林家大公子會對你做那等齷齪之事？

聽林一川的名字，穆瀾適時地露出吃驚的表情。

只不過，這樣的表情看在林一川眼中，活脫脫一副「哇，林家大公子居然好男風啊」。

林一川沉下了臉。

仗著是杜之仙的弟子，以為自己就不敢收拾他了？

從把這小子弄清醒後，就被折騰得心緒不寧。明明打定了主意，想清楚下一步該如何做，又被他的話影響了，這種感覺讓林一川極不舒服。

穆瀾極順溜、極自然地把老頭兒的身分說出來，他也打量著林一川想：這下子你該急著來巴結我了吧？

林一川果然巴上來了。不過不是穆瀾想像的巴結，而是長腿一邁貼到他面前，伸手掐住他的下巴，語氣輕佻，「長得還算乾淨。」

「不要臉！」穆瀾用力甩開，揚起手裡的茶壺朝他砸過去。

林一川輕鬆揮手打落，淡淡說道：「你不是說我想對你不軌嗎？我不做，你豈非會很失望？」

穆瀾大怒。要不要再啐對方滿臉唾沫？他此時不方便顯露功夫，心裡盤算著再噁心林一川一把，身體驀然被翻轉壓在桌子上。

「男子漢大丈夫，腦子裡淨想些娘兒們掐架撒潑的招術。」居高臨下望著穆瀾的背影，林一川總算有了點兒找回主動權的感覺，「杜之仙就教你這些？」

「林大公子半夜潛進我房間，你究竟想做什麼？」穆瀾扭頭反問道。

林一川鬆開手，迅速退到三尺開外，神情淡定，「自然是找穆公子算帳的。」

算一算你殺朴銀鷹，拖林家下水的帳！

算帳？怎麼聽著不對勁呢？穆瀾轉過身，與林一川的眼神撞了個正著。

林一川的雙瞳色澤比常人黑，泛著黑珍珠似的光澤。穆瀾想到了燦若星辰這四個字。這樣的目光讓穆瀾感覺再被林一川盯著，他就能知曉一切似的，下意識想要避開。然而多年的訓練讓穆瀾硬生生地直視著林一川。

無辜的眼神？林一川不相信能賭會嫖的人會天真單純。

林一川意有所指，「穆公子該不會以為在凝花樓裡做的事，不用付出代價吧？」

他話裡有話。只是，他是真正發現了什麼，還是在詐自己呢？

穆瀾飛快地將林家資料從腦中翻出來。

揚州首富林家家業掌控在嫡出長房手中。林家長房子嗣艱難，林大夫人過世後，林大老爺娶了二十多位妾室，放話出去，誰能得子就扶誰為正室夫人。然而無一妾室生下一男半女，後繼無人，林氏宗族中人蠢蠢欲動，勸林大老爺過繼。

林大老爺偏不信邪，聽說京都西郊靈光寺的五百羅漢牆求子甚靈，乾脆帶著新娶的妾去了。誠心摸過五百羅漢後，佛光普照，妾室居然懷上了身孕。年過不惑時，林大老爺得了林一川這麼根獨苗，當寶一樣捧在掌心，費盡錢財請來名師教導。

林一川十六歲就接掌了家業，僅用了半年時間，就讓林家南北十六行的老掌櫃服了軟，震驚揚州商界。

這樣的林一川，絕對不好對付。

穆瀾不能被林一川的話牽著鼻子走，他嘆了口氣，有點不屑，又有點感慨，「不就是在流香賭坊贏了十一萬兩銀子嗎？揚州首富林家還真是小氣，硬要在下在凝花樓花光最後一文錢才肯罷休？」

「十一萬兩在沒見過世面的人眼中，的確是一筆驚人的財富。對林某而言，一年少穿幾件織巧閣精繡的衣裳罷了。」

林一川說著隨手拂了拂衣袍，銀絲織就的百鶴燦爛奪目，活靈活現。他順便再睃了眼穆瀾身上睡得皺巴巴的青布衣裳，稜角分明的脣輕輕翹起，充分表達出他的鄙夷。

什麼眼神這是？諷刺我是窮酸？穆瀾看了眼自己身上已經穿成鹹菜般的青布袍子，哼了聲道：「吹牛！半年前織巧閣的李金針拜訪我師父時，我順嘴問了下價錢，就算是用金絲織的，也不過幾百兩罷了！」

半年前李金針從蘇州來，接了林家一筆成衣單子，時間剛好合得上。

穆瀾就是故意說給林一川聽的。

林一川沒有再糾纏衣裳值多少錢的問題，爽快地說道：「林家開的流香賭坊素來公道，穆公子堂堂正正贏的錢，可以隨意拿走。」

堂堂正正贏的錢可以拿走，出千的話休想帶走一文。

可惜林家賭坊的管事眼力差了點兒，沒看出來。捉賊拿贓，沒看出我出千，能奈我何？穆瀾一臉放鬆，「那就好。天色將明，我也該返家了。林大公子這便叫人來結帳吧！」

「擔心下面的人解釋得不夠清楚，在下親自來算帳！」

「算帳」兩字咬得極重。

難道自己露出了破綻？穆瀾總感覺林一川話裡、眼裡都含著另一層意思。他裝傻不懂，「大公子辛苦。」

「有銀子掙，在下樂在其中。」

穆瀾來了興趣，想要聽聽林一川如何算計走自己荷包裡的十一萬兩千兩銀子，

「穆公子是賭坊管事林十八送來的貴客，在凝花樓食宿免費。」

「那就算來聽聽吧。」

「甚好。」

「叫姑娘侍候……卻是要花銀子的。穆公子不會賴姑娘們的脂粉錢吧？」

他倒要看看，凝花樓的姑娘究竟有多貴。穆瀾很大方，「王八蛋都曉得妓債不能欠。我懂。今晚有六位姑娘陪了我一個時辰，一位姑娘兩千兩銀夠了吧？」

林一川微微頷首，「在下替姑娘們謝過穆公子慷慨。」

穆瀾主動提起了茗煙，「茗煙姑娘陪我一晚，莫名消失。我不計較，一萬兩夠了吧？」

林一川輕輕搖頭，「不夠。」

穆瀾也笑了，「大公子覺得多少才夠？」

林一川凝視著他，溫柔地說道：「穆公子眉目精緻如畫，看得出茗煙姑娘對公子一見傾心，你是她的第一個入幕之賓。凝花樓姑娘的初夜費絕不便宜。茗煙姑娘……她的身價是十萬兩。」

付給姑娘們一萬兩千兩，茗煙的身價就變成了十萬兩。一兩不多，一兩不少，剛巧把穆瀾從流香賭坊贏的銀子算了個精光。

穆瀾湊近林一川，仔細看了又看，嘖嘖兩聲，「大公子果然長了張帳房先生的嘴臉。心裡算盤一撥拉，白的能算成黑的。一念之間，在下的荷包就被你算計得精光。」

林一川嘆了口氣，也很無奈，「是穆公子眼光好，凝花樓百來位姑娘，您誰也不選，偏看上了身價銀十萬的茗煙。」

「如果我說我和茗煙姑娘清清白白呢？」

「穆公子難不成和茗煙姑娘賞荷觀月、詩詞歌賦聊了一整夜？」

穆瀾看到林一川眼裡笑意的瞬間閉上了嘴。不管怎樣，自己和茗煙獨自在水榭待了一整晚，姑娘家的清白就說不清楚。茗煙死了，她是凝花樓的人，怎麼都是林一川說了算。

辛苦贏的錢，憑什麼就這樣還回去？穆瀾一時惡向膽邊生，很認真地問林一川，「咱們倆算帳也算了一整夜，可傳出去的話就不好聽了。萬一被人說我毀了林大公子的清白……那得多少錢啊？」

調戲他？膽肥了！湊得近了，林一川能看到清亮雙瞳裡燃燒的挑釁。他捧住了穆瀾的臉，用一種深情的目光注視著對方，「像你這般骨骼纖細、面容俊秀的少年，倒貼本公子也樂意。」

一身雞皮疙瘩劈啪爆響，穆瀾不服氣地瞪著林一川，笑咪咪地嘟起了嘴巴，「既然我這麼好，親一口，倒貼我一萬兩，捨得嗎？」

這句話一入耳，將林一川的胃攪得天翻地覆。他從來沒遇過穆瀾這般不要臉、不要皮的，還親一口要倒貼一萬兩？他捧著的彷彿不是穆瀾的臉，是燒紅的炭。他要扔開，就輸了。要他對著一個男人親下去，林一川寧肯去撞牆。

他惡狠狠地瞪著穆瀾，穆瀾嘟起的嘴巴薄薄的、粉粉的……他不信，穆瀾真敢讓自己親，賭了，「好！」

望著林一川湊過來的臉，穆瀾傻了。

他就不信愛潔如命的林一川真敢親一個男人。賭他不敢！

兩人就這樣互相瞪著，嘴唇隔著不過一掌的距離，誰也不敢移動分毫。

「少爺！」燕聲興奮地奔進房門，看到自家公子捧著穆瀾的臉，一副要親下去的模樣。燕聲一口咬住自己的舌頭，痛得含糊不清，「茗煙……」

林一川鬆開了手，穆瀾鬆了口氣。

眼神交錯間，全是刀光劍影。

「說吧。」

這麼隱密的事，少爺卻不打算瞞著穆公子？燕聲左看看、右看看，心裡嘀咕不停。自己離開不過半個時辰，出什麼事了？

以穆瀾的耳力，已經聽到了茗煙二字。茗煙死時的模樣又出現在穆瀾眼前，他心裡一聲嘆息。

不過，這麼隱密的事，為何要讓自己聽見？林一川又在打什麼主意？穆瀾大聲說道：「我不聽。」

他大方地將十一萬兩千兩銀票放在桌上，「帳算得不錯，辛苦大公子了。凝花樓的帳我已經全部結清了，我可以走了吧？」

不信你不攔我。穆瀾施了招欲擒故縱，理了理皺巴巴的衣裳，甩袖走人。

他才邁出一步，林一川就開口了，「穆公子留步。在下很好奇，二兩銀子如何才能一場不輸贏到十一萬兩千兩？」

一場不輸。懷疑自己出千？

穆瀾皮厚得很，很是得意地笑，「我運氣好，賭術高明。不服氣？」

有些人看臉精緻漂亮，看久了也不覺得特別美。但這少年不一樣。他每每笑起來的時候，都有種瞬間花開的燦爛，令人目眩。只是那斜飛的眼角、薄唇微勾的得意勁，實在讓林一川想一腳將他踹翻在地，再踩上幾腳出氣！

不想聽，就偏讓你聽。想輕鬆離開，那是作夢！林一川目光炯炯盯著穆瀾，

「燕聲，找到茗煙了？」

這麼快就找到她了，也好。若是天亮被發現，消息封不住，也許茗煙的屍身會落入東廠手中，想送她與家人同葬就難了。頂著林一川探視的目光，穆瀾只能裝出一副好奇模樣。

「是。在畫舫中找到的。她穿著夜行衣，被弩箭射穿了胸。」

林一川速速接過了話，「穆公子，你怕是走不得了。今晚凝花樓有位客人被刺殺，刺客就是茗煙。」

「哎呀，凝花樓這坑人的黑窩居然還養刺客！」穆瀾又是吃驚又是後怕，「幸虧我睡著了，不然攔了她的路，我還有小命在嗎？我運氣真好……」

「你運氣一點兒也不好。」林一川就不信威脅不了他，「穆公子哪位姑娘不叫，偏點了茗煙侍候。這讓我不得不懷疑，穆公子是茗煙的同夥！」

「你這是誣陷！」穆瀾雙目圓瞪，高聲叫了起來。他心裡也在叫：林一川你要上鉤了、上鉤了。

林一川示意燕聲退下，慢慢走到穆瀾面前，不懷好意地說道：「今晚遇刺的人叫朴銀鷹，是東廠十二飛鷹大檔頭之一。如果東廠的人知道茗煙是刺客，穆公子又和她相處一晚，你猜東廠的人會不會懷疑你？」

沒找到茗煙之前，想用賭坊出千來要脅自己；找到茗煙，就懷疑是她同夥。總而言之，林一川都要拿捏住自己。

心裡對林一川的目的瞭若指掌，穆瀾表面上仍然裝足了害怕可憐，「……你要向東廠告密誣陷我？」

林一川的手指敲了敲桌上的銀票，悠悠然說道：「在下是生意人，又不是捕快。茗煙是凝花樓的人，林某也不想東廠藉機生事，所以自然會瞞下這件事。」

看到穆瀾眼睛都亮了起來，林一川忍不住暗暗鬆了口氣，「不過，這得看穆公子是否願意合作了。」

不，我勞神費力來找你，可不是為了被你拿捏著白辛苦一趟。

穆瀾並不想讓林一川輕鬆達到目的。

他沉思著，猶豫著，目光時不時瞟向桌上的銀票。

這小子很貪財嘛。貪財不可怕，怕的是他不貪。

東廠的凶狠能止小兒夜啼。

杜之仙從前的門生在朝任官的不少，不是每個人都那麼軟骨頭地投效東廠。如果杜之仙和刺殺案有關，與之有關係的官員就脫不了關係。這種事，東廠素來幹得順手。

如果穆瀾是杜之仙的弟子，他不會不懂。

貪財且忌憚東廠，他一定會答應自己。林一川胸有成竹地等待著。

穆瀾將林一川的胃口吊了個十足，總算下定了決心，「好！我答應你。」

父親的病有救了！

林一川難掩興奮之色，「穆公子是聰明人……」

啪啪數聲輕響，穆瀾手臂抖動，幾張烏木製成的牌九掉在桌上。他彎腰在腿上摸了摸，又從褲腿裡翻出幾張來。

林一川看傻了眼。

脫掉靴子，穆瀾假裝看不到林一川後退蹙眉的動作，用力地抖動著，裡面稀里嘩啦抖出一堆牌九。

穆瀾視死如歸地坦白道：「三十二張牌九，一張不多，一張不少，我師父親手做的。烏木質地，象牙鑲嵌，絕對和流香賭坊裡的牌九一模一樣。賭小點呢，我靠賭技；賭注大了嘛，就它了。賭坊二樓的管事們只顧著盯著我切牌、擲骰子，其實我只需要最後換掉手裡的牌就行了。最後一把，無論林十八拿的是至尊寶還是別的牌，我只需要比他大就行。」

說著雙手往桌上一抄，一張張牌九輕輕鬆鬆從他手中消失。林一川目力不差，也不是每一次都能看清楚。他心裡了然，穆瀾這手藏牌的功夫，流香賭坊的管事發現不了。

「林大公子滿意了吧？」

誰要他答應告訴自己怎麼出千的？林一川哭笑不得。

他敏銳地發現穆瀾眼中一閃而過的狡黠笑意，突然反應過來，差點就被這隻貪財的小狐狸騙了！

看來，對方早就知道自己的目的，既然如此，就不用再繞圈子了。林一川深吸一口氣，朝穆瀾抱拳長揖首，「穆公子，在下想請你引見尊師杜先生，請他替家父再診一次脈，醫治家父的病。請穆公子成全在下一片孝心，先前如有得罪，在下給你賠不是了。」

終於等到林一川道出真實目的，穆瀾心裡別提有多得意。他仍裝出一臉懵然的表情，偷瞟著桌上的銀票不語。

「出千沒被當場抓到，賭坊管事無能，公子贏得理所當然。」林一川將銀票推到了穆瀾面前。

「可是凝花樓的帳……」

「我請客。」

穆瀾呵呵笑著，將銀票直接收了，卻不答話，只盯著林一川的荷包。

是嫌銀子不夠，還是惦記著他那二兩銀子呢？

林一川心中微動，從荷包裡又拿出了一張一萬兩的銀票放在穆瀾面前，「這一萬兩是酬謝穆公子的。」

林一川好大的手筆！荷包裡隨手揣著萬兩銀票。怪不得老頭兒說，結識他就等於挖了個銀礦。

穆瀾笑咪咪地拿起銀票仔細查看了上面的簽押，確認無誤後揣進了兜裡，「先說好啊，引見可以，我那師父肯不肯治你爹，我就不知道了。」

「穆公子這麼聰明，能刻意來找我，想必一定有辦法說服令師。事成後，在下再酬謝公子一萬兩，絕不食言。」林一川最不怕拿銀子砸人。只要能請到杜之仙，莫說幾萬兩，一百萬兩他都捨得。

「成交！」穆瀾心裡樂開了花，往掌心啐了口唾沫伸向林一川，「君子一言，駟馬難追！擊掌為信！」

不還我那二兩銀子，我就繼續噁心你。

又是噁心的口水！

穆瀾那雙清亮的眼睛望著他，催促著他。林一川緊咬著牙，艱難地伸出了手掌。

「啪！」

林一川深吸一口氣，將哆嗦著的手掌飛快背到身後，「天色尚早，穆公子再歇息一會兒。開了城門，林某再來接公子去見令師。」

他抬腿就往門外急走。

這麼著急去洗手啊？穆瀾忍著笑拖時間，「大公子不怕我是騙你的？如果我只是個騙子呢？這十來萬兩銀子不是打水漂了？」

林一川驀然回頭，眼神像是冬日凝結的霜，冰寒之氣大作。

穆瀾大笑，「天明開了城門，我就帶你去見師父。」

他的笑容讓那張俊秀的臉瞬間堆滿陽光，林一川看得愣了愣。

穆瀾當著他的面，將手揚了揚，「我們不是擊掌為信了嗎？」

手上的口水！林一川被提醒，下意識使勁甩了甩手，頭也不回衝出水榭。

聽到腳步聲消失，穆瀾迅速掏出銀票一張張數著，眉開眼笑，「林家大公子是挺厲害的，繞來繞去，就怕我不肯幫他請老頭兒治他爹……還是沒我厲害，已經到手十二萬兩千兩呢！」

老頭兒的計畫倒是順利，如此一來，定能從林家摳出幾十萬兩接濟淮河災民。

茗煙節外生枝，殺了仇人賠上自己的性命。

不過，林一川不會讓東廠知道凝花樓的舞女茗煙是刺客，會悄悄將她葬了。

「傻姑娘。妳放心，我答應過妳的事，一定能辦到。」穆瀾輕聲長嘆。

第四章　一路捉弄

黎明前最黑暗的一刻就快過去，掛在水榭院子外頭的燈籠依然明亮。燕聲站在院子裡，滿腦子都是自家少爺捧著穆小公子的臉，深情凝望的畫面。

大老爺病重臥床不起，少爺十八了尚未訂親，前兩年接手家業忙得腳不沾地；如今漸漸理順了，是該娶位少奶奶為林家開枝散葉。

燕聲父母是林大老爺厚葬的，燕聲願意為林大老爺去死。十幾年了，他一直牢記著林大老爺的囑託，保護好少爺。

自幼被送到林一川身邊侍候，燕聲和林一川情如兄弟。可他卻瞧到少爺對一個少年……這件事要不要告訴大老爺？燕聲簡直痛苦矛盾死了。

聽到腳步聲響，燕聲抬頭看到自家公子風一般從房裡衝出來，「少爺……」

林一川徑直衝向湖邊。

燕聲看了水榭一眼，都要哭出來了。少爺該不會被穆小公子回絕，跳湖裡滅火吧？這時節湖水還冷，別凍壞身子骨了！他跟著追了過去。

月光未褪，淡淡清輝中，林一川踏蓮直奔湖心，臨空翻轉，手掌輕拍水面，澄清的水浸得雙手沁涼，那種溼漉黏滑的感覺總算離開了手心。他滿意地躍起，站在一葉青荷上，任夜風拂面。

這是太高興了？燕聲傻傻站在岸邊木廊上，使勁回憶自家公子開心時最愛做的事……完了，再高興，也沒見過少爺手舞足蹈呢。他該怎麼辦？如果雁行在就好了，他武功不如自己，腦袋抵自己十個！

青影飄飄，林一川落在燕聲身邊，奇怪地問道：「擰巴著臉做什麼？你又不像雁行生得秀氣，這樣子很難看的。」

誇雁行秀氣……燕聲哆嗦著，鼓足了勇氣勸道：「少爺，咱們林家有的是銀子，什麼美人求不來？大老爺就您一根獨苗，還指望著您為林家開枝散葉。您別一時新鮮，被那穆公子迷心竅！他長得是不錯，可不能為林家生兒子……」

「你才被鬼迷了心竅！」林一川黑著臉抬腿衝著他的屁股就是一腳。

燕聲撲通摔進了湖裡。

「給我泡清醒再回來！」

燕聲從水裡一躍而起，巴巴地望著自家公子，「小的誤會公子了？」

林一川氣得用手指點了點他，手指又移向了水榭，「你家少爺我不過是在試探他！」

捧著人家的臉，嘴對嘴試探？如果不是他去得巧，就該嘴挨嘴了吧？

「知道為何凝花樓六位客人裡，我獨去了穆公子所在的水榭？」林一川站在湖畔，凌晨的風吹來，他的思維越發清晰，似在對燕聲解釋，又似在一點點理順自己的思路，「林十八心胸狹窄，輸了賭局卻沒看出那小子如何出千。將他騙進了凝花樓，想掏光他的荷包。看起來穆公子住進凝花樓很自然，其實卻有一個漏洞。」

燕聲的思維被他的話帶到另一條路上，「什麼漏洞？」

一抹笑意從林一川臉上浮現，他輕聲說道：「在朴銀鷹回絕我包場款待薛公公時，我就擔心凝花樓會出事。所以，另外五位客人其實都是我暗中請來的。只有穆公子不是。樓中出了刺客，我頭一個懷疑的人就是他。」

林一川轉過身朝前走，燕聲亦步亦趨豎著耳朵聽著。

「初醒時，他以為我要對他行不軌之事，然而之後，他卻敢調戲我。這只能證明，先前他是裝出一副驚怒惶恐的模樣。」

「為什麼要裝呢？是因為他一直醒著，並未被香迷昏睡過去。乍然清醒，房裡多出陌生的男人，他必須裝出吃驚的模樣。」

「我摸過他的手，他裝得再像，掌心卻有薄汗沁出。」

「如果不是他聲稱是杜之仙的弟子，我已經戳穿他了。」

「然而我又疑惑，茗煙去哪兒了？難道被他剝光衣裳扔進了湖裡？直到你說茗煙一身夜行衣，被弩箭射死。茗煙是刺客，穆公子裝睡是為了避嫌？他引起我注意的目的，是想賺銀子。因為他知道，我爹正等著他師父杜之仙救命。如果這樣想，倒也說得過去。」

「原來公子真是在試探他！」燕聲咧著嘴笑了。他毫不在意渾身溼透，只要公子沒有龍陽之癖，他就開心。

「不然你以為呢？」林一川嫌棄地看著他，「腦子不如雁行，就少動腦。相信少爺我的話就行了。」

「是！」

林一川嘆了口氣道：「人到用時方恨少。換身衣裳，備好馬車。盯緊了水榭，別讓姓穆那小子帶著銀票溜了。天明出城去請杜之仙。」

「是。」燕聲興匆匆地去了。

林一川站在庭院中，朝旁邊睃了眼道：「回來了？」

黑暗中走出一個二十歲左右模樣的秀氣小廝，笑起來兩頰露出深深的梨渦，「雁行見過少爺。」

「茗煙的屍身處理妥當了？」林一川邁進攬翠閣的廂房。

澡盆中早已注滿了熱水，林一川滿意地點了點頭。泡在熱水中，他舒服地閉上眼睛。

「弩箭已取出來了，黑行衣燒了。天明時會發現她在房中懸了梁，已經安排了人將她葬到亂墳崗。茗煙三年前因不願接客自毀容貌，今晚被穆公子點去侍候，不堪受辱自盡也說得過去。」雁行挽起衣袖，手法嫻熟地按摩著自家公子的肩頸，「茗煙十年前賣進了凝花樓，家世不詳。那香，應該是三年前崔媽媽對她用時，她藏了半餅。之後茗煙以習劍舞為名，學過三年。武藝應來自那名劍師。」

難怪她刺殺朴銀鷹要用到香。林一川「嗯」了聲。

「竹溪里外道上開茶鋪的夥計見了穆公子的畫像說，見過他。有一次他還和杜之仙的啞僕一起進城買東西。今年還未曾見過。現在還沒打聽到穆公子的來歷。」

至少他能出入杜家，與杜之仙相熟，能把人請來治病就行。

城門已關，短短幾個時辰往返奔波能打聽到這些消息不容易，林一川很滿意，「辛苦了。」

「得少爺誇一句，雁行再跑幾十里地也有精神！」雁行笑嘻嘻地說著俏皮話，「還有，鴿組的人與錦衣衛喝酒，打聽到東廠今年被刺客殺了六個人。如果算上朴銀鷹，就是七個。難怪東廠的番子沒有聲張，錦衣衛提起這事都快笑死了。」

林一川興趣來了，睜開眼睛，「東廠設伏要抓的就是那名刺客？」

「聽說刺客名叫珍瓏。」

「珍瓏？」林一川重複著這個名字，想起了那局有名的殘局，「有人在針對東廠布一局棋？」

「暫時未知。」

林一川又閉上眼睛，「不是茗煙。她從未離開過凝花樓三天。」

茗煙刺殺朴銀鷹僅僅只是巧合嗎？他腦中閃過另一種可能，茗煙搶先去了漪水閣殺朴銀鷹，會不會驚飛了真的刺客？所以薛公公才連夜離開揚州？那名刺客……

林一川想到穆瀾，興奮地從水中站起來。

雁行侍候他穿衣，笑道：「少爺找到那名刺客的線索了？」

「燕聲那腦子和你一比就是豆腐渣做的。」林一川笑得很是開心，「天明你安排人進蓮湖採些蓮，就說是給府中姨娘們採的，仔細將湖底搜一遍。」

「找那只香爐……少爺一定覺得小人還能找到些有趣的東西？」
主僕二人相視大笑，異口同聲道：「夜行衣！」
如果這晚凝花樓中還有一名刺客在，也許他也去了漪水閣。不想被人發現的唯一途徑是鳧水過去。那麼，溼衣不可能再穿，極可能就被他棄在湖中。
林一川始終對穆瀾恰巧點了茗煙侍候耿耿於懷，如果真能找到另一套夜行衣，也許能證實他對穆瀾的懷疑。
「城北的修老爺一直想買下白蓮塢。過了端午，你去修家一趟，說我有意出售賭坊和凝花樓。」
雁行收了笑臉，有點吃驚，「少爺要賣了這兩處產業，二老爺豈肯罷休？」
想起家中那位「疼愛」自己的叔叔，陰霾布上林一川英俊的臉，他咬著牙道：「林家差這點銀子嗎？青樓、賭坊本是汙穢之地，只會拖累了林家的名聲。爹念手足之情，讓他撈了這麼多年銀子還不知足？借命案脫手正是時機。牽涉到東廠，他再不情願也只能忍著。」
雁行想了想道：「自少爺接手家業以來，白蓮塢的名聲都傳到了京中，帳面卻一年比一年難看。都是二老爺的人，咱們用著也不順手。只是……崔媽媽知道內情該如何處置？」
「她是二叔的人，讓她知情，不過是借她的嘴傳個話給二叔，不用我們費心。」
灰白的晨曦蒙上了窗櫺，城門快開了。林一川袖了從茗煙身上拔出的弩箭，吩咐雁聲道：「我去請杜之仙，你辦完事去江邊告知二老爺。就說我一夜未睡太倦，不去看競艑了。」

「少爺放心。小的一定打點妥當。」雁行笑咪咪地應了。

天色將明，城門才開，林家的馬車就出了城。

厚厚波斯毛毯上鋪著一整塊虎皮，座位上的墊子、引枕都是精緻的蘇繡。四角垂了香包，散發出清淡的草木香氣。穆瀾從未坐過這麼豪華的馬車，既然沒坐過，就要好好享受一番。靠著引枕，穆瀾舒服地伸直了腿。

從林一川的角度看過去，剛好能看到髒髒的靴底。他厭惡地想轉開臉，轉念又想，如果這小子是刺客，扔了夜行衣，總不可能還隨身帶雙鞋吧？他趕緊盯著靴底看，希望能發現點兒什麼。

靴子突然從眼前消失了，林一川抬頭一看，穆瀾正收回腳開始脫鞋。

馬車再寬敞，也是個封閉的空間，難道他要脫鞋摳臭腳丫？林一川皺眉喝道：「不准脫鞋！」

「見大公子對在下的鞋這麼感興趣，又不好意思讓您屈尊一直低著頭瞧，正想脫給您看呢。不看就算了。」穆瀾說著抬起自己的腳仔細打量著，一本正經地說道：「這是一雙千層底黑布短靴，鞋底的麻線納得密密實實，手工精湛，至少值六百文。穿得久了，鞋幫磨起了毛邊，鞋底有三分之一磨得薄了。看鞋底的顏色，最近定踩過汙水、垃圾，也許還有糞……」

「住口！」林一川咬牙切齒喝止了穆瀾。

「不說就不說。」穆瀾再一次伸直了腿，打了個呵欠。進竹林了，離老頭兒家還有一段路，這麼舒適寬敞的馬車正適合睡回籠覺。

穆瀾的個頭在南方人中顯得並不矮，馬車再寬敞，他躺著伸直一雙腿，腳離林一川不到一尺的距離。

這小子定是故意的！林一川坐得筆直，手不時捏成拳頭，又伸開放在膝上。他腦中總想著穆瀾沒說完的話，越想越覺得噁心。他真是後悔，為什麼要和這小子一起坐馬車。

「哦，大公子如果不習慣與我同車的話，可以出去……坐車轅邊上看看風景也不錯。」這樣他還能睡得更自在一點兒。

坐了自己的馬車，還趕自己出去坐車轅？當然，他可以騎燕聲的馬，讓燕聲坐車轅……但是憑什麼？林一川本想出去騎馬，被穆瀾說破，就拉不下臉了。看著穆瀾躺得愜意舒服，自己卻正襟端坐，林一川心裡越發不痛快，忍不住就要去瞅一眼那雙靴子。

像是回應，穆瀾那雙腳竟左右搖晃了起來。

彷彿聞到一股臭味，林一川再也忍不住，彎腰捏住穆瀾的腳踝。

「你幹什麼？」穆瀾吃驚地睜開眼睛。

腳上的靴子被林一川飛快脫掉，揚手就扔出了窗。

穆瀾目瞪口呆。

一錠五兩重的銀子扔進穆瀾懷裡，林一川瞪他，「賠你的鞋錢！」

「我，我我……」穆瀾簡直無語了。這麼不禁逗啊！沒想到林一川愛潔到這般地步。關鍵是他的鞋沒了！他飛快地爬起來掀起窗簾往後望，「停車！我的鞋！」車沒有停，穆瀾又不能施展輕功跳車把鞋撿回來，氣得扭過臉道：「你要我穿著襪子去見我師父？」

林一川愣了愣，他倒沒想過這問題。

「曉得竹溪里是什麼地方嗎？」

林家大手筆買下了杜家周圍的地，遍種樹木翠竹。林一川答得很是自豪，「拜我們林家所賜，你師父才住得著這片青竹環繞、綠樹成蔭、淺溪繞行的清靜之地。」

「放屁！」穆瀾快言快語地說道：「拜林家所賜，竹溪里方圓五里荒無人煙！買塊豬肉都要進城！拜你林家所賜，小爺在師父家幹得最累最髒的活就是鏟豬糞、洗豬圈！你讓我上哪兒找雙鞋穿？」

燃著憤怒火焰的眼睛生機勃勃，雪白的小牙咬著粉色的唇，竟說不出的漂亮。林一川突然發現，不論是笑還是生氣，都是穆瀾最好看的時候。

「我問你，我上哪兒找雙鞋？」

見他出神，穆瀾用穿著襪子的腳踹了他一下。

「你竟敢拿你的髒腳踹我？」林一川回過神，又怒了。

「髒？」穆瀾低頭看了眼腳上套著的白色棉布襪子，氣呼呼地說道：「我才穿了一天，一點兒都不髒！現在怎麼辦？沒鞋我怎麼去見我師父？你不怕誤了你的事？先說好，銀子我是不會退還你的！」

林一川想到穆瀾穿著襪子走路的模樣，心情突然變好了。他手指一伸，指頭上夾著一張銀票，「一百兩，自己想辦法。」

一百兩！穆瀾深吸一口氣，腦子飛快轉動。如果天天和林一川待在一起，自己豈不是發財了？他俐落地從林一川手中抽了銀票，轉怒為喜，「好好，我有辦法了！」

掀起轎簾，穆瀾衝著騎馬的燕聲說道，「要嘛把馬給我，要嘛你去幫我把鞋撿回來！沒鞋怎麼見我師父？」

遇到這小子，他腦袋怎麼就沒轉過彎來？可以叫燕聲去把鞋撿回來，白費了一百零五兩！林一川懊惱不已。

燕聲瞅著自家公子不吭聲。

「拿了銀子自己想辦法，不准使喚我的人。要嘛，把銀子還回來，給燕聲五兩銀子辛苦費。」林一川才不想讓穆瀾拿了銀票還輕鬆撿回鞋。

轉眼就想把給出的錢討回去？穆瀾翻了個白眼放下窗簾，「拿人錢財，與人消災。我自己想辦法。」

車停了下來，林間只有一條三尺寬的小徑，林家的馬車過不去。

林一川掀了車簾下車，回頭望著穆瀾，臉上毫不掩飾地掛著幸災樂禍的神色，一百兩能買來看穆瀾穿著襪子走路，也值了！

燕聲下了馬，背起包袱。包袱裡有兩枝百年老參，一匣子香粽，是見杜之仙的禮。

穆瀾望著燕聲笑，「你的馬真好，牽過來我騎會兒怎樣？」他看向林一川，慢吞吞地說道：「穿襪子當然也能走。不過，我不保證路上會不會腳痛受傷……」

急著見杜之仙的人是你，又不是我！

總有一天……不，等杜之仙給我爹瞧過病，我再不忍這小子！林一川哼了哼，把臉轉到一旁去了。

惡人尚需惡人磨。燕聲心裡浮現這句話，趕緊悄悄給了自己一個嘴巴。這不是胳膊肘往外拐嗎？他把馬牽到了馬車旁，狠狠瞪了穆瀾一眼。

穆瀾俐落地翻身上馬，頭一昂，「走唄。」那神情活像是大少爺出行帶了兩名小廝。

燕聲怒了，「你……」

「走吧。」林一川臉上看不出喜怒，他背負著手，很是悠閒地跟在後頭。

燕聲跟在他身後，小聲地嘀咕，「少爺，那小子的張狂勁真讓人討厭。」

「只要他能幫我們請到杜之仙回府，這回我忍他。」

燕聲立馬閉上嘴。以少爺睚眥必報、從不吃虧的性子，下回有那小子好受的！

騎在馬上，穆瀾伸手摘了片竹葉，抿在嘴邊吹出一支小曲。

朝陽初升，林中薄霧升起，早起的鳥啾啾叫著。少年騎在馬上，只穿了布襪子的腳在半空中悠悠晃蕩，一曲小調吹得歡快無比。

清晨的風撲面而來，似乎還帶著竹葉的清新香味。林一川情不自禁地吟道：「城中桃李愁風雨，春在溪頭薺菜花。」

穆瀾聽見，回首笑著問道：「大公子住高樓穿錦裳，也嚮往這田居人家？」

有錢人家的公子哪懂得民生疾苦。不等林一川答，他速速說道：「家家都養雞鴨肥豬，遍地雞屎鴨糞。寧可食無肉，那是肉吃膩了才不想吃。不可居無竹，因為能挖了竹筍當菜飽腹。嘖嘖……村戶人家專挑不見一絲瘦的肥肉煮，只為了一口咬下去滿嘴油。我給你說，那薺菜糰子吃多了拉屎都是青的！真的！」

真是……豈有此理！詩情畫意被穆瀾說得消失殆盡，林一川怒目而視。

穆瀾哈哈大笑。

沿著三尺寬小徑往裡走，青石板路被厚厚的枯葉蓋著，踩上去綿軟乾脆。

十年，這裡的樹木竹林長得又密又多，青幽幽遮住了大半天光。朝陽從枝葉縫隙裡投下，聚成一道道明亮的光影，照得道旁零散怒放的野花鮮豔欲滴。

竹溪里有竹有溪，淺淺山溪沿著青石板路蜿蜒流淌。清亮的水中能看到透明的小河蝦，指頭長的魚活活潑潑地戲水。

如果不是被穆瀾壞了興致，林一川會覺得這裡空氣新鮮、風景不錯，林中走走還能消除一夜未眠的疲憊。但是，他現在望著騎在馬上的穆瀾就氣不打一處來。拿了自己那麼多銀子，還總是和自己作對，真真豈有此理！

燕聲時不時就悄眼看看自家公子。他跟著走路，不覺得委屈。少爺憑什麼要跟在姓穆的小子馬屁股後面，咋這麼能忍呢？他正替少爺委屈想著，就看到自家少爺手裡捏了塊碎石頭，一臉壞笑朝著穆瀾彈去。

穆瀾恰在這時伏低了身體，嘴裡嘟囔著，「這片林子沿路該修剪修剪……騎馬不留神就會被刮到腦袋。」

就這樣恰巧地躲過了？

燕聲一聲長嘆。少爺應該比自己更生氣吧？他轉過頭一看，自家少爺正氣急敗壞地捏了個劍訣對著穆瀾的背影狠狠地戳。這是被氣狠了吧？多少年沒見過少爺這般孩子氣了，燕聲不禁噗嗤笑出聲來。

他腦袋頓時被林一川敲了個悶栗，得了個警告的眼神。燕聲委屈地揉著頭想：少爺你才十八歲呢，又不是八十歲，被我看到小孩心性有什麼不好意思的？

真不會武功嗎？林一川不信自己試不出來。他在地上撿了一把碎石，他要看看穆瀾還能不能又「恰巧」地躲過去。

還有完沒完啦？這麼想試探自己有沒有功夫？凝花樓死了條東廠的狗而已……

又一塊石頭扔來，穆瀾「恰巧」又從馬上轉過了身，倒騎在馬上衝兩人笑，「大公子，收人錢財，與人消災。我覺得我有必要和你說說我師父的嗜好，免得你見著他，也請不回去。」

又這麼巧躲過了？燕聲眼睛都睜大了。

才扔了一塊石頭，林一川就扔不下去了。手裡握著石頭又不好扔掉，只能裝作玩耍，拿著石頭去打枝頭上鳴叫的鳥，「那我就先謝謝你了。」

「我師父無肉不歡。竹溪里附近又沒賣豬肉的，所以呢，家裡養了兩隻肥豬。一隻耳朵上有黑斑，叫黑耳。一隻身上有黑斑，叫花腰。」

「遲早要被宰了，還取什麼名字？」

穆瀾笑道：「人遲早要死的，不也生下來就有名字？沒名字的小子，貓蛋、狗蛋地叫著，姑娘就大丫、二丫地喊著。總要有個名字不是？」

林一川哼了聲道：「人和牲畜一樣嗎？」

穆瀾想到了東廠虐女童取樂的太監，譏笑道：「有些人還不如畜生呢。哎，我沒說你呢。我只是想告訴你，我師父養豬其實是為了方便吃肉。可是呢，他又生性愛潔，所以他特別喜歡勤快的人，而且他還特別怕欠人情。師父使喚徒弟，天經地義。我幫他幹活，他心安理得。如果有外人幫他鏟豬糞、掃豬圈，這人情他非欠不可。懂了嗎？」

清亮的眼神不懷好意地在林一川和燕聲臉上轉來轉去，穆瀾想到那場景就覺得開心。

鏟豬糞、掃豬圈？林一川打了個寒顫，看向燕聲。

「少爺！」少爺自然是不能做那種髒活的，可燕聲也不願意啊。燕聲哭喪著臉，不死心地出主意道：「我可以回去帶人把杜先生家的豬圈布置成姑娘住的香閨。只要杜先生願意，咱們在林子裡搭幾間屋子，命人住著，隨時都能幫杜先生幹活！」

主意是好主意，也費不了什麼事，反正林家有的是銀子，還怕請不起幹粗活的人？可是林一川瞥著穆瀾的笑容，心裡泛起了不好的感覺。

「你以為隨便什麼人都能進我師父的家？揚州知府登門造訪，遇到我師父身體不好，也客客氣氣地自責打擾了他養病。我看在銀子分上帶了你去，我師父不趕你走就善莫大焉了。想想你以前是怎麼去求見他的吧。」穆瀾說完轉過了身。這下子林一川應該不會再在身後扔石頭了。

父親病倒不過短短三個月，已形容枯槁。林一川請遍了名醫，連京裡的御醫都花了重金請來，但人人都說父親無救了。自從想起十年前杜之仙的診斷，他幾乎每天都來。第一次見面，杜之仙只說了句「若十年前信我，倒還有救」，之後連門都沒開過。

杜之仙是十年前為父親把的脈，誰知十年後父親的脈相是否起了變化呢？林一川非請到杜之仙回府不可。想起臥病在床的老父親，他突然覺得走得太慢了。

從燕聲身上取下包袱。林一川說道：「你回去，抬頂轎子來。」

以他現在的心情，恨不得肋生雙翅將杜之仙帶回家。林一川忍不了還要陪著杜之仙慢悠悠地在這林間小道上走一個時辰。

燕聲明白自家少爺的心思。如果杜之仙不反對，自己絕對會背著他飛奔回府，「少爺放心，燕聲這就去辦。」他轉身朝著林外跑了。

林一川提著包袱，腳尖微點地，輕輕躍到穆瀾身後與他共騎，「騎馬可以快一點兒！」

「我昨天沒洗澡。」穆瀾很誠懇地說道：「前天，好像也沒洗。」

再嫌棄他髒，也比不上醫治父親重要。林一川坐得筆直，連衣角邊都沒有碰到穆瀾的，「趕路要緊。」

穆瀾挑了挑眉，心想這位林家大公子倒是個純孝之人。今天還有事要做，自己也沒時間和他耗。

「大公子坐好了。」穆瀾揚起韁繩抽了一記，馬長嘶揚蹄往竹林深處奔去。

路好走，竹枝卻太低，林一川不想碰到穆瀾，又要不時避開抽過來的枝條，身體擺動間，應付得輕鬆自如。

林大公子會武功？這讓穆瀾有點詫異。練武很是辛苦，原以為林一川只是花拳繡腿，沒想到功夫竟似不弱的樣子。

馬奔得快，一炷香後，翠竹綠葉間露出了風火牆的翹簷，坡下溪水旁佇立著一座白牆烏瓦的院落。

「大公子，到了。」

穆瀾話音剛落，馬奔出山坡的瞬間，馬蹄踏進一個小土洞，馬身朝下猛然下挫。

穆瀾的視線已經能看到下面的坡底，想跳馬的心思閃了閃，就熄了。他大叫了聲，抱住腦袋。心裡暗罵著流年不利，活該要被摔一跤。

一雙胳膊從穆瀾身後探過來，揪住大片馬鬃。林一川夾緊馬腹，大喝，「起！」他用力硬生生將馬拉起，馬咴咴叫著，藉助後蹄的力量用力一蹬，站了起來。

受驚的馬在林間煩躁地踱著步，想要奔開。林一川用力控著馬，好一陣子才讓馬漸漸安靜下來。

「林大公子，你可以鬆手了。」穆瀾被林一川的胳膊緊緊圈在他胸前，咬著牙說道。

林一川這才發現自己緊緊貼著穆瀾。這小子兩天沒有洗澡啊！他忙不迭跳下馬，不停拍打著衣裳，還抬起胳膊來嗅味道。

我還沒嫌被你抱著呢！穆瀾越看越火大，他微瞇著眼睛想，這麼愛潔，等會兒一定讓這人知道什麼才叫真正的髒！

沒理林一川，穆瀾縱馬下了坡，停在杜家宅院的門口。他翻身下馬，雙足落在宅院大門前刷洗乾淨的青石板上，卻不敲門，手指壓在脣間學起了鳥叫。

林一川沒嗅到臭味，心情舒坦了，施施然下了坡，見穆瀾學著鳥叫頗為好奇，「難道學鳥叫，杜先生才會開門？這規矩倒是新鮮。」

「你家才有這種古怪規矩呢！」穆瀾沒好氣地嘀咕了句。他上下打量林一川，譏諷地說道：「剛才沒弄髒大公子的錦衣吧？」

林一川居然認真地點了點頭道：「你昨晚肯定洗澡了。用的還是凝花樓特製的澡豆，有股蓮香味。」

鼻子很靈嘛。昨晚從湖裡鳧水回水榭，胸前染著茗煙的血，他清洗過。穆瀾悻悻地沒了脾氣。

他轉過話題，壓低聲音告訴林一川，「我沒穿鞋，師父這人最講究禮儀。啞叔聽到鳥叫肯定會悄悄出來見我，弄雙鞋方便我穿著去見師父！否則被他瞧見，準沒好事！」

說話間，黑漆的木門吱呀一聲打開了。門口站著一個穿蓮青色圓領布袍的中年男子。他人極瘦，臉頰上染著病態的嫣紅，兩鬢全白，依稀還能從他的眉眼間看出年輕時的風采。

杜之仙？林一川沒想到這麼快就見到人了。他雙眼放光，一時有些激動。身體突然被拉扯一把，林一川轉頭看去，穆瀾扯了他的胳膊縮到他身後。他有些了然，悄悄橫邁過腳步，將穆瀾擋住。

穆瀾笑著行了一揖，「弟子穆瀾給師父請安！」

林一川趕緊行禮，「在下林一川拜見杜先生。」

「衣冠不整，成何體統！」杜之仙的目光掠過穆瀾的腳，手堵在脣邊，輕咳了兩聲，一句多餘的話都沒有，關上大門。

「哎哎……你說你幹麼要扔掉我的鞋？誰的鞋不踩地啊？誰的鞋底還是雪白如新的？這下子怎麼辦？」穆瀾哀號著，數落完林一川又捂緊了自己的袖袋，「我已經帶你來了，你也見到我師父了。他都不肯讓我進門，我也沒辦法幫你說項。那一萬兩我是掙不到了，先前給的你也甭想讓我還。」

人是拐來了，但老頭兒又不按常理出牌了……不知道自己今天趕時間啊？穆瀾心裡埋怨無數句，卻無計可施。

一雙繡著斑斕虎頭的靴子整齊地放在穆瀾面前，林一川穿著雪白綾襪的腳踩在青石板上。

「你穿我的鞋。我今早才換的新鞋，我沒有腳臭。」林一川說道。

愛潔如命的林一川居然肯讓自己穿他的鞋，只著襪子就敢站在地上？穆瀾好奇加懷疑地看著他。

林一川的下頷收得緊緊的，眼神平視著前方，擺出一副沒什麼大不了的神情，垂在袖口的手卻攥成了拳。穆瀾的心瞬間被什麼碰了一下，隱隱有些愧疚。早知道他也有這樣好的一面，路上就不捉弄他了。

林一川的腳從來沒有這樣踩過地面。他站得筆挺，心裡暗下決心，如果這小子敢笑話自己，一定揍他！

穆瀾怔怔地看著他英俊的側臉，情不自禁地想，如果自己也有父親，會不會也像林一川這樣孝順？哎，沒爹有娘也是一樣。想起自家娘堪比母虎的咆哮，穆瀾頭又痛了起來。

「怎麼，嫌棄是本公子穿過的鞋？」林一川見穆瀾愣著，咬著牙擠出這句話。

「我從來沒穿過這麼精緻的鞋，實在是……太喜歡了！」穆瀾誇張地說著，掩飾著情緒，提起那雙靴子看了又看，「這虎頭繡得唯妙唯肖，這繡線是真的金絲？嘖嘖，這做工、這緞面，得值多少錢啊？」

算你小子識相！林一川稜角分明的嘴微微翹了翹。

穆瀾提著鞋在他眼前晃了晃，「我穿了鞋，你沒穿。師父放我進了門，你怎麼辦？」

林一川第一次覺得穆瀾也有腦子不好用的時候，「你進不去，我更進不去。你能進去，不知道給我弄雙鞋來？」

「草鞋……能穿不？」穆瀾小心地問了一句。
「能。」林一川猶豫了下，仍然說出要求，「要新的。本公子不穿別人穿過的舊鞋！」
「好勒！新草鞋保管有，等著。」穆瀾答應下來，喜孜孜地提了鞋往腳上套，「你這麼愛潔，肯定不會再穿了，不如送我得了。回頭我拿到當鋪去當掉，還能換幾兩銀子。」
我還可以扔掉！林一川緊閉著嘴，生怕自己這句話說出來後，眼前這個貪財的小子不肯幫忙了。
套上林一川的鞋，明顯比自己的腳長了一大截。穆瀾像是看不到這些，只顧著欣賞，「要是能配上你那身衣裳，就更合適了。這麼好的繡工料子，回頭拆了重新做雙合腳的鞋肯定好看。」
贏了十一萬兩千兩，又拿走一萬一百零五兩，不知道去買一雙？林一川被穆瀾的小氣摳門氣笑了，「你贏了那麼多銀子，連雙漂亮的新鞋都捨不得買？」
穆瀾脫口而出，「買新鞋要花錢的！」
林一川又一次閉緊嘴巴。和小鐵公雞說話會把自己嘔死。
穆瀾踢踢踏踏穿著那雙鞋又去敲門了。
這次開門的是個穿著布衣短襟的老者，鬚髮皆白。一見穆瀾，他滿臉皺紋便笑得綻開了。
「啞叔！」穆瀾親熱地拉著他的胳膊搖晃著，「師父讓你開的門？」

啞叔看了眼他的腳，無聲笑著翹了個大拇指。

穆瀾懂了，得意地笑，「師父就是師父，算準了我能搞到鞋子穿。」

林一川聽見，不由得暗罵杜家上下就沒個好人。那小子得了便宜還賣乖。這老啞巴明顯是在誇穆瀾好本事，能扒下自己的鞋穿不至於光著腳。

「大公子，麻煩你在門外等一等。」穆瀾回轉身，拇指和食指、中指湊在一起搓了搓，朝他擠了擠眼，表示自己為了銀子一定會幫他。

穆瀾和啞叔邁進了院子。

黑漆木門輕輕在林一川面前合上。

誠如穆瀾所說，自從林家買下杜宅四周的田地不讓人住進來後，竹溪里方圓五里就只有一戶人家。斑駁的白牆靜穆著，木門無聲緊閉。林一川站在門前，連宅子裡半點動靜都聽不見。

也許那小子為了銀子會想辦法的吧？萬一還是請不到杜之仙呢？林一川孤獨地站著，思緒跟隨著飛上牆頭的燕子，真想翻牆而入，劫了杜之仙回府啊。

「啪！」

一雙新草鞋越牆而出，落在林一川面前。

他彎腰撿起草鞋在腳上比劃了下。天可憐見，林一川自落地起就沒碰過這種東西，他拎著長長的麻繩想了許久，總算弄明白這是用來將草鞋綁在腳上的。

第五章 千萬人中遇見你

後院竹林環繞，一溪注入池塘又蜿蜒流走。塘中初荷正自綻放，或紅或粉或白，亭亭玉立，清香隱隱。

一方竹製的平臺直伸到了池塘中央，四周荷葉簇擁，矮几上蟠龍鎏金香爐中，一縷香冉冉飄浮。

杜之仙正坐在平臺上打算盤記帳。

穆瀾趿著林一川的靴子，笑嘻嘻地踏上平臺，見面就一陣狠誇，「師父就是師父，打算盤算帳的姿勢比美人撫琴還優雅。淨手焚香，憑湖依荷，算盤聲如珠玉落盤。知道算盤能撥出琴弦的美妙感覺，我打賭京城青樓中的姑娘們曉得了，選花魁時定會邊打算盤邊唱歌，死壓撫琴的人一頭。」

一雙靴子迎面擲了過來，他抄手接了，喜孜孜地說道：「師父做的鞋特別合腳！」

杜之仙睃了眼他腳上那雙明顯長了一截的靴子，眼裡浮起笑意，嘴裡斥道：「也不嫌走路難受。」

換了鞋，穆瀾將林一川的靴子放在旁邊，還有點捨不得，「腳下像踩著兩枚大元寶，走路飄飄然舒服極了。」

「貧嘴！」杜一仙笑罵著，語重心長地說道：「君子訥於言而敏於行。」

穆瀾在案几前坐了，順手端起茶盤扮君子模樣，「師父，您是說這種走江湖賣藝的謙謙君子嗎？端著簸籮羞澀地繞場一圈。不曉得的，還以為是撿了別人的簸籮要還給人家呢。好了，賞錢沒討著，來個大姑娘嬌笑著把簸籮討走了。嘴不甜討不到賞錢哪。」

杜之仙想著那情景，忍俊不禁，「你呀……你這趟討了多少銀子？」

穆瀾將十二萬兩千兩銀票放在案几上，得意地說道：「您去趟林府，林家大公子還會再給我一萬兩呢。」

「十二萬兩千。」杜之仙提筆在帳本上細細記下，撥拉幾聲算盤，合上帳本，臉上露出笑容，「再從林家摳二十萬兩銀，為淮河災民準備的米糧就差不多夠了。」

「林一川救父心切，二十萬兩對林家來說九牛一毛。以師父之能，不是難事。」

穆瀾又拍了一記馬屁。

「說說看。」壺中水滾，杜之仙拎壺沖茶。

穆瀾細細說著昨天的經歷，又為茗煙嘆息了一回。

水注入舊窯越瓷茶盞中，水沫翻騰，一樹牡丹次第怒放。

穆瀾心裡泛起一絲奇怪而熟悉的感覺。茗煙泡茶，幻出了一朵怒放的牡丹。比起師父方寸茶盞中點出的一樹花開，技藝差得甚遠。她說，曾向一位遠房姑姑學過幾月點茶手藝，難道她的姑姑是師父舊識？

「師父從前在朝為官時，可與蘇州虎丘蔣家相熟？」

杜之仙端起茶盞，淺淺啜了一口，茶水的氤氳水氣像是籠罩在他眼中的唏噓，「先皇后在世時，與蔣家是姻親。蔣家有兩子在朝為官，為師當然熟悉。」

想起茗煙在凝花樓為妓十年，穆瀾有點心疼，也有些憤怒，「既是故人之女，師父為何不救蔣藍衣？空許了她十年承諾，卻讓她隻身報仇喪了性命！珍瓏局中的暗棋難道還查不到護送薛公公下江南的人是朴銀鷹嗎？既然許諾為茗煙報仇，讓她為我們效力，為什麼給我的計畫裡沒有幫她報仇一事？」

杜之仙悠然品茶，情緒絲毫不為所動。

「我和你說話呢！」穆瀾不滿地說道。

「沒大沒小，叫師父！」杜之仙放下茶盞，一雙眼睛平靜而睿智，「穆瀾，你最大的缺點便是心軟。你若不改，遲早會死無葬身之地。你要記住，你保護的不僅是你自己的命，還有你身邊人的命。」

穆瀾才不吃這套，依然逼視著他，「若我出手，茗煙可以不死。」

「我教導了你十年學問，請名師教了你十年武藝，難道就是為了把你教出來替人報私仇？這世上何止一個茗煙，你幫得了、殺得完？」杜之仙平靜地續了杯茶，輕聲向穆瀾解釋道：「朴銀鷹受命東廠滅蔣家滿門，為何要留下一個蔣藍衣？深謀遠慮的人不是他，是他背後之人。留下一個弱女子身陷青樓之地，就像是將一隻蚯蚓掛在魚鉤上誘魚。任她怎麼掙扎，都擺脫不了做餌的命。誰去救她，誰就是東廠暗中的敵人。只要茗煙忍得，何愁大仇報不了？」

一個弱女子辛苦在青樓待了十年，眼見仇人就在眼前，如何忍？

「那是一條性命！能幫一個是一個，何況她是在為我們做事！」穆瀾固執地堅持著，「如果計畫中有刺殺朴銀鷹，茗煙就不會行動，也不會死。她等了整整十年！為什麼不讓我順手殺了他？」

「東廠在凝花樓設伏是為了抓刺客珍瓏，這麼快就能猜出行蹤，譚誠心智非同一般。你這一出手，就肯定了他的判斷。做的越多，留下的線索越多。殺一個朴銀鷹有何意義？你要記住，只要東廠不倒，還有更多的朴銀鷹為之效命。」杜之仙露出無可奈何的神色，最終化為一聲輕嘆，「最近你歇一歇。有事我會找別的人。」

穆瀾低下頭，轉動著手裡的茶盞，心裡仍為茗煙惋惜，「先生，東廠是皇帝設的，沒有了東廠，還有錦衣衛。您別告訴我，這局棋的最終目的是為了殺皇帝，另立新朝明君，享從龍之功？」

師父都不肯叫了，心裡始終因為茗煙存了芥蒂。穆瀾不抬頭，杜之仙也聽出他話語裡的譏諷之意。是為了權嗎？不，他若戀權，當初就不會棄官歸隱。

前塵往事湧上心頭，那股悲傷與戾氣激得他猛地咳嗽了起來。紅潮撲上他的臉，整個人咳得縮成一團。

穆瀾看著不忍，伸出手輕輕拍著他的背為他順氣，懊惱地說道：「您別生氣，還不知道我這張嘴？我知道師父不是那等貪圖權勢之人。不該衝您撒氣。我就是特別可憐那姑娘……藥酒快喝完了吧？南下時從山中採了些藥材，娘又釀了酒，回頭我給您送來。」

「皇帝不過弱冠之齡，除君側之毒瘴，氣象自然為之一新。師父沒那野心，只盼著世間百姓日子能過得好一些罷了。」杜之仙喘著氣，擺了擺手道：「當初……我病重遇到穆家班，得了你母親所釀藥酒緩和病情，收你為徒只為回報一酒之恩。你並不欠我，穆瀾。守著你母親，護好穆家班的人，平安過一生也是極好。」

「哎喲，替您殺了那麼多東廠的人，沒賺到一兩銀子，就想把我踢出去了啦？師父，您這帳算得太精了吧？」

老頭兒身雖歸隱，仍心惜百姓，病得要死不活的，都捨不得死，瞧著真是可憐。

穆瀾笑嘻嘻地伸手，「分贓！給我六萬一千兩，我就當為我娘攢的養老錢。」

杜之仙氣結，「這是為淮河災民籌的糧食錢！」

「那不就結了？」穆瀾端起茶一飲而盡，正色道：「師父，東廠可恨，錦衣衛也不是善類。吏治敗壞，狗官遍地。我不知道您為何一心針對東廠，但穆瀾所殺之人，皆有可殺之理，並不後悔。將來如再遇上那些畜生，我也照殺不誤。」

杜之仙輕嘆，「傻孩子，師父怎會讓你違了良心。今天端午，你娘定等得急了，還不快走。」

一耽擱，就快午時了。穆瀾急得站起來，走了幾步又回頭蔫壞的笑，「師父，林一川孝心可嘉，師父讓他洗洗豬圈就行啦，別太難為他了。」

連林一川都同情上了，杜之仙擺手，「叫他進來吧。」

望著少年挺拔單薄的背影，杜之仙輕聲嘆息。他喃喃說道：「心太軟，人太善，還是一枚不受掌控的棋。用，還是不用？」

等了很久，那兩扇緊閉的門終於又打開了。

穆瀾走出來，一眼就看到林一川腳上綁得亂七八糟的草鞋，樂壞了，「林大公子，你連草鞋都不會穿啊？」

林一川昂著頭，「你管我怎麼穿。杜先生怎麼說？」

穆瀾將他的靴子放在他面前，「鞋還給你。」

被別人穿過的鞋，他才不會再穿。

「大門敞著，還要先生親自來請你嗎？」

林一川不由得大喜。

「我借你的馬用用。」穆瀾不等林一川答應，翻身上馬。

林一川快步往前，只盼著早點見到杜之仙，早點把他請回家。走得急了，沒拴好的草鞋從腳上滑落，剩下麻繩綁在足踝間，狼狽至極。

耳邊傳來赫哧赫哧的笑聲，林一川回過頭，看到穆瀾笑得趴在馬上，俊臉沒來由地燙了起來。

穆瀾瞟著他的腳，想像著林一川進豬圈的模樣，笑得快要喘不過氣了。如果不是今天有事，他定要留下來看熱鬧。穆瀾遺憾地策馬離開，還不忘朝林一川揮手，「別忘了事成之後謝我一萬兩！」

他說動杜之仙了？這小子雖然可惡，又貪財，人還是不錯的。林一川激動了。

他看了眼掛在腳上的草鞋，又瞟了眼整齊放在旁邊的布靴。那小子穿過呢。可是他好像不臭，身上還有淡淡的蓮香澡豆味。

如果穿著這破草鞋被杜先生趕出來怎麼辦？林一川深吸一口氣，毅然拎起自己的靴子穿上了。動了動腳，走了兩步，好像還是原來的那雙鞋，沒什麼不適。他整了整衣袍，昂首挺胸邁進杜家。

如果他知道穆瀾提議讓自己去洗豬圈，他絕不會誇穆瀾半個字的好。

●○●

今天是端午節，賽龍舟祭江的活動幾乎吸引了全城百姓。揚州城外、大運河邊，人頭攢動，熱鬧非凡。

碼頭沿江搭起了六座戲臺。蘇揚一帶有名的戲班收了重金，拿出壓箱底的活，引得臺下叫好聲震天價響。富戶們使了下人，用籮筐裝了銅錢，雨點般開潑，謝賞聲此起彼伏。

午時過後，觀禮臺一側六面大鼓咚咚響了起來。

臺前搭起的綵樓足有十丈高，頂端建有一座精緻亭子，中間放著一枚海碗大小的綵球。亭頂又建著一座蓮臺，正中放著一枚紅綢紮成的綵球。蓮臺四周分出了五條紮了綢布的繩索，繫在二十丈外的江邊豎起的五根木樁頂端，每一根樁子上都掛著一面雜耍班的招旗。

江風甚大，懸在空中的繩索不過兒臂粗，被風一吹，在空中晃晃悠悠。離地十丈高，中途扮獅走索的人一頭栽下去，就是個血濺當場的命。

坐在觀禮臺上的揚州知府心裡不免擔憂起來。出了人命，自己這個父母官免不了被御史參奏一本。不出人命，折胳膊斷腿也極晦氣。

「若手藝不精，壞了興致，反倒沖淡節日喜慶之意了。」

同知趕緊稟道：「大人請放心。有道是沒有金鋼鑽，莫攬瓷器活。請來的五家百戲雜耍班都是運河流域的名家。走索時腰間均繫了繩子，就是摔下來，不過受些驚嚇給百姓取個樂子罷了。」

見準備周全，知府鬆了口氣，笑吟吟看百獅奪彩。

轉眼間，鑼鼓聲越來越急，驟雨般催促著獅子上場。

五家雜耍班湊了五十隻獅子，此時正遠遠立在江邊各家竹竿下。富戶們另尋的五十隻彩獅踩著鑼鼓聲進了場。臺前空地上群獅或癢癢、舔毛、抓耳撓腮、打滾、跳躍，將獅子演了個活靈活現，或騰躍撲鬧踩球上樁，瞬間將咿咿呀呀的戲班唱腔給壓了下去。

看熱鬧的百姓幾乎將觀禮臺四周圍了個水洩不通，踮腳尖、伸脖子也不盡興。疊羅漢的，爬樹的各想高招。有性急的轉身爬上戲臺，戲班沒奈何只能停了戲，妝也不卸地在臺上當起了看客。遠處城牆上也擠滿了人，離得雖遠了些，卻將下方碼頭動靜看了個清清楚楚。

穆家班的人聚在自家旗桿下面，穿戴著獅子服的徒弟們面面相覷，瞅著班主穆胭脂的冷臉不敢吱聲。穆瀾昨天離開，到現在都沒回來。穆家班除了他，誰都沒本事走這麼高的索。穆胭脂一大早知曉他沒回船，直接衝隱瞞穆瀾行蹤的核桃發作了一番。

李教頭不時踮起腳朝外張望著，急得滿頭掛汗，「少班主究竟去哪兒了？這一天一夜都不見蹤影……」

「孽子！老娘當他死了！」穆胭脂惡狠狠地罵了聲。

穆胭脂四十出頭，長年行走江湖，鬢角已染上一層風霜之色。她穿著一件青色對襟短衣，褲腳俐落地紮進了千層底黑面布靴裡；腰間紮了根褐色腰帶，挽著圓髻，打扮得幹練俐落。

看著其他雜耍班鼓聲急促，獅子已經朝著綵樓奔去，穆胭脂一咬牙對李教頭喝道：「擂鼓！爭不了頭彩，咱們不能丟了亭中的綵球！」

李教頭無可奈何地提起鼓錘，重重地擊下。

穆家班的人知道等不到少班主了，趕緊戴好頭套，玩著獅子爭繡球的花活朝綵樓奔了去。

「班主，要不我上吧。」李教頭一邊擊鼓，一邊說道：「咱們收了林家的訂銀，這頭彩非奪到手不可，否則穆家班的招牌就砸了。」

穆胭脂望著另外四家攀上竹竿踩索的獅子，不屑地說道：「風大索高，我看那四家上了索也走不了。從上面摔下來，那才叫砸了招牌。」

這時，四周響起一片震天的叫好聲。劉家班的獅子在竹竿頂端擺出直立的姿態，獅頭靈活晃動，踏上了空中的繩索。

場中的獅子都是兩人舞一獅，高中走索的獅子是單人舞獅。只走索不難，難的是手腳同時攀著繩索演出獅子凌空爬行的動作。

繩索晃晃悠悠，看得人心都懸在了半空。攀高的群獅被高中走索的驚險一襯，頓時索然無味。下面群獅舞得再熱鬧，也難以將人們的注意力搶走。穆家班的獅子已舞到了綵樓前，也忍不住回頭遠望那四隻在高空繩索上行走的獅子。

敲鑼打鼓的漢子越發賣勁，雙手將裹了大紅綢的鼓錘輪得風車似的，直敲得看客的心咚咚直跳。

不過走了三分之一，劉家班那頭獅子想將雙腳直立改為四肢著地，兩手抓實了繩索，雙腳卻踩空了，頓時懸在空中。他手上用力，想蕩回去，連在空中翻了幾圈，也沒能重新站穩，逗得看客們哄笑出聲。

陳家班的獅子一開始就爬在繩索上，走得兩步，就變成了四肢倒掛，抱著繩子往前攀。一不留神，戴頭上的獅頭掉了，露出一張欲哭無淚的臉，又引來陣陣捧腹大笑。

不到盞茶工夫，另兩家直接從繩索上摔下來，被腰間繩子吊在半空。雖然狼狽，卻逗得圍觀的人哄笑不停。

李教頭忍不住又高興起來。他偷眼瞥去，見穆胭脂脣角上勾，更加賣力，將手中鼓錘輪出一片紅影。

四家高空走索的獅子紛紛放棄。眼見頭彩都沒戲了，綵樓這邊的爭奪就精采起來。幾十隻獅子在架子上騰挪躲閃，拉扯踢打，又將人們的視線牢牢吸引過去。

「穆家班怎麼還沒人上去走索？」

這時，一個氣急敗壞的聲音在李教頭耳邊響起。他轉頭看去，請穆家班走索舞獅的林府劉管事擦著滿頭大汗跑來，正豎起了眉毛，不滿地喝斥著穆胭脂。

「劉管事，我家少班主他……」

「劉管事，我兒子他病了。」穆胭脂接過了李教頭的話，賠著滿臉笑容道：「江風這麼大，上去也走不了索呀。您瞧其他四家的獅子不都栽下來了？煩您給林二老爺說個情。」說著，就將二兩銀子悄悄塞了過去。

林二老爺與城中富商們打賭，在穆家班身上下了重注，特意架了這麼高的索。穆家班不走索奪不到頭彩，林二老爺發作起來……劉管事打了個寒顫，哪敢接銀子，黑著臉道：「這麼巧就病了？大運河上下誰不知道穆家班少班主走索乃是一絕？我家二老爺花重金請了穆家班來就是為了奪頭彩。他今天不走也得走！」

「劉管事，那四家雜耍班誰沒有絕活？不一樣栽下來了？何況我兒病了，手足痠軟無力，真走不了。」穆胭脂為難地求道：「穆家班奪不了這頭彩，照規矩會退回全部訂銀，同時三倍賠償貴府。」

劉管事聽著退銀錢的話，氣得手直哆嗦，放了狠話，「穆班主，今天穆家班奪不了頭彩，大運河上下就沒有穆家班了！您仔細想好了！」

他狠狠地甩了衣袖，匆匆去了。

一旁擊鼓的李教頭聽得分明，額頭滲出了冷汗，「班主，怎麼辦？」

穆胭脂無可奈何地說道：「我去換戲服。」

從沒見過班主走索的李教頭嚇了一跳。四十出頭的婦人了，萬一出事可怎麼得了，「班主，還是我去吧。」

「你腰傷未好，我去。」

多少年沒親自上過索了，穆胭脂嘆了口氣，從旁邊箱子裡取獅子服。看到另外四家雜耍班主吃驚兼看熱鬧的眼神，她更加氣惱，咬牙切齒地罵道：「混小子，有種別回來！」

穆瀾穿著獅子服，拿著獅子頭套，奮力地擠開面前的人群，「讓讓！滾燙的茶水當心傷著您吶！」

趁人們躲閃之際，他貓著腰像泥鰍一樣瞅著縫隙往前竄。人太多，他一時沒留意到手中的獅子頭套碰到了一個人。

眼前突然多出一個鐵塔般的人物，將去路擋了個嚴實。緊接著頭頂響起一個憤怒的聲音，「小子，你瞎眼了？」

身旁又一個緊張的脆音響起，「公子爺，傷著哪兒了？」

穆瀾聽到這兩句話，這才反應過來自己撞到人了。他轉過臉看去，一個面目清秀的小廝正緊張地替一位年輕公子整理著衣袍。

他穿了件淺綠色的繭綢圓領直裰，淺笑的眉眼透出一股雨後青竹的氣息，如月般皎皎，溫文爾雅地站立在雜亂的人群中。

急得上火的穆瀾不得不停下腳步，拿著手中的獅子頭套，賠著笑臉道：「這位公子，可碰痛了？我趕時間走索，不是有意撞到您，對不住啦。」

年輕公子拂開小廝的手，溫和地望著穆瀾。撞到他的少年身材瘦削修長，穿著金黃相間的獅子服，用紗網緊束著烏黑的額髮。少年的臉精緻異常，笑容中帶著些許無奈，眼神裡有掩飾不住的焦急，讓他不忍心為難。

「無礙，只是碰了一下而已。」他微笑著說道。想到那四家從高空摔下的獅子，禁不住又好奇地問道：「小小年紀走那麼高的繩索，你不怕嗎？」

穆瀾不由得笑了起來，「公子，這是在下的飯碗！再怕也不能不吃飯吧？」

他一笑之下，漂亮的臉立時充滿了生氣。年輕公子的心情也跟著變得明朗起來，他低聲重複了聲「飯碗」，笑容中多出些悲憫之意，輕聲說道：「那快些去吧，當心別摔下來了。秦剛，幫他開個道。」

聽他這麼一說，攔住穆瀾去路的大高個兒哼了聲，不僅讓開了道，粗壯的胳膊一分，將擠在前面的人硬生生擠開，替穆瀾開出一條道來。

穆瀾開心地衝他抱拳行禮，「謝公子爺大度！您瞅好了，我定能奪得頭彩！」

那份自信與驕傲讓他的臉神采飛揚，年輕公子莞爾笑道，「我等著。」

望著穆瀾遠去的背影，他輕嘆道：「人人都說江南好，遊人只合江南老。百聞不如一見，連個走索的雜耍班少年都眉目如畫。小小年紀就要知賣藝、討生活，著實不易。春來，不論他是否奪得頭彩，都賞他百兩銀。」

叫春來的小廝嘟著嘴柔順地應了。

穆胭脂換好獅子服，眼角餘光瞅著一個人影從身邊飛快掠過，她抬頭一看，雙瞳驀然緊縮。

李教頭滿面放光，正使了個蹲身，一抖肩，將一個身穿金黃二色獅子服的人送上了木樁。

穆瀾手腳並用，瞬間離地三丈，倒勾著木樁秀了個獅子蹬腿的花活。

穆胭脂三步併作兩步跑到木樁下，扠腰仰頭吼道：「小王八蛋，你死哪去了？還記得回來啊？」

「娘，我這不是來了嗎？奪了頭彩分我五兩做私房如何？」穆瀾揭了一半頭套，露出半張臉來，衝母親粲然笑道。

穆胭脂氣得將手裡提著的獅子頭套扔在地上，瞪著穆瀾罵道：「回去老娘非抽死你不可！」

李教頭見勢不妙，提氣大聲喊道：「穆家班少班主踩索奪彩！」

這聲不知練過多少回，中氣十足，順著江風遠遠傳開。

看過四隻獅子在高空繩索上各種捧腹搞笑姿態，穆家班的踩索奪彩瞬間吸引了所有人的注意力。

穆胭脂恨恨地瞪著穆瀾，無可奈何。

穆瀾吐了吐舌頭，衝母親得意地扮了個鬼臉，將獅子頭往下一扣，雙腿絞緊了竹竿，腰部用力向上彈起，漂亮地在木柱上翻了個身，抱著柱子蹭蹭蹭攀到了頂，撐著頂部俐落地來了個獅子倒立。

「好！」

喝彩聲如雷鳴般響起。

風很大，吹得空中的繩索微微蕩漾。這對穆瀾來說不過是小菜一碟，他深吸一口氣往後一翻，在驚呼聲中踩上繩索，又接連在繩索上來了三個翻滾，這才穩穩當當地站住了。

「孽子！」穆胭脂嘴裡罵著，目光卻絲毫不錯地盯著半空中的穆瀾。穆瀾倉促上場，腰間並沒有拴繩子，摔下來沒接著，輕功再好，離地十丈的高度，免不了受傷。

站立的獅子搖頭晃腦，慢慢俯低了身體。眾人忍不住屏住呼吸。前幾家走索的，無不是敗在了如何讓四肢成功落在繩上。只聽得鼓聲咚咚，連攀爬著綵樓的獅子們都顧不得去奪彩，紛紛回頭去看空中的穆瀾。

只見空中的小獅子緩緩下腰，撐住了繩索。雙手發力，腿凌空交叉踢出，竟在空中演出了獅子戲鬧的活潑模樣。

「笨蛋，這樣才省力。傻子才會一點點爬過去。」穆瀾嘀咕了句，雙手抓緊繩子用力一撐，身體飛快地向前竄。

從遠處望去，就看到空中一隻小獅子歡快地沿著繩索跑向綵樓。柔軟晃蕩的繩子，二十丈的長度，竟被他走出了如履平地的感覺。

外行看熱鬧，內行看門道。站在綠衫公子身邊的大個子秦剛「咦」了聲道：「公子，穆家班少班主這手雜耍功夫更像是習過輕功之人。」

綠衫公子「哦」了聲道：「怪不得他那般自信，叫我瞧好他奪頭彩。」

秦剛便試探地問道：「屬下去查一查？」

綠衫公子搖了搖頭道：「刺探別人隱私是江湖大忌。出門在外，多一事不如少一事。」

秦剛輕聲應了，「是。」

林家的綵棚搭在觀禮臺左側，鮫綃垂掛的門簾極為醒目。裡面用隔扇分成了兩間，一間坐滿了林家女眷，影影綽綽瞧見女眷們花團錦簇般的身影；另一間擺了架羅漢床，林二老爺倚靠在引枕上，透過鮫綃微眯著眼睛望向空中。

穆家班獅子已走了一半尚未摔下來，林家二公子林一鳴蹺著腿坐在旁邊，滿臉喜色，「爹，穆家班定能奪頭彩！爹的眼光就是好！」誇完父親之後，又笑著討賞，「怡心齋從山東進了幾隻蟲，品相極佳的鬥蟀。我讓人留了一隻，還差七千兩……」

林二老爺看了兒子一眼。十六歲的林一鳴膚白秀氣，眼神東瞟西看，就是不敢正視自己。他又想起了十六歲就著手接管家業的林一川，心裡一股邪火幾欲噴之欲出。他沒搭理兒子，轉臉就問侍立在側的劉管事，「不是說病了走不了嗎？」

劉管事額角漸漸沁出冷汗，「二老爺，剛才穆家班班主的確說少班主病了，走不了索，還說三倍賠償……」

林二老爺笑了起來，「病了也能走索，功夫這麼好，可惜我大哥病著沒瞧見。」

你去告訴穆家班，三天後請他們來府裡演一齣拜佛求藥，替大老爺祈福。演得好有賞，演得不好，以後就不用演了，免得壞了看客的心情。」

「是。」劉管事恭敬地應了。想著病重的大老爺，心裡暗暗琢磨著二老爺的心思，這個演得好究竟是怎麼個好法呢？

「爹，銀子您究竟給還是不給？」林一鳴煩躁地問道。

林二老爺強忍著斥罵兒子一頓的衝動，循循善誘道：「既是品相極佳的鬥蟀，多少能贏幾場銀子回來，這買賣才算不虧。去帳上支銀子便是。」

「兒子也這樣想的！」林一鳴見父親答應，哪裡還坐得住，尋了個藉口趕緊回府拿錢買蟋蟀去了。

林二老爺哪還看不出來兒子的心思，一聲嘆息後眼神變得熾熱，喃喃說道：「林家還怕他敗幾千兩銀子嗎？」

穆瀾在奔跑中途還停頓下來玩了幾個花活，不忘讓看客們看得刺激。

奔跑時，小獅子突然停了下來。穆瀾輕鬆地在繩索上來了幾個空翻，離綵樓越來越近。足下的軟索將他高高拋起，在眾人的驚呼聲中又穩穩落下。他模仿著獅子撓毛，一點點移向綵樓。晃動的小獅腦袋，活靈活現的姿態。聽到震耳欲聾的叫好聲鋪天蓋地響了起來，穆瀾這才往前一躍，穩穩站在彩亭頂上。

穆瀾四周作揖，在窄窄的彩亭頂部圍著蓮臺撲騰歡跳，將小獅子歡喜的心情盡露無遺。

待到叫好聲此起彼伏，他才輕巧地將中間的那枚綵球取下來。

「穆家班奪頭彩！」知客高聲唱喏道。

知府瞧得高興，笑道：「賞！」

知客頓時高呼，「知府大人賞銀二十兩！」

觀禮臺上官員富紳們紛紛響應，一時間打賞聲不斷。

穆瀾捧著綵球，攀著根紅綢從高處一躍而下，姿態分外輕盈優美。

秦剛瞧在眼裡，又低聲對綠衫公子說道：「這穆少班主年紀小，出身寒微，能有這等功夫，倒是難得的人才。」

「既是少班主，必是雜耍班臺柱。離了他，穆家班就難討生計了。你得一人才，卻砸了整個雜耍班的飯碗哪。」綠衫公子輕嘆了聲。

「公子訓斥的是。屬下沒想那麼多。」才起了憐才收攬之意的秦剛不由得歇了心思，欽佩地望著自家公子道：「公子仁慈。」

綠衫公子只微微一笑。

穆家班的獅子們見奪了頭彩，也不去搶那第二只綵球，圍著穆瀾演起了花活，答謝著四周投來的打賞。

演完百獅奪彩，就該祭江賽龍舟了，各家雜耍班紛紛退下。

穆瀾被班裡的人簇擁著，眼尖地看到林家的劉管事正與母親說話。他這會兒才想起母親的怒火，著急地對班裡弟兄道：「我先回船。」

熟知內情的穆家班弟兄就哄笑起來，「少班主記得把屁股墊厚點兒！」

穆瀾挑眉大笑，「我回去弄口鍋墊上！」

「穆少班主！」

誰叫自己？穆瀾往人群裡望去，見著綠衫公子身邊那個小廝正板著臉看他。他心想獅子頭套撞了下，不至於還要自己賠湯藥費、賠衣裳錢吧？下意識摸了摸荷包裡林一川給的一百零五兩銀子，穆瀾很是捨不得拿出來賠。

他的眼珠轉了轉，哭喪著臉走過去，可憐巴巴地望著春來，「小哥，你家公子不是說他沒受傷嗎？不會叫小人賠衣裳吧？那衣料小人都認不出來，也賠不起呀。走江湖混口飯吃不容易，您高抬貴手吧！」

見他一口一個「小人」，低眉順眼地討饒，春來哼了聲，將裝了銀票的紅封拍進他手裡，倨傲地說道：「雜耍功夫還行。我家公子爺瞧高興了，賞你的！」

是來給賞錢的？穆瀾愁容頓消，眉開眼笑地接過紅封。抽出來一看，竟然是張百兩銀票。穆瀾驚喜地對春來抱拳一揖，「小哥煩請引個路，在下去謝過你家公子！」

「不用了！」春來心想這小子不知哪來的福氣，竟得了公子的青眼。這種變臉如翻書的江湖人士，還是少接近自家公子好。他一拂衣袖，背著手扔了句話，「我家公子沒空。」昂著頭走了。

「我家公子沒空！」穆瀾望著春來的背影學了句，撇嘴道：「我還懶得去磕頭謝賞呢！」

第六章

核桃撞見的祕密

回到船上，穆瀾一眼就看到了核桃，興高采烈地將獅子頭套扔給她說道，「甭擔心，我把頭彩奪了！」

「喝口茶歇歇！」核桃眼睛一亮，接過穆瀾扔來的獅子頭套，將早備好的茶水送到穆瀾手裡，雙手合十唸著阿彌陀佛，「奪了頭彩便好。班主的氣就消一大半了。真怕你貪玩誤了時辰。」

茶水不燙不涼，放了麥冬、通海，帶著絲絲甜味。穆瀾一口氣喝完仍不解渴，提起大茶壺就著壺嘴往嘴裡灌。

汗水密密掛在光潔的額頭上，陽光一映，襯得眉青如黛，眼睫黑亮。

「我什麼時候誤過班裡的事？」穆瀾笑著將那錠五兩的銀子遞給她，不無得意地說道：「借二兩還五兩，我夠意思吧？趕緊收好，別被人瞧見了。」

「我打死都沒敢告訴班主你從我這兒拿了錢去賭坊。一大早劈頭蓋臉就訓上了，罵我不該瞞了你昨晚沒回船上。」核桃抱怨著將銀子放進荷包，抽了帕子給穆瀾拭汗，眼眸裡滿滿的心疼，「瞧這滿頭大汗，累壞了吧？」

十六歲的核桃亭亭玉立，船上風吹日晒，她仍然一身雪白水肌，像一枝雨後新綻的梔子花，清美嬌妍。穆胭脂怕招惹麻煩，一年前就不讓核桃在碼頭上拋頭露面賣藝，留了她在船上侍候。

靠得近了，穆瀾能看到核桃清亮眼瞳中自己的倒影。這丫頭，怎麼這麼傻？喜歡誰也不能喜歡自己。他捉住核桃的手不再讓她為自己拭汗，笑道：「我去沐浴。」

「哎，記得換上那條褲子！我看班主不會輕易饒了你！」核桃忍不住提醒一聲。

穆瀾經常惹怒穆胭脂，核桃悄悄替他做了條屁股上縫了厚棉的褲子。

穆瀾滿不在乎地笑道：「打狠了我就跑，她追不上！明天無事，我進城買做養顏膏的藥材給妳們。」

核桃撲閃著眼睛，抿著嘴笑了。

穆家班的船停在碼頭最偏遠處。

黃昏時分，船頭甲板上站滿了雜耍班的人，不安地望著緊閉的艙門。李教頭眉頭擰成了個大疙瘩，想著班主的怒意，深深嘆了口氣。

「啊！」

艙中突然傳出一聲慘叫，眾人禁不住哆嗦了下。

穆瀾揉著肩膀叫著躲閃，聽到雞毛撣子揮動的呼呼風聲灌滿了房間，不由得大叫起來，「親娘哎，您這是要絕了穆家香火啊？」

怒氣沖沖的穆胭脂根本沒有停手的想法，追著穆瀾滿屋子跑，雞毛撣子雨點般落下，「小畜生，教你私自夜不歸宿！教你去出鋒頭！你怎麼不摔折了胳膊腿兒呢？」

「怎麼是我出鋒頭呢？兒子今天奪了頭彩，掙的是穆家班的名聲！我連頭套都沒摘，臉都沒露呢。」穆瀾翻滾著躲閃，嘴裡沒忘和老娘頂嘴，「兒子這走索的功夫整條大運河若說第一沒人敢說第二。摔下來也折不了胳膊腿，當功夫是白練的？哎哎，您就別生氣了！賺的這筆賞錢夠穆家班掙半年了。哎喲，您輕點兒哎！」

為了讓母親消氣，穆瀾仍然故意讓穆胭脂結結實實抽了一記在屁股上。

縱然穿著核桃那條特製的褲子，穆瀾仍然疼得「嗷嗚」一聲。他尋了個空，將雞毛撣子那頭握住了。

穆胭脂抽了一下，沒抽動，不由得大怒，「反了你了？鬆手！」

穆瀾嬉皮笑臉地搖頭，「怕您閃了胳膊。」他朝艙房外努嘴，滿臉得意。這麼多人在外面偷聽，還是消停吧。

穆胭脂氣得將雞毛撣子扔了，猛地拉開門。

門外縮回了數道好奇的目光。帳房周先生文謅謅地勸道：「班主息怒，少班主這回也替穆家班揚了名不是？」

李教頭趕緊補了一句，「少班主再不懂事也記得今天的獻藝。這不是沒誤林家的事，奪了頭彩嗎？您打也打了，消消氣吧。」

核桃越過穆胭脂，焦急地用眼神詢問穆瀾受傷沒有。穆瀾回了她一個怪臉，逗得核桃噗嗤笑出了聲。被班主瞪了一眼，嚇得轉身就跑了。

「揚名？沒誤林家的事？你沒聽到劉管事的話？」穆胭脂想起劉管事過來說的話，又氣得胸脯起伏不定。

穆瀾走索奪了頭彩，林二老爺指了劉管事過來，陰陽怪氣地說穆少班主抱「病」也能走索奪彩，功夫不錯。讓穆家班三天後去林府為臥病在床的林大老爺演一齣求佛取藥，為林大老爺祈福。演得好有賞，演得不好，穆家班將來就不用再賣藝了。

為林一川的父親，林大老爺祈福？自己和林一川緣分不淺哪。穆瀾腦中想起師父給的林家資料，覺得林二老爺話中這句「演得好有賞」頗有些意思。

高空走索，如果摔下來讓病入膏肓的林大老爺受了驚嚇，一命嗚呼。在林二老爺眼中，算是好吧？不過，真摔了，穆家班肯定就不好了。

三天後？這個消息傳給林一川，是否又能撈筆賞銀呢？穆瀾轉動著心思，決定明天去杜家送藥酒。以他對老頭兒的了解，為了那二十萬兩銀子，絕不會被林一川「輕易」打動的。

「林家是好相與的人家？分明是林家二老爺惱怒你突然『病』倒，存心為難。那求佛取藥得上西天！摔死你個小王八蛋老娘倒也省心，就怕你連累了整個穆家班！」穆胭脂說著氣又來了。她腳一勾，將地上的雞毛撣子拿到手裡，指著穆瀾罵道：「老娘今天打廢了你，免得你摔死在林家不好收屍！看什麼看，都給我滾！」

嚇得門外眾人頓作鳥獸散。

穆瀾回過神，房門又關上了。穆胭脂捏著雞毛撣子生龍活虎地又開始發威。他被追打得有些急了，抄起了房間裡的圓凳抵抗，「還講理不啊？還打啊？啊──」

他故意慘叫著被狠抽了幾記，穆胭脂才氣呼呼地停了手，扠著腰直喘粗氣，「你說，你昨晚上去哪兒了？」

她洩完了火，穆瀾摸著屁股的疼處皺眉，琢磨著應該去弄兩塊皮子讓核桃縫上，否則每次這樣讓母親揍，也太吃虧了。

想歸想，他臉上卻笑咪咪地扶了母親坐下，「知道您是心疼我。只要您消氣，讓您再多抽幾下行不？」

穆胭脂瞪了他一眼，不吃這一套，「少給老娘嬉皮笑臉的。是不是又進賭坊了？你哪來的本錢？」

「沒有！我發誓！」穆瀾面不改色地撒著謊，親熱地挨著她坐了，「我去師父家了。大半年沒見，又逢端午節，今天班裡有事，我就提前去看他了。師父考我學問，一不留神天就黑了，住了一宿。」

聽說他去見杜之仙，穆胭脂臉色緩和了下來，嗔道：「明天你把釀好的藥酒給杜先生送去。昨天就想叫你把端午的節禮送去的，才轉個身你就跑了個沒影。去看你師父，怎麼沒想到把節禮一併帶去？」

穆瀾眨了眨眼睛，很是無辜，「您釀了二十罈藥酒，不僱車，我沒法拿呀。我就想先去探望下他老人家。今天走完索，再給他送過去。」

穆胭脂覺得有道理，「嗯」了聲道，「我也許久沒見過杜先生了，明天我和你一起去吧，順便將你託付給先生。」

「託付給師父？娘，您這是什麼意思？」

穆胭脂理直氣壯地說道：「你師父號稱江南鬼才，不知有多少人想拜他為師，你有這個機緣，就別浪費了。過幾天演完林家那一齣，穆家班去蘇州，你就留在先生家裡跟著他好好讀書。」

「什麼？」穆瀾大吃一驚。

家裡是跑運河、碼頭賣藝的人家，穆瀾其實是如假包換的女孩，但母親從小固執地將她扮成男孩養；不僅如此，幼時意外救了杜之仙一命，杜之仙說要報答，母親就硬讓她拜了師。

穆瀾跟了杜之仙十年，從未向母親說起過學到些什麼。母親也不管杜之仙教了些什麼，只看她寫的字一天比一天好，雜耍技藝一天比一天強，就滿足得不得了。但穆瀾一直以為，自己長大之後，母親就不會再這樣執著，讓她裝一輩子男人。

如今她已經十六歲了，可是母親卻似乎忘記了她是女孩。

穆瀾笑嘻嘻地靠著穆胭脂問出了心裡的疑惑，「娘，我好好的女孩兒讀那麼多四書五經有什麼用？您還指望著我去金鑾殿考狀元？」

「是啊，娘就盼著有朝一日妳能白馬紅花領宴瓊林呢。」穆胭脂白了她一眼道。

穆瀾摸了摸脖子，橫著手掌比劃了個切脖的手勢，「娘，您這是不滿足穆家班名震大運河，還要名揚整個大明啊？不過，能讓皇帝御筆賜死，這死法也夠轟動朝野了。」

穆胭脂頗有幾分意氣風發地說道：「生當為人傑，死亦為鬼雄。做人要有志氣！」

「娘！」穆瀾哭笑不得地搖了搖她，「我可當不了女霸王。您給我透個底，究竟怎麼想的？您該不是因為生了個女兒，被我爹掃地出門？所以憋著口氣要我勝過我爹續弦、小妾們生的兒子們？」

穆胭脂被她天馬行空的想像噎得一窒，蠻橫地說道：「妳甭管那麼多，讓妳讀書妳就讀！妳還真想一輩子混碼頭賣藝啊？」

見母親還是不肯說實話，穆瀾也一通渾說，「娘，我瞧著李教頭就不錯，性子也憨厚。上回您來月事不舒服，一個大老爺巴巴地支著爐子給您熬薑糖水。帳房周先生白淨斯文，單身沒拖累，嫁他也合適。您要實在喜歡兒子，要不您再嫁一回，貨真價實生個帶把的！我保證真心實意地喊爹照顧好弟弟。」

穆胭脂氣得柳眉倒豎，怒視著她罵道：「兒子給娘保媒拉縴，書讀狗肚子裡去了？」

還一口一個兒子呢。穆瀾腹誹著，一點兒也不膽怯，依然笑嘻嘻地說道：「可不是嗎？您趕緊嫁了，生個親弟弟給我不就得了？娘，再熬下去，等李教頭娶了通州碼頭開茶寮的那個小寡婦，您後悔都沒地兒！」

嬉皮笑臉的模樣讓穆胭脂一時間拿她沒轍，瞪著穆瀾漸紅了眼圈，依然一個字不提為何固執讓穆瀾扮男孩的原因。

想兒子都魔怔了！穆瀾嘆了口氣，坐直了腰、挺了挺胸，「現在還是小湯包，再過一、兩年保管長成大饅頭，藏不住了呀娘！」

穆胭脂眼裡生起了波瀾，她像是不相信似地伸手去碰了碰穆瀾的胸。手指觸到的胸部硬而結實，她不由得一怔。

「內甲！」穆瀾趕緊扯開衣領讓她瞧，生怕母親還不肯相信，「穿了師父做的內甲呢！您還真當我是男人啊？」

穆胭脂惱羞成怒地嘟囔道：「我還不知道妳穿了內甲啊？」

她的目光情不自禁掃過穆瀾的臉。打小當兒子養著，精緻的五官因肌膚被日頭晒成了淺淺的小麥色，眉宇間多了幾分英氣，怎麼看都是個俊小子。可惜已經十六了，以後扮小子只會越來越困難。穆胭脂的眼神更加堅決，「明天我和妳一起去見杜先生，他一定有辦法。」

有什麼辦法？江南鬼才醫術也高，讓師父直接把自己變成個真男人？穆瀾想像著，寒毛都豎了起來，下意識就拒絕，「我不當男人！」

「啪」的一聲脆響。穆瀾捂著臉愣住了。

同樣怔住的還有穆胭脂，她怔怔地望著自己的手。這是一雙窮苦婦人的手，手背的青筋高高凸起，像是纏在枯樹上的老藤。就這樣看著，輕易就能看到淺黃色的繭布滿了手掌。眼淚在沒有意識的時候已經一滴滴砸了下來。

被打了一耳光的人是我吧？穆瀾苦笑著望著無聲哭泣的母親。

打的是左臉，她把右臉湊過去，「要不，您再來一巴掌，好事成雙？」

「噗嗤！」穆胭脂被逗笑了，她惱怒地將穆瀾的臉推開，使勁想板起臉來，嘴裡嗔道：「沒臉沒皮的……」

母親脾氣暴躁了點兒，卻是個心思單純好哄的。穆瀾笑咪咪地望著她道：「消氣了吧？」

穆胭脂只哼了聲，站起身道：「走索累了，妳先歇著吧，回頭我叫核桃送晚飯來。」

這是還不死心？穆瀾望著母親離開的背影，有些抓狂。這時候腹部一股熱流淌過，她脫了褲子一看，臉上的苦意更盛。不是她不想孝順，滿足母親，男人能每月都這麼麻煩嗎？還要想方設法瞞過班裡的人，她容易嗎？穆瀾嘆著氣，迅速把自己整理好，倦意就蔓延開來。

她躺在窄窄的木板床上，雙手枕在腦後琢磨開了。母親相信師父有辦法，又不肯向自己道明緣由。究竟會是什麼原因，十來年閉口不說？各種念頭紛雜湧來，總不能肯定自己的判斷。她低低地嘆了口氣想，母親會告訴師父的，到時候自己也就知道了。

穆瀾是被一陣低泣聲驚醒的，她迷迷糊糊睜開眼睛，看到桌上放著一只食盒，核桃正抱著自己才換下還沒來得及洗的褻褲站在床前，木雕似的，失去了生氣。

「核桃……」穆瀾嚇傻了。

她一年前來了癸水，有母親幫忙掩飾，一直隱藏得滴水不漏。今天折騰得累了，一時沒有將換下來的衣褲洗了，沒想到被送飯來的核桃發現了。

望著核桃黑白分明的眼眸，穆瀾腦中突然跳出了「天網恢恢」四個字。啊呸！

她又沒幹壞事，從小女扮男裝都是被母親逼的好不好？

「核桃，妳給我送飯是吧？今天奪了頭彩，廚房肯定燉肉了！我都聞到紅燒肉的味了。」穆瀾乾巴巴地沒話找話，坐起身去拿她手裡的褲子。

誰知核桃握得緊，一扯之下，褻褲被拉開，白色棉布上那塊血跡像是雪裡紅梅似地越發打眼了。

核桃一臉懵地盯著手上的褻褲，她覺得自己一定是看花眼了，巴巴地望著穆瀾，小聲問了句，「少班主，你被班主打傷了？」

彷彿只要穆瀾一點頭，她就得到了救贖。

核桃穿著再簡單不過的衣裳，髮間只別著一枝簡單的銀簪，噙淚的楚楚模樣像是一隻停在花間的小蝶，吹口氣，都要驚嚇著她。面對這樣的核桃，穆瀾一時間心亂如麻，騙她的話再也說不出口。

船艙裡出現了短暫的寂靜，靜得穆瀾彷彿能聽到核桃眨眼時睫毛簌簌抖動的聲音。

最後一縷光慢慢退出房間，核桃的心已經墜入了黑暗之中。少班主挽起的髮髻鬆散了，鬢旁滑落一綹黑髮，落在瘦削的腮旁。淡水色的薄唇緊抿著，嘴角天然往上翹著，像是淺淺的上弦月……少班主的笑容早就勾走了她的心。核桃再也騙不了自己，她傾慕多年的少班主竟然和自己一樣，是個姑娘！

「少班主……」核桃喃喃地叫了一聲，雙腿痠軟地坐在地上，抱著那條褻褲嗚嗚哭了起來。

穆瀾低下頭，看到一串串晶瑩的淚砸落在褐色的船板上，飛濺開來。她撓了撓頭，蹲下身摟住核桃的肩。

「少班主！」核桃叫了聲，雙手環住穆瀾的腰。她像是找到了倚靠，但願這是一場惡夢，永遠都不要醒來。

穆瀾輕拍著那單薄的脊背，清了清嗓子勸道：「核桃，這世上好男兒多的是，少班主一定給妳找到如意郎君！我也不願意啊，我娘說是因為……為了躲仇家。核桃，妳就當不知道，咱們倆還像從前一樣好不好？」

「仇家？」核桃抬起臉，眼睛瞪得圓了。

「我娘打死不肯說，我猜的。」穆瀾此時鬆了口氣。核桃知道，身邊也能多個人幫自己遮掩。此時斷了她的綺思，也好過耽誤她一輩子。

「少班主，妳好可憐！」核桃像是找到了新的目標，咬著牙道：「妳放心，核桃不會說出去。妳一天不改回女兒身，核桃就陪著妳一輩子！」

穆瀾哭笑不得地用袖子替她擦淚，「傻啊妳，我可捨不得這麼美的核桃不嫁人！」

船艙門突然被推開。燈光和穆胭脂同時出現在兩人面前，打斷了她倆的話。

見是母親，穆瀾鬆了口氣笑道：「娘，您怎麼來了？」

她將核桃拉起來，低頭將她的衫裙撫平，抬頭卻看到核桃恐懼的目光。穆瀾轉過身，母親臉上沒有一絲笑容。她沒來由地有點心慌，笑嘻嘻地去挽母親的胳膊，「娘，核桃不會說出去的。」

穆胭脂將她的手甩開了。

「班主，我發誓絕不會說出去！」核桃撲通跪在地上。

「娘！」穆瀾看到母親眼中的狠意，蹙眉提高了聲量。

穆瀾擋在核桃身前，眼神堅決。穆胭脂終於妥協地移開目光。她低頭看著核桃，一字一句地說道：「核桃，八年前黃河潰堤，是我把妳從水裡撈起來的，是我養大了妳。妳要記住，妳若忘恩負義，我和穆瀾都會死在妳手裡。」

「我不會出賣您和少班主的。您不信，現在核桃就還您一條命！」無論是班主的救命之恩，還是少班主待自己的好，她寧可死也不會讓她們陷入危險。核桃拚命地點頭，頭重重撞在船板上咚咚作響。

穆瀾心疼地攔住她，「核桃，咱們倆一塊長大，我不信妳還能信誰？」她心裡暗暗驚心，自己暴露女兒身竟會引來殺身之禍嗎？

「少班主。」核桃喃喃叫了聲，突然又記起眼前溫柔俊俏的少班主不再是她能貪慕的人，一時心裡的酸澀悉數衝進眼底，化為淚水奔洩而出。

穆胭脂將燈留下，轉身離開。關上艙門的瞬間，她心裡閃過一絲猶豫。生死攸關的大事，穆瀾卻全然不放在心上，她能行嗎？

●○●

穆瀾騎著燕聲那匹馬，和母親一起趕著裝滿藥酒的騾車到了竹溪里。

杜家門外已經不復往日的清寧。

離大門不遠的溪邊空地上搭起了一座牛皮大帳，外面升著一口大鍋燒著滾水，水氣氤氳。四、五個小廝打扮的人穿梭忙碌著。

黑漆大門外也站著兩個小廝。穆瀾認出了燕聲；另一個迎著穆瀾的目光望過來，露出了笑容，臉頰上兩個梨渦格外打眼。

一乘精緻的綢簾小轎停在臺階一側，周圍站著四名身穿棗紅色短襟綁腿的俐落漢子。

「穆公子！」燕聲像是見著金元寶似地快步走過來。

對燕聲的熱情心知肚明，穆瀾裝著不懂，翻身下了馬，將韁繩遞給他，「向林大公子借用了一天，餵過草料了。你放心，一根馬毛都沒掉。是匹好馬呀。」

「你喜歡，就送給你……」

燕聲還沒說完，穆瀾已經轉身走到騾車旁去了。她將母親扶下來，「娘，這裡就是杜先生家。」

燕聲急得直搓手，不曉得該怎麼和穆瀾搭訕。雁行已經上前恭謹地朝穆瀾行了禮，「雁行見過穆公子。車上是給令師送的節禮吧？來人，幫著卸東西！」

不等穆瀾拒絕，雁行就招呼著人上前卸酒。

穆胭脂驚奇地望著他們。穆瀾憋著笑，低聲在她耳旁說道：「林家大老爺病了，林大公子想求師父去瞧一瞧。他們是林府的家僕。」

「那個林家？」

「就是三天後咱們要去獻藝的那個林家。」

林家大公子求杜先生出府治病？穆胭脂兩眼放光，甩開穆瀾的攙扶對雁行笑了起來，「小哥在林大公子身邊做事呀？一見就知道你是個伶俐人！」

「謝太太誇獎，小人幫公子爺跑腿打打雜而已。這種粗活交給小人就行了。」雁行笑咪咪地應了。

「哎呀，那可真謝謝你們了。李教頭，你也搭把手去。」穆胭脂一點兒也不見外。

穆瀾禁不住撫額，「娘……」

穆胭脂根本不搭理她。林府是林大公子執掌家業，得罪了林二老爺，能與林大公子攀上交情，林二老爺也得賣他幾分薄面吧？三天後就不會再為難穆家班了。她炫耀地說道：「我兒子是杜先生的愛徒，讓我兒子去說說情，杜先生指不定就答應了！你們也別太著急。」

雁行和燕聲聞言大喜，齊齊朝穆胭脂和穆瀾跪下磕頭，「小人給太太和穆公子磕頭了！太太慈悲。」

哎喲，大恩啊！不用擔心林二老爺為難了。穆胭脂喜得趕緊扶起兩人，瞟了穆瀾一眼，頤指氣使地吩咐道：「瀾兒，叩門去。」

您就裝吧！當我不曉得您想藉機套近乎……穆瀾腹誹著。

自己還想從林一川手裡再敲詐點兒銀子呢，千萬別讓母親攪和。想到這裡，穆瀾上前叩了門。

啞叔見到她又露出慈愛的笑容，他請了穆胭脂和穆瀾進去，卻站在門口堵住了幫忙送酒進去的漢子，衝他們擺了擺手。

「師父不喜生人進屋。酒先放在門口吧，回頭我來搬。」穆瀾把啞叔的意思告訴了林家的人，扶著母親朝宅院裡走去。

黑漆大門又關上了。

燕聲伸著脖子往裡瞧，門關合前還是只看到一堵白色照壁。他急躁地說道：「少爺都在杜家待了一天一夜了！昨晚悄悄翻牆出來……都怪我沒想周到，沒給少爺帶換洗衣裳，也沒備好洗澡水。少爺直接跳溪水裡洗了個涼水澡，又穿上髒衣裳翻牆進去了。少爺哪天不換衣裳啊？他可怎麼受得了？」

「少爺愛潔，是家裡養得金貴。習武的時候，他也不是沾點兒塵土、汗水，馬上就要更衣。」雁行一點兒也不著急，指使著下人將酒罈搬到門口放好，輕聲說道：「少爺在杜家待了一天一夜，沒被趕出來吧？如今穆太太、穆少爺又來了，杜之仙多半會答應。為了老爺，換不換乾淨衣裳又有什麼打緊，少爺會熬過去的。」

素來相信雁行的腦子比自己聰明，燕聲不再擔憂林一川，露出滿臉喜色，「這下好了，老爺有救了！」

第七章 陌生的母親

從前院看，杜家和普通莊戶人家差不多。倒座對面豎著一堵刷得粉白的照壁，繞過照壁是個寬敞無比的大敞院。正面是三間正房帶兩間耳房。左邊一排是豬圈。右邊一排是柴房和灶房。院子正中開了兩畦菜地，搭著瓜棚架子。

穆瀾扶著穆胭脂順著菜畦中間的甬道前行時，她看到林一川正在劈柴。他的衣袖挽到了肘間，下襟胡亂塞進腰帶中。緋紅色繡團花的綢衫皺得像梅乾菜，梳得一絲不苟的髮髻散落了幾絲下來……穆瀾可沒忘記在凝花樓，林一川臉上被噴了幾點唾沫星子就飛奔跑進浴室洗臉。現在居然他能受得了自己的邋遢？穆瀾驚奇得嘖嘖出聲。

見到穆瀾，林一川提著斧頭愣住了。心念動了動，有這小子幫忙勸說，杜先生應該會答應吧？他無聲地張嘴提醒穆瀾，「一萬兩！」

誰知穆瀾壓根沒注意到，她的目光移到了林一川腳上。那雙金絲銀線繡製的斑斕虎靴已經沾滿了汙濁，不復昨天的燦爛。不是別人穿過的鞋他不穿嗎？穆瀾翹著嘴直樂。

林一川順著她的視線低下頭。鞋被那小子穿過……臉色頓時變得極不自在，下意識把腳往後縮了縮。

「這位就是林家大公子吧？」穆胭脂刻意放柔了語氣，手指悄悄地掐著穆瀾的胳膊使勁擰了一把，「怎能讓大公子幹這種粗活呢？瀾兒，妳去幫大公子把柴劈了！」

一個大男人不能幹這種粗活，姑娘就可以去劈柴嗎？穆瀾氣得不行，知道母親又忘記了自己的性別，她忍著痛拉母親離開，「娘，還是先去拜見我師父吧！」

穆胭脂哪肯放過和林一川套近乎的機會，用力甩開了穆瀾，瞪了她一眼朝正屋大聲說道：「我又不是不認識杜先生，他的命還是我救的呢！妳劈柴去，我自己去見杜先生。」又對林一川笑，「大公子放心，妾身會幫著您勸杜先生的！您當心磨粗了手。我兒子皮糙肉厚的，儘管讓他做就是了。」

她說著用力將穆瀾推向柴房，由啞叔引著，朝著正房去了。

這是親娘嗎？穆瀾為之氣結。

粗鄙諂媚的婦人。這是林一川對穆胭脂的第一印象。他不知見過多少這樣的人，並不放在心上。只是很疑惑，穆瀾的母親為何急著巴結討好自己？難道這小子貪財，其母更甚？他睃了眼身材瘦削的穆瀾，想起比自己小一圈的手掌，再想到穆胭脂那句「皮糙肉厚」，禁不住樂了，「親娘？」

「親的！」穆瀾重重地點頭，心想得趕在母親壞事之前從林一川手裡再摳點兒銀子出來。她擠了滿臉笑，眼神閃爍，聲音故意壓得低了，「大公子，有個對你來說非常重要的消息，你要不要花錢買？」

「本公子是你的搖錢樹嗎？自從認得你，每天不被你搖幾遍抖出點兒銀子來，你就不罷手是不是？」林一川是生意人，賺別人的銀子理直氣壯，輪到別人想從自己荷包裡掏銀子，他就不舒服了。

穆瀾聳了聳肩，跳上柴垛坐著，悠然望著碧藍的天空，半晌才道：「大公子在杜家幹粗活，平時忍不了的，現在也能忍了。就不怕功虧一簣，後悔莫及？」

林一川是聰明人，一聽這話就明白穆瀾想賣的消息和父親有關。他有些自嘲地想，自己這是怎麼了？為了點兒銀子和這小子爭閒氣？林家最不缺的就是銀子。反正被這小子勒索定了，還不如大方點兒。心裡這樣想著，他神色依然如舊，語氣也淡淡的，「說來聽聽。」

這是打算付錢的意思了。穆瀾也不拿喬，開開心心地轉過臉笑，「三天後，你二叔請了個雜耍班去府上演一齣求佛取藥，說是讓你爹開心開心。走索估計離地有二、三十丈，你說萬一摔下來，血肉模糊的，你爹瞧見了會不會……」

本就病著，再受驚，神仙也難救。林一川臉色大變，「三天後？」

「就是後天。」穆瀾說著豎起了一根手指頭，「消息免費送你。不過，大公子若是肯付我一萬兩，我替你擺平這件事。」

「如果你做不到呢？我豈敢將父親的安危託付於你！」林一川不會輕易相信初相識的穆瀾。

穆瀾也不著急，悠然望著藍天，「包不準你二叔肯花雙倍的銀錢，買一個意外呢？」

甭說兩萬兩，二百兩銀子就足以買條命了。走索的人如果從空中摔下來，父親受驚嚇若有個三長兩短，二叔還會跳出來裝好人。林一川眼眸裡的怒火熊熊燃燒。

穆瀾又加了一把柴，「誰知道我師父想考驗你到幾時。你若中途離開，想要再進杜家就難了。」

為什麼每次這小子討銀子都能討得這麼順？林一川很是不甘心。消息得了，還有兩天時間，他人不在府中，卻也能安排妥當。只是不趕回去，就怕中途生出變故，出現意外……林一川突然想到了穆瀾的母親。那婦人對自己的態度分明是有求自己。他不動聲色使了個拖字訣，「穆公子對林家很是了解？」

穆瀾坦白地說道：「我打著師父的旗號想從你手裡摳點兒銀子時，我就打聽清楚了。不過，大公子，我是站在你這邊的。畢竟，我先收了你的錢不是？」

拿了我的錢，你自然是站在我這邊。如果我二叔出雙倍，你又站在哪一邊呢？林一川腦中突然冒出了這個念頭。

見他不肯俐落給錢，穆瀾眼珠轉了轉，捂住了鼻子，「你清掃過豬圈了？」

我不過說了句鞋子踩了髒東西，就受不了。現在你受得了嗎？穆瀾很好奇、很邪惡地等著林一川抓狂。

手捂住了口鼻，卻將那雙清亮的眼眸襯得格外有神，眼睛撲閃撲閃的，好像在說：你怎麼還沒被臭暈啊？林一川胸口堵著的氣全化成了力氣，提起斧頭狠狠劈下。

嘩啦聲中，豎在木墩上的柴一分為二，露出白生生的茬口。

忍！

忍字頭上一把刀，這把刀就插在林一川心口上。他堅持了這麼久，難道能因為這小子一句話忍不住？杜之仙沒有答應，但也沒有趕他走，他一定能堅持到把杜之仙請回府。

「你是來看本公子笑話的？」

「對，本公子不僅鏟了豬糞、掃了豬圈，還把這兩畦菜地田壟上的雜草鏟得比狗舔了還乾淨！」

「從昨天到今天，把柴房裡的柴垛拾掇得比本公子書房的書還整齊！」

「本公子就不信，打動不了杜之仙！再髒再累再臭，本公子都忍得住！」

話是對穆瀾說的，更多的卻是在給自己鼓勁。

他咬牙切齒，額頭的青筋都鼓了起來。

穆瀾「噗」的笑了，漫不經心地說道：「來的時候看到你家下人在河邊搭起座牛皮大帳，燒了好大一鍋熱水。這是為大公子準備的吧？」

熱水澡……乾淨衣裳……林一川哆嗦了下，手裡的斧頭差點沒拿穩。想洗澡沐浴的渴望被穆瀾一句話勾了起來，頓時渾身發癢，難忍至極。

穆瀾當沒看見，跳下柴垛往門外走，邊走邊嘀咕道：「給師父釀的二十罈酒還放在門口。又不肯讓生人進門，還得小爺去做這力氣活！」

她肩頭被按住了，身後傳來林一川急切的、壓低了嗓門的聲音，「一罈酒十兩銀子，我給二百兩。你讓我去搬……洗個澡的時間就行！」
「兩千！」穆瀾傲嬌地回過了頭。
林一川深深吸了口氣，他想起穆瀾的習慣，往手掌心啐了一口，揚著巴掌等穆瀾回應，「擊掌為信！」
穆瀾險些笑出聲來。只一天一夜工夫的磋磨，林大公子就不避諱往掌心啐唾沫了。不過，現在她嫌棄他的手髒，笑咪咪地說道：「兩千兩銀子對大公子來說算得了什麼，不用擊掌為信了，我信你。」
黑漆木門再次打開，穆瀾出現在門口。她望著燕聲和雁行，朝旁邊瞥去一眼，嘴唇嗡動著，「傳話一百兩，不講價。」
「成交！」林一川躲在門後乾脆地答應了。他不想讓林家下人看到自己現在邋遢的模樣。他是未來的林家家主，不能在下人面前失了儀態。
穆瀾清了清喉嚨道：「大公子吩咐說人多嘴雜怕吵到杜先生，讓下人們退到林外去候著，留你倆侍候就行了。」
燕聲和雁行狐疑地朝門裡看了一眼，看到自家公子伸出一隻手掌，搧蒼蠅似地揮了揮，兩人馬上應了。
隔了片刻，穆瀾見人都走遠了，這才笑著對林一川道：「大公子，趁我娘和師父說話沒留意到你，你趕緊著。免得被我師父瞧著，覺得你心不夠誠。」
緋紅的身影從門裡衝出去，燕聲和雁行只來得及喊了聲「少爺」，就看到林一川奔進了溪旁的牛皮大帳。

瞧見林一川的身法，穆瀾微微有點驚訝，心道他的輕功底子也不弱。

回頭看了眼宅院，安靜異常，穆瀾眼裡飄過一絲算計。

林一川在帳中洗澡，雁行和燕聲忙著打水侍候。沒半個時辰，林一川不會回來。

啞叔引了母親去後院見師父，卻守在了後院。母親對師父說的話有著什麼祕密？穆瀾不能保證老頭兒會告訴自己。

但她一定要知道母親守了十年的祕密，讓自己女扮男裝的祕密。

穆瀾轉身進門，繞過照壁的瞬間，腳尖輕點，如五月楊花輕盈飄過了院牆。

田田荷葉圍繞著竹製的平臺。

一方矮几，一爐一壺，淺淺水氣飄浮。

杜之仙與穆胭脂靜靜地對坐著。

池中水自溪流引進來，穆瀾也從溪中鳧水潛進了池塘。

杜之仙身邊只有一個啞叔，穆瀾卻不敢大意。啞叔守在後院門口，坐在老樹根製成的凳子上搓著草繩，編著草鞋。杜之仙把她教得太好，她很多年前就看出啞叔那雙手掌能開碑裂石。

她像魚一樣水中滑行，藉著密密的荷葉遮擋，慢慢探出了半張臉。

離平臺尚有幾丈，母親和杜之仙的聲音被微風吹了過來。

「她的性子……只怕是九死一生……」

這是師父的聲音。是在說她嗎？

杜之仙換了身簇新的衣裳，雪白的寬袍綢衫，袖口與衣襬繡著金黃色的小簇丹桂。五月陽光下那些丹桂栩栩如生，有種華貴的豔麗。穆胭脂那身青色半臂褐色羅裙被襯得黯然失色。

離得遠，看不清楚母親臉上的神情，但穆瀾覺得母親的坐姿格外挺直，像雪松，又似青竹，這讓她感覺到陌生。

「我為先生泡杯茶吧。」

穆胭脂說著，用茶碾子慢慢碾著茶。她的姿勢優雅而美，像在撫琴，又像是在作畫。穆瀾情不自禁屏住了呼吸。在這樣安靜得連風聲都無的環境裡，一點點響動，都會破壞她泡茶的韻律似的。

穆瀾印象中的母親是個走江湖的粗鄙婦人，母親在她腦中的印象不是扠著腰大聲喝斥著班裡的人，就是爽朗的大笑；以及……佝僂著腰諂媚討好著施捨賞錢的貴人們。母親坐著的時候，不是在撥拉算盤，就是在數錢箱裡的銀錢。穆瀾從來不知道母親還有這樣優雅的時候，她的心突然亂了。

杜之仙箕坐著，雙手自然放在膝上，寬大的袍袖隨意拖曳至地。他目不轉睛看著穆胭脂。

水沸，穆胭脂拿起竹勺從中舀出三勺，抬手揚向了池塘，又添水入壺，二沸水滾如珠，這才提壺澆下。

茶香隨之撲面而來。杜之仙露出了愉悅的笑容，「穆班主這手茶技甚是了得。」

「先生號江南鬼才，妾身混跡江湖討生計，都快忘了如何泡茶，在先生面前不過是班門弄斧罷了。」穆胭脂微微欠了欠身。

杜之仙啜了口茶讚道：「甚好。」

泡在池塘裡的穆瀾都要急死了，怎麼只聽到那麼含糊的一句，就茶來茶往了？

「瀾兒就託付給先生了。」穆胭脂終於開口。

難不成自己支開林一川就聽到這句結束語？穆瀾沮喪得不行。這時，一條水蛇竟朝她游了過來，穆瀾想都沒想，伸出手指飛快地捏住了蛇的七寸用力掙住。蛇掙扎著，尾端在水面敲擊了下，蛇身纏住她的手腕。穆瀾手上用著勁，那條蛇漸漸癱軟，她鬆開手，蛇無聲沉入了塘中。

「好。我答應妳。」杜之仙應了。

穆胭脂眼中漸起波瀾，扭頭望向池塘，輕聲說道：「不堪重夢十年間，無人解憶回長安。瀾兒她爹冤死十年了，想為她爹翻案何其艱難。她是家中唯一的血脈，冒險也要一試。先生教她十年，妾身等這天等很久了。」

父親，冤死，翻案。

穆瀾只記住了這三個詞。

杜之仙緩緩說道：「既然穆班主做了決定，總不能瞞著她。」

穆胭脂低下了頭，「做母親的，要將她送入險地，妾身總是開不了口。瀾兒聰慧過人，卻不知她是否願意冒險。可若不將當年的事查個清楚明白，妾身死不瞑目。」

險地？有多危險？母親一直閉口不說就是因為這個原因？穆瀾思索著。

「為了她父親，穆瀾會答應的，妳多慮了。我既然答應了妳，就一定會辦到。」杜之仙胸口氣血翻騰，咳了起來。他抬袖掩了嘴，待緩過勁來笑道：「多謝妳的藥酒，我才能撐到現在。回頭妳還是告訴她為好。」

「多謝先生。」穆胭脂站起身，朝杜之仙行了個大禮。

慌得杜之仙趕緊攔住她，「穆班主無須如此……再為我泡杯茶，就當謝禮了。」

聽到這裡，穆瀾知道也聽不出更多祕密。只有盞茶時間，她悄無聲息地游到後院牆邊，順著水渠游進了溪中。

穆瀾水淋淋地上了岸，從岸邊草叢中拿起外袍和鞋穿好。溼透的內衫漸漸浸溼了外袍，她停了下來，瞅著遠處林家的帳篷打起了主意。

寬敞的帳篷中只擺了一個浴桶，浴桶紅漆雕花，精緻寬大。

換了兩次水，林一川終於覺得擺脫了周身的臭味，泡在熱水中簡直不想起身。

「少爺，一炷香還沒燃完呢。」雁行在外面知趣地說了聲。

還能再泡一會兒。林一川閉上眼睛靠在桶壁上。昨天晚上他睡在了柴房。柴房啊，他從出生到現在，睡的是雕花的拔步床，墊的是絲棉，蓋的是錦繡緞被。不像杜家柴房的稻草，翻個身窸窸窣窣作響，刺得他渾身發癢。

「喂，你倆趕緊把酒罈搬到照壁那放著呀！」

雁行和燕聲看到穆瀾從帳篷邊探出臉來。

「啞叔在後院呢，難道還要你家少爺親自去搬啊？」

兩人感激地看了眼穆瀾，挽起衣袖就去了。

穆瀾閃身從帳篷後出來，見雁行不放心地回頭，她擺了擺手，「快去快去！」燒水的鍋冒著水氣，擋住了她大半個身影，雁行沒看出什麼來，扭頭和燕聲搬酒罈去了。

穆瀾鬆了口氣，衝裡面說道：「大公子，你還要洗多久？」

林一川聽得清楚，嘟囔道：「再來點兒熱水，一會兒就好。」

「行，我幫你！」正中穆瀾下懷。她彎腰往身上潑了些水，順手提起一桶水掀起了簾子。

帳篷中，林一川背對著她，露出線條優美的脊背。穆瀾把臉扭到旁邊，提起水就潑了過去，「想得美啊，還要泡一會兒？當是你家啊？趕緊起來吧！」

嘩啦啦的水聲中，林一川被刺激得從浴桶中站起來，氣極大罵，「你居然澆我涼水！你真夠狠的，洗個澡我給了你兩千兩！你也太不地道了！」

回答他的是木桶扔在地上的撲通聲和兔子般跳出帳篷的身影。

穆瀾站在帳子外按著撲通跳動的心，不停地安慰自己，「妳是男人是男人是男人……男人看男人如看木頭沒什麼大不了。」

聽到裡面的罵聲，她又忍不住笑了，隔了簾子理直氣壯地說道：「不用涼水潑你，大公子怕是想在澡桶裡睡一覺！還害我弄溼了衣裳！換衣裳去了！你趕緊吧。」

頭一昂，穆瀾走了。

林一川快速換好衣裳出來時，雁行和燕聲已經搬完了酒罈。他冷著臉握拳，又飛奔進杜宅。

穆瀾的好運氣似乎到頭了，她剛走到東廂，啞叔陪著穆胭脂正巧從月洞門出來。啞叔和穆胭脂的目光同時看向了她。啞叔的眼神有點吃驚，穆胭脂的眼神中多了幾分氣惱。

「不小心被澆了身水。」穆瀾無可奈何地解釋。

啞叔沒有問是誰澆了她一身水，指了指東廂，示意穆瀾去換衣裳，比劃了個吃飯的手勢，去廚房做飯了。

穆瀾正要進房，胳膊被穆胭脂拉住了。

「怎麼溼成這樣？」穆胭脂一聲驚呼，「頭髮都溼了？妳栽進溪水裡了？不是讓妳幫著劈柴嗎？誰澆了妳一身水？」

「林大公子洗澡，他家小廝腳踩滑了，一桶水澆我頭上而已。」穆瀾低聲埋怨道：「反正我早說動了師父去問診，他欠咱們老大人情了，娘何必還要去討好他？」

穆胭脂恨鐵不成鋼地往她身上睃了眼，嗔道：「娘還不是擔心妳。也不知小心點兒，受了涼，後天怎麼走得了索？」

母親還記得她這幾天身體不適。穆瀾心裡微暖，瞥見林一川進來，大聲說道：「還不是您要我去幫林大公子幹活……我去換衣裳！」

幫他幹活？這人就提桶涼水來澆自己！林一川望著走進廂房裡的穆瀾，氣不打一處來。

「大公子，我兒子是粗人，笨手笨腳的……哎喲，沒把您衣裳弄溼就好。」穆胭脂快步走向林一川，上下打量著他。

她討好的神情讓林一川心中微動，臉上也帶出笑來，「穆公子動作俐落，幫我大忙了。」

他依然穿著那件緋色繡花袍子，卻熨燙整齊。昨天晚上雁行迅速準備了五套一模一樣的衣飾供他換洗。

「我兒子毛手毛腳的。」穆胭脂嗅到了澡豆的香味，看出林一川換了身乾淨衣裳，只裝著不知。這個發現讓她膽子也大了，賠著笑臉向林一川討人情，「大公子，您府上的二老爺請穆家班去演一齣求佛取藥。也怪我兒子不好，昨兒端午節來遲了，差點誤了二老爺的事。杜先生已經答應去府上診脈，您看，三天後這求佛取藥是不是就……」

「杜先生答應了？」林一川驚喜交加，撇下穆胭脂走向正房，站在門口掀袍就跪下了，「杜先生，大恩不言謝，受在下一拜！」

杜之仙忍著咳嗽的聲音從房中傳出，「念你至孝，老夫就走一趟吧！」

林一川磕了個頭，激動地說道：「先生，轎子已經備好，門外恭候先生。」

見他大踏步往外走，穆胭脂急步追了過去，「大公子，那三天後……」

穆瀾？穆家班？原來那小子就是昨天端午走索奪了彩，替二叔贏了三萬多兩銀子的穆家班少班主！林一川恍然大悟。被二叔請到林家走索的人是穆瀾，他居然就趁機賣消息還想勒索自己一萬兩！

我倒要看看不給他銀子，那小子敢從索上摔得血肉模糊不！林一川微笑著朝廂房看了眼道：「既然是二叔的一番好意，穆班主就請盡力演上一回，讓家父也瞧瞧聞名大運河的穆家班走索絕技。演得好，林某定有重謝。」

「這這……」穆胭脂沒想到林一川仍然堅持讓穆家班去表演，一時間瞠目結舌。

等到林一川出了門，穆胭脂懊惱地跺了跺腳，輕輕給了自己一個嘴巴，「早知道先讓他答應不去林家獻藝，再告訴他杜先生答應出診。我怎麼這麼笨！」

「娘，不是您笨。人家是商人，得了好處哪還能記得起您？」換過衣裳的穆瀾抄著胳膊靠在門口，懶洋洋地說道。

「呸！有錢人真不是東西！」穆胭脂罵完，陪著小心看向穆瀾，「那娘就和李教頭先回去了。杜先生身邊也沒個侍候的人，妳服侍他去林家走一趟吧。瀾兒，路上和林大公子好好說說。看在妳師父面上，走索的時候也不至於太過為難。」

絮叨著的母親顯得這樣熟悉，讓穆瀾險些覺得半個時辰前是自己看花了眼。她送母親出門，母親欲言又止，最終還是什麼都沒說，匆匆上了騾車離開。

穆瀾心裡微嘆。母親想替父親翻案，又怕將自己送進險地，所以才會這樣迴避自己。她有些內疚。如果母親知曉自己苦練十年武藝，是東廠聞名色變的珍瓏刺客，就不會這樣患得患失了。可惜，這是她和老頭兒之間的祕密。她立過誓，不會告訴任何人。

她轉過身，杜之仙不知何時已經出來了。

老頭兒什麼都強，就是欠不得人情。十年前得了母親的藥酒，不僅收了自己當徒弟，待母親一向禮遇。穆瀾覺得老頭兒這身穿得太騷包了，白衣飄飄，頗有些翩翩公子的味道。

「師父今天瞧著精神氣不錯嘛！」穆瀾笑嘻嘻地誇了他一聲。

杜之仙輕咳兩聲，兩頰又泛起了紅暈，「有些東西還需要準備。大公子明天辰時來接老夫吧。快午時了，穆瀾，送完客回來用飯。」

「是。」穆瀾笑咪咪地應了，「大公子，明天請早吧。」

明天就明天，總比不去的強。林一川倒也痛快，朝門裡朗聲道：「明天辰時，在下來接杜先生。」

他離家兩天，心裡掛念著父親，翻身就上了馬。

「等等。」穆瀾攔在馬前，笑嘻嘻地伸手，「我說服了師父出診，酬金一萬兩。大公子什麼時候給我？」

林一川伏低身體，很誠懇、很認真地說道：「穆少班主是想明天拿銀子，還是後天？」

明天陪師父去看病，自然是拿銀子的最好時機。林一川為何還要提後天？穆瀾聽到他叫自己少班主，心知林一川已經知曉自己身分。知道林二老爺請的雜耍班就是穆家班，也知道自己是在勒索他。林一川定是氣極了。

穆瀾微微笑著，聲音裡透著一股戲謔，「病來如山倒，病去如抽絲。大公子別太心急了。」

也不想想，你爹就算有救也需要慢慢將養。我還是我師父的徒弟，你現在就想報復我，是不是早了點兒？

他是太急了，被這小子氣得都忍不住脾氣了。林一川明知自己急了，又順不過胸口堵著的氣，臉色說不出的難看。

「大公子看起來挺不高興的？臉色陰沉得都能擠出水了。」

「誰說本公子不高興的？」林一川咧開嘴，刻意露出雪白的牙齒，「能請到江南鬼才為家父診治，本公子高興得都快哭了！」

「在下總算不負大公子所託，一萬兩酬勞，大公子打算什麼時候付呢？」穆瀾輕輕鬆鬆把圈子繞了回去。

林一川一語雙關道：「明天杜先生進府替家父診治時付你。林某會記住穆少班主數次伸手的情誼的！」

聽到這句被林一川咬字清楚的「數次伸手」，穆瀾不由得大笑起來，覺得林一川甚是風趣。她眨了眨眼道：「大公子明兒可別來得遲了。」

林一川哼了聲，策馬急奔。

穆瀾搖著頭想，老頭可不像自己，伸手只會討些零碎。

啞叔中午做了筍子燒肉，燉了雞湯。穆瀾喝到湯裡濃濃的藥味。連喝兩大碗湯，感覺到熱意從小腹騰起，穆瀾笑嘻嘻地說道：「師父待我真好。」

「湯是妳啞叔燉的，怎麼不謝他去？」杜之仙淡然回道。

穆瀾撈了一塊翅膀啃著，含含糊糊地說道：「救人如救火，何況還要從林家摳銀子。師父決定明天去，不就是心疼我，想讓我在家多歇歇？」

她謝的不僅是藥膳。

十年前，穆胭脂讓六歲的穆瀾拜杜之仙為師。杜之仙問她，「妳母親想讓妳學經史文集，妳想學什麼？」

穆瀾認真地回答，「請先生教我如何做一個男人。」

才六歲，穆瀾就能猜到母親真正的心思。杜之仙覺得是天意，讓他真心想收穆瀾為徒。然而很多時候，杜之仙又覺得自己對不起穆瀾。把她教得太好，令他愧疚。

「女孩在這段時間如果不好好照顧自己，將來容易病痛纏身。從前告誡過妳的話，妳從來不會犯第二次錯，今天為何忘了？」

被林一川小廝不小心潑了滿身水的謊言騙得了母親，卻騙不過師父。穆瀾很坦然地放下筷子道：「因為我有種感覺，母親告訴您的話，您不一定會告訴我。而我，一定要知道。」

叮噹一聲，杜之仙手中的筷子掉在桌上。他厲聲喝道：「妳潛在池塘中偷聽？妳、妳聽到了……妳怎麼這麼不在意自己的身體？」

穆瀾眼尖地發現杜之仙將微微顫抖的手指捏成拳頭藏進袖中。就算擔心她不顧身體，也不至於讓老頭兒慌亂地拿不穩筷子；只聽到讓自己進險地，為父親翻案，也不至於讓老頭兒如此緊張。母親究竟說了些什麼？那個優雅泡茶的身影又出現在腦中，讓穆瀾暗暗遺憾沒有偷聽到更多。

她是個好學生，所以她絕不會讓老頭兒發現自己的疑惑。

「不就是要女扮男裝去找證據替我爹翻案嗎？女扮男裝進官場當然是險之又險，被發現就是砍頭的命。母親對我愧疚，又怕我不去，所以一直吞吞吐吐的，不肯告訴我實情。」

穆瀾輕描淡寫加上一副「我早猜著了大概」的神情，眉宇間滿不在乎，彷彿在說，不就這麼點事嗎？

杜之仙盯著她，沒有看出半點破綻。暗暗掐算著時間，他鬆了口氣。

「穆瀾，妳在穆家班扮男人，有妳母親替妳遮掩。如果讓妳和穆家班的小子們同吃同睡，妳有多大把握不會被他們看出來？」杜之仙神情嚴肅。

「就班裡那幫小子，我絕對有把握不讓他們看出來。」這點自信，穆瀾還是有的。

「因為妳是少班主，他們再與妳親熱，妳拒絕和他們一起跳大運河裡洗澡，他們也不會扒光妳的衣裳拉妳下水。換成是陌生人呢？當妳拒絕和男人進澡堂子，就會幫自己找一個理由。當妳的各種理由和藉口一點點增多後，妳就會成為別人眼中的異類，自然就會引起別人的懷疑。尤其是兩種人。」

穆瀾肅然受教，「哪兩種人？」

杜之仙淡淡說道：「一種是想害妳的人，另一種是關心妳的人。這兩種人都會異常關注著妳。盯著一根竹子的時間長了，就能發現它的特點，能把它和別的竹子區分開來。」

「所以，我最好成為這兩種人眼中的陌生人。不引起前者的懷疑，同時遠離關心我的人。」

杜之仙輕嘆，「穆瀾，妳一直聰慧。」

誇她聰慧，卻不誇她做得好。

只有淡情冷性之人方能做到吧？師父和母親都認為自己心軟。不插手茗煙刺殺朴銀鷹，東廠不會發現珍瓏的行蹤。

不攔住母親對核桃的殺意，也許核桃早成了河裡冤魂。穆瀾垂眸掩住眼底閃過的悲哀。

「母親想替父親翻案，如果因此搭上無辜者的性命，他們難道就不冤枉？」

杜之仙愣了愣。

「我今天第一次聽說……父親。在我的生活裡，父親只是偶爾在腦中的想像。師父，請您告訴我，父親是怎樣的一個人，當年又是怎樣的故事。來之前，母親說把我託付給您，她說不出口，就請師父告訴我吧。」

風和日麗的五月，蜻蜓趴在粉嫩的荷花瓣上，不冷不熱的太陽晒著翅膀，愜意得不想離開。

穆瀾攤開躺在竹製平臺上，盯著那蜻蜓出神。

十六歲時乍然知曉自己有父親，知曉母親從小把自己當男孩養的原因，穆瀾對自己居然一絲激動與詫異都沒有，感到奇怪。

她的父親叫邱明堂，正七品河南道監察御史。十年前春闈，河南道奉旨巡查，後來爆出了會試舞弊案，供奉在孔廟中的試題洩漏。病中的先帝震怒，京中倒了一批官員，地方也換掉了一批官員。邱明堂因巡查不利被罷官，然而罷官後的第二天被人發現在臥房中懸梁自盡。

那天邱明堂被罷官後頹然歸家，飲酒澆愁，含糊告訴穆胭脂，他已經查到了科舉弊案的線索證據，卻無力回天。

那晚穆瀾發著燒，穆胭脂陪女兒睡。穆胭脂說，邱明堂喝得爛醉如泥，臥房沒有承塵（註4），梁極高。邱明堂在桌子上再搭了一張凳子，這才勉強將脖子伸進了繩圈。

杜之仙說得很風趣，「妳母親嚷道，妳父親摔斷了脖子她信，懸梁自盡不可能，他得站在椅子上再跳起來才能把脖子掛在繩子上。」

穆胭脂想起了邱明堂說過的話，辦過喪事後悄悄帶著穆瀾走了，從此隱姓埋名。

「庚戌年科舉弊案。我隨母姓。」穆瀾喃喃唸著。老頭兒說得詳細，甚至連大理寺的卷宗都抄錄了一份。

註4 天花板。

破了那件案子，就能知道是誰想殺人滅口。

「誰還留在朝堂上，誰從那件案子中得了極大的好處……」穆瀾腦中閃現出一個又一個的念頭，又帶來一串串疑惑。

腳步聲由遠而近，停在她身邊。杜之仙低頭看著她道：「在想心事？」

他已經換過了衣裳，如往常一般穿著普通的青色圓領袍子。

穆瀾翻身坐起道：「乍聽說父親的事，心裡總是要多想一想的。師父……可曾有懷疑對象？」

「自然。」杜之仙掀袍坐下，拿著茶盅一個個放好，「東廠督主譚誠，網羅門生打擊對手。弊案後期，東廠奉旨提審官員，正是打壓對手的好時機。禮部尚書承恩公許德昭，他原是侍郎，案發後禮部連貶六名官員，他毫髮無傷，擢升了尚書。當然，這也可能因為他是太后親兄，弊案與他可能無關。內閣首輔胡牧山，庚戌年他才成了首輔……」

「沒一個能惹得起。」穆瀾打斷了他的話，「最容易入手的是哪一個？」

杜之仙拿出一疊資料遞給她，「陳瀚方，國子監祭酒。試題洩漏後，原祭酒被砍了頭，他從司業升了祭酒。」

穆瀾眼神含笑，掛著讓杜之仙最頭疼的慵懶笑容邊看資料邊說：「母親大字不識，就是個懂得點兒皮毛功夫的粗鄙婦人，沒想到十年前她就曉得讓我女扮男裝，今天正好方便混進國子監。這是不是就叫大智若愚？」

「是我的主意。妳母親……想不到這些。」杜之仙無奈承認。

穆瀾一臉「我就知道」的神情。

杜之仙又道：「妳長大了，可以曉事，自然可以去了。我在妳房中給妳備好了妳日後所需之物。這兩天妳就待在家裡好好看看，明天我一人去林家即可。後天的走索，師父會想辦法讓林大老爺取消。」

「不行啊，師父。林一川還欠我一萬兩呢。我明天跟著您收銀子去。」穆瀾笑了起來，想到林一川的神情，她就開心。

杜之仙想了想，點頭道：「也好。」

不知為何，穆瀾望著杜之仙被風吹得飄蕩的青袍，總有些不安。

第八章　用他的命換她的命

林家是典型的江南宅邸，一彎白牆中兩扇高大對開的黑漆木門很是醒目，精美的雕花石磚圍繞木門鑲出一座門樓，上方門楣上簡單嵌了「林宅」兩字。

前院天井狹長而窄，正對的花廳裡擺著條案、太師椅，一色的黑漆嵌雲石家具。天光從屋頂的琉璃瓦漏下來，陽光晒出的幾縷塵柱無聲落在青石地面。

穆瀾背著醫箱欣賞著中堂懸掛的字畫，意外發現那幅墨竹圖的落款是老頭兒的名字。

林一川回頭看了她一眼，見穆瀾笑著用眼神詢問自己，他矜持地抬起下巴，無聲用嘴形回答穆瀾，「才換的！」

見他得意，穆瀾低了頭就笑。

林一川抬手指著畫，和杜之仙寒暄，「先生十年前所作，林家視若珍寶。」

「依大公子眼力，杜某這幅畫價值多少？」

突然間談到畫值多少錢，林一川想都未想，直接回道：「於喜愛它的人而言，價值連城。」

杜之仙笑了笑，繼續前行。

穿過了花廳，又過了一個窄窄的天井，出了葫蘆門，眼前就亮了。高低錯落的山石堆出層疊的空間，順著地勢修建的風雨長廊蜿蜒曲折，穿行在綠樹藤蘿中。粉牆低矮，隔數步就是一扇鏤空花窗。一窗一景，絕不重複。

一乘竹簾小轎停在門外，林一川親自請了杜之仙上轎。望著轎子抬遠，他走到穆瀾身邊，「穆少班主需要坐轎嗎？」

穆瀾知他心氣不平，笑著將醫箱遞給他，「大公子幫我拿醫箱就好。風景如此好，走路正好。」

燕聲飛快地將醫箱搶到手裡抱著。

穆瀾忍不住笑，「我又沒說一定要你家少爺拿，你著什麼急？拿好了，裡面有藥劑，別顛出來了。」

林一川哼了聲，終於還是塞了個荷包給穆瀾，「一萬兩。本公子言而有信。」不言而有信，也會睚眥必報。林一川心裡的怨氣還沒有消呢。穆瀾看得清楚，不客氣地接了荷包道：「我師父昨天給我說了，明天不讓我走索，麻煩大公子給林二老爺說聲唄。」

林一川正想著明天二叔會把怒氣朝著穆家班發作……杜之仙今天為父親診治，他很想看看二叔的臉色。聽到穆瀾的話，林一川又哼了聲。

穆瀾偏不肯服軟，有恃無恐道：「反正我師父也要提，你還得答應。何必順不過心頭那口氣？大公子也不想想，如果不是我，你能請到我師父嗎？大公子是林家掌舵人，何必與我這種愛錢如命的小人過意不去？」

這小子半點虧都不肯吃，居然肯這樣評價自己？林一川狐疑地看著穆瀾，突然看到她望著一株高大的玉蘭笑。她半張臉沐浴在陽光下，元寶般的耳朵上覆蓋的淺淺絨毛被照得纖毫畢現，極為可愛。

和這半大的小子置什麼氣？這人也沒說錯，摳了點兒銀子走，也請了杜之仙來。

「你走索很厲害？」林一川心念轉動，有點想挖個坑給二叔瞧瞧。

「大公子，你的家事在下不想插手。」穆瀾嘆了口氣。除非林一川能把林二老爺壓得死死的，她不想讓穆家班有任何危險。

林一川悻悻然。他就沒有一次在這小子手裡討到過便宜。他心念微動，想起了一件事來，「你能告訴我，杜先生問那幅畫是什麼意思？」

穆瀾心想：如果你說值個多少錢，老頭兒肯定讓你出錢買了。這意思卻不好說出口，她沉吟道：「回頭我幫大公子打聽清楚便是。」

「什麼？」

林一川怕穆瀾又獅子大張口，穆瀾卻真沒想敲詐他。

四目相對，林一川彆扭地轉開了臉。

走了小半時辰，來到一處精緻美麗的院落。庭院中兩株有合抱粗的銀杏枝葉茂盛，遮蔽了大半座院子。天光樹影映進樹旁一座尺餘深的淺塘，光影中隱約能看到白沙間靜臥著一對金色大魚，姿態雍容美麗。

杜之仙正負手站在池前，欣賞著池中魚。望著穆瀾與林一川並肩走來，杜之仙眼神閃了閃，開口道：「大公子，看脈時老夫不喜人打擾。」

不等林一川開口，站在正房門口的雁行朝杜之仙揖首道：「在老爺院中侍候的人都已請了出去。沒有少爺的吩咐，沒有人能進老爺的銀杏院。」

杜之仙這才示意穆瀾拿起醫箱。

進了正房，林一川親自上前掀起帳簾。

拔步床上躺著一個鬚髮皆白的老人，兩頰的面皮耷拉下來，嘴角兩邊形成深深的兩道溝壑。想來林大老爺未生病前是很富態的人，病來如山倒，瘦得太快，以至於皮膚才會塌成面皮。

眉心的那團灰敗之氣顯而易見。穆瀾只看了一眼，就知道林大老爺命不久矣。她很有點佩服老頭兒，十年前就能看出林大老爺身懷宿疾。

「爹，兒子請來了杜先生，他再給您看看脈。」林一川輕聲叫著，小心地將林大老爺的胳膊從被中抽了出來。

林大老爺眼皮動了動，睜開一道縫，喉嚨裡飄出一絲虛弱的聲音，「杜先生，老朽不信先生所言，自作孽……」

「林老爺，你生了個孝順的好兒子。杜某再給你瞧瞧脈，你先別急著開口說話。」杜之仙拱了拱手，側身坐在床前的錦凳上，手指按在林大老爺的腕間。

林大老爺閉上嘴，眼裡漸漸滾落出兩滴混濁的淚來。

早知今日，當初為何不信杜之仙？兒子正緊張地盯著杜之仙。有子行孝，溫暖的感覺浸潤著林大老爺的心。一川……還小呢。他不能就這樣死了。林大老爺的眼神漸漸有了渴盼。

房中落針可聞。杜之仙足足看了小半時辰，收手道：「林老爺安心休養，無礙。大公子外面說話。」

這話一說出來，房中人都大吃一驚。穆瀾吃驚林大老爺居然還有救，她於醫道只知皮毛，認的毒比救人的藥多，一時間覺得自己還有更多要學的東西。

林一川父子激動不已。林大老爺兩眼一翻就暈過去了。

「讓令尊睡吧。無礙。」杜之仙攔著林一川，示意他外間說話。

林一川留了燕聲在房中侍候，陪著杜之仙去了旁邊的書房。

「瀾兒，我有話對林公子說，你出去吧。」

穆瀾愣了愣，有些狐疑地想，難道林大老爺根本沒救了，老頭兒只是能緩緩病情發作，這是趁機要向林一川伸手摳銀子了？

院裡清靜，穆瀾百無聊賴，站在池邊觀賞。澄清的池水安靜倒映著景物，兩尾肥美的金色大魚在白沙中緩緩游動。

穆瀾突然看到杜之仙的身影出現在水中，她抬起臉，剛喊了聲「師父」，肩膀像是被蚊子叮了一口，眼前的景物漸漸變得模糊。她努力瞪大了眼睛，只看清楚杜之仙手中捏著一根針。

「為什麼？」她不知道自己問出口沒，思維就陷入了無邊無際的黑暗。

穆瀾醒來的時候，一點兒光暈在眼前由朦朧變得清晰。目光所及處，牆角站著一隻銀色的鶴，鶴嘴裡銜著燈，光映著銀色的鶴身，照亮了整間屋子。

這不是她熟悉的地方。穆瀾下意識動了動，這才發現自己以極舒服的姿勢被綁在一張躺椅上。

一盞茶遞到她嘴邊。穆瀾抬起了臉。

英俊熟悉的臉，眼神深邃看不清喜怒。穆瀾低下頭，衣襟交合處繫著的帶子上縫了一針，完整無損。老頭兒暗算了自己，還沒打算讓自己暴露身分。林大公子顯然是守禮之人，沒趁機將她剝個精光……

「幾天了？」

一開口，她的嗓子異常沙啞。這是用了藥的後遺症。

「蜂蜜水。」林一川簡單地開口，固執地將茶盞送到她嘴邊。

穆瀾沒有虐待自己的嗜好，一氣喝完了整盞蜂蜜水。

林一川將茶盞擱在旁邊案几上，坐在穆瀾面前，「現在是丑時，你醒得很快。杜先生說，你應該明天巳時才會清醒。」

也就是說，老頭兒下的藥是十二個時辰，自己提前了三、四個時辰醒來。

穆瀾自嘲地說道：「年輕，命賤，身體好唄。」

躺椅上墊著厚厚的虎皮，穆瀾身上搭著一塊薄毯，如果不是手腳被綁住，這樣躺著也很舒服。她平靜地望著林一川道：「我師父想錯了，我沒那麼緊張他。拖著個病秧子身體還要耗費精力替你爹治病，想找死誰也攔不住。何必要綁著我？就算我想去壞事，以大公子的武力，林家大群身手好的護院，我不過是個會玩點兒雜耍的，我還能闖進去把我師父拎出來？」

林一川尷尬不已，「穆公子，這是杜先生的意思。委屈你了。」

很好，林一川還不知道自己會武功。穆瀾暗暗咬牙。不是生死攸關，老頭兒絕不會用這種辦法困住她。她想起了和老頭兒的對話。

老頭兒本不打算讓她來。她想著收林一川那一萬兩，老頭兒說「也好」。不讓她同來林府，就用不著暗算她。老頭兒讓她來，是讓她把帳算清楚，他的一條命能從林家換取多少東西。老頭兒的算盤打得精，絕不會吃啞巴虧。

本來咳得就要死不活了……一絲酸澀驀然衝進穆瀾的鼻腔，淚意上湧。穆瀾下意識閉上眼睛，不想讓林一川看到。老頭兒不在意他的性命，她很在意。

「既是他的意思……我就再睡一覺好了。大公子守著我，不如去繼續守著你爹。我手無縛雞之力，掙不斷這麼粗的繩子。」穆瀾譏諷道。

林一川起身，抱拳，深揖首，「穆公子好生歇息，若有需求，儘管吩咐燕聲。」

「少爺，我會侍候好穆公子。」燕聲在門口趕緊答道。

穆瀾暗鬆了口氣。她觀察過林一川，他的武藝比燕聲高強。她要爭取時間，林一川離開，更方便她脫身。

腳步聲匆匆遠離，看來林一川不過是中途來察看而已。

房門關閉，穆瀾睜開眼睛。廊下的燈光映出了門外燕聲的身影。

她手臂輕輕蠕動，手腕柔若無骨地從繩索中脫了出來。老頭兒以為藥效能持續一天，殊不知教她武藝的師父也是個強人。她嘗過的毒和藥太多，老頭兒並不知道她早已經有了一定的抵抗力。提前了幾個時辰，還來得及嗎？

穆瀾掀開薄毯，彎腰從靴中抽出了薄匕。胸口湧動的戾氣與悲傷讓她懶得掩飾自己會武藝，揮匕直接將繩子斬成了兩截。

「燕聲，我要出恭，你想辦法吧。」總不能綁著她，讓她發洩吧？穆瀾克制著自己的衝動，想不動聲色地將燕聲誘進門來。

燕聲聽到房中穆瀾的聲音呆了呆，他的腦子不如雁行好用，對林大老爺的忠心讓他更加死腦筋，「穆公子，您就忍忍吧，睡一覺就過去了。」

睡到天明，老頭兒就該死了！他的話如同火上澆油。穆瀾眼裡飄著火，從躺椅上一躍而起。

房門突然被拉開，燕聲驚愕地回頭。

他的眼睛花了花，瞧到一抹青影，然後眼前一片黑暗。

倒轉匕首，柄端敲在燕聲的脖子上。不等他倒地，穆瀾已揪住他的衣領，用力一甩，燕聲摔在了躺椅上。

簷下的燈籠照在穆瀾身上，青色的布衫蒙上一層淡淡的暗紅色。

天上寥落地掛著幾顆星子，清朗淒清。銀杏樹的樹影像濃濃的墨筆掃過院落，枝葉疏朗間漏下的星光將那片淺池映得雪亮。

很好，還在銀杏院中。

穆瀾抬頭，正對上守候在正房外的林一川愕然的眼眸。她快速地奔過去，中途腳用力踩踏在青磚上，身體一躍而起。

他只眨了眨眼睛，穆瀾已身在半空，腳夾雜著風聲狠狠踹向他的胸。林一川身體往後仰倒，看到靴尖從臉上掠過。他下意識抬手，撈了個空。

穆瀾一腳踢空。按常理，她應該落在地上，然而她的身體卻驚人地在半空中擰轉，輕盈得像是一條躍出水面的魚，背對著林一川，雙手用力推向正房的房門。

好驚豔的輕功！林一川腦中閃過這個念頭。他絕不能讓穆瀾打斷杜之仙的診治。林一川來不及多想，跳起來撲向了穆瀾。

他像小孩打架一樣，沒有任何章法，從身後抱住穆瀾，手腳並用地纏住了她。兩人重重地摔在地上。穆瀾回肘，肘間狠狠撞向林一川的肩。

劇烈的疼痛讓林一川半邊身體一麻，他根本無法施展任何招術，腦子裡只想著，一定要阻止穆瀾進去。一肘接一肘的撞擊激起了他的野性，他用力張開胳膊，死死圈住穆瀾，將她壓在身下。

身高與體力的優勢禁錮得讓穆瀾難以掙脫，她就像是一條被扔在岸上胡亂撲騰的魚，始終無法再回到水面。

「老頭兒，你給我出來！你死不死的，我才不放在心上！」

穆瀾掙扎著沒了力氣，望著近在咫尺的房門，眼淚洶湧奔洩。

帶著哭音的嘶吼聲在清靜的夜晚迴盪著。這一刻，林一川覺得自己像抱著一條失孤的小狼崽。他不敢放鬆，反而抱得更緊，不停地唸著：「對不起，對不起……」

他是自私。杜之仙告訴他，針灸疏通父親全身經絡，配以藥劑，只能讓父親續命兩、三年。
父親對他而言，多活一天，捨盡家財他都願意，何況能續命兩、三年。
但杜之仙強耗精力，病情會加重，命不久矣。
杜之仙拚了命去救林大老爺，向林一川提了兩個條件。第一個條件是拿三十萬兩銀救濟淮河災民。
三十萬兩銀子，就當是為父親祈福，何況還是救濟災民，林一川毫不猶豫就答應了。
杜之仙的第二個條件分外古怪。他說，如果穆瀾有一天會性命難保，林家傾盡家財也要保穆瀾一命。林一川不知道穆瀾這小子會出什麼事，讓杜之仙如此鄭重。但他想，就當是還了杜之仙一命，他鄭重立了誓。
身下傳來穆瀾哀哀的哭聲，她不再掙扎，趴在地上哭得像孩子似的。
對這小子來說，杜之仙就是親人。林一川明白穆瀾的感受，也很內疚，力氣漸漸散了。
穆瀾聽不到林一川的道歉，滿腦子都是跟在杜之仙身邊的畫面。
「瀾兒好聰明，以前學過千字文嗎？」
「我不知道。反正一看就認識。」
那是六歲初拜師時，杜之仙拿了千字文考她。
「妳怎麼認識川芎？」
「一聞就知道了嘛。」

「再聞聞這個？」

「哎呀，師父，瀾兒又不是小狗。」

「再想想，在哪兒聞到過？」

「藥鋪嘛。娘熬過這種藥。」

「川芎上行頭目，中開鬱結，下調經水。師父給妳娘開張方子吧。」

好像是十歲，她對藥有種無師自通的靈慧，可惜卻對診脈開方不感興趣。她更喜歡配了藥餵給池塘的蛙吃，看蛙的反應，覺得比學醫好玩。

「每個人都像一枚棋，只有下棋的人才會知道這枚棋子的用意。咳咳，不要搗亂！」

在棋枰上亂抓了一把棋子的穆瀾壞壞地笑。

「您告訴我為什麼殺了東廠的人都要扔枚刻著珍瓏的棋子？太傻了吧？」

「打草才能驚蛇。有時候目標不見得是那條蛇。」

「哎，師父，猜您的意思太費勁了。」

「所以東廠的人也猜不到。」

「您等於在說廢話。」

「師父也只是一枚棋子罷了。」

十五歲那年和杜之仙的對話。

棋子，老頭兒曾說過他也只是一枚棋子。他的作用就是為了教導自己，然後賠上性命，讓林家對他唯一的徒弟報恩？誰是那個下棋的人？珍瓏局……一直以為老頭兒是布局之人，他只是一枚棋子，誰是真正的瓏主？是師父嗎？六歲起教她習武的師父？或者，從沒見過真面目的師父也只是一枚棋子？那麼她呢？刺殺東廠的珍瓏刺客，也只是一枚棋？

雜草般冒出的念頭讓穆瀾迷茫。當務之急是如何為老頭兒續命！穆瀾感覺到來自身後的力量小了，她背一拱就掀翻了林一川，轉身毫不猶豫地一拳揍在他臉上。

「啊！」林一川捂著眼睛險些痛暈過去，悔得腸子都青了。他幹麼對這頭小狼崽心軟？

肚子上隨之又被重重踢了一腳，這一腳力量太大，林一川直接被踢進水池中。水花四濺，肥美的金色大魚被他從水中震了出來，「啪」的摔在地上。粗壯的身軀啪啪地拍打著地面，因為太重，沒掙扎一會兒就只能鼓著眼睛可憐巴巴地扭動身體。

多像自己！暴露了武功，卻在做無用功。穆瀾擦乾淨眼淚，抬臉望向天空。寥落的星子多像棋盤裡的棋，窮盡她的目力也望不透頭頂這方浩瀚蒼穹……新的眼淚順著臉頰又淌了出來。為何背地裡天天叫他老頭兒，心裡卻覺得像死了親爹一樣疼呢？

「你、你原來都是裝的！你會武功！」林一川瞪著烏青的眼睛從池子裡站起來，氣得朝著穆瀾衝過去，「小子，別以為我打不過你！」

他手掌夾雜著風聲拍向穆瀾。

你打吧。穆瀾不閃不避。

她真該挨揍。

皇帝三請不至的帝師之才，十萬兩收一徒，肯揣著銀票來拜師的人還會少？皇帝會頭一個來排隊報名。

一葉障目。老頭兒並不缺錢啊，她習字時曾經就用過一錠價值千金的南唐李墨。老頭兒說，讀書人需知文房四寶。這個「知」字，是用銀子堆出來的。

枉她還沾沾自喜，摳了林一川十二萬兩銀子。

現在看來，從林家摳銀子賑災只是個藉口。老頭兒真正的目的，是要她結識林一川。她何德何能，讓教導了自己十年的師父，拿命去換別人對她報恩。

那個笑起來燦爛堪比驕陽的少年站在淡淡星輝下，夜色替她的睫毛染上一層亮色，未乾的淚影讓雙眸像是浸潤在清水裡的黑曜石。林一川的手掌就再也拍不下去，中途改道拍在銀杏樹上。樹影搖曳，襯得少年的面色陰晴不定。然而她每一個眼神都是同樣的悲傷。

「我答應過你師父……」

門吱呀開了，穆瀾驀然轉過身。

「大公子，令尊睡醒了按方撿藥服用靜養就好。」

「多謝先生。一川所應之事絕不食言。」林一川抱拳揖首，朝屋裡飛奔而去。

杜之仙靜靜站在門口，青色圓領長袍被夜風吹動，他的眼神無比慈愛，「深更半夜，妳想吵得所有人睡不著嗎？」

穆瀾尖聲叫道：「您精神不也挺好？」

杜之仙居然答道：「還不錯。」

他的臉慘白得像鬼似地……穆瀾突然想起宅子裡的藥材。她記得幾年前跟老頭兒學藝時，在深山中意外挖到一株成形的百年老參，一直捨不得用，留著老頭兒病情險惡時救急，「您歇著，我回家拿那枝參。」

「……不用了。」杜之仙勉強地笑道：「天快亮了，城門快開了。我們回家吧。」

「你已拿給林大老爺用了？」見杜之仙這神色，穆瀾就猜到了。她握緊拳頭，衝著杜之仙怒吼，「他家不是很有錢嗎？連一枝百年老參都沒有？」

當百年老參是地裡種的大白蘿蔔？林家有錢，也要有好運的參客挖到。就算挖到了，天底下貴人那麼多，能讓林家買到的，這幾個月都給林大老爺用了。

穆瀾走過去，背對著杜之仙蹲下來，「師父，我們回家。」家裡有啞叔，有珍藏的各種藥材，興許還能想出辦法。

望著她單薄的脊背，杜之仙微微一笑，伏了上去。

他的身體像紙一樣輕。淚水從穆瀾眼中滴落。

她輕鬆背起杜之仙往外走。

杜之仙輕聲說道：「師父本來就活不久了，能讓林家出那麼多銀子賑災，還欠著份大人情，這買賣不虧。」

穆瀾吸了吸鼻子道：「您騙我。宅子裡那些舊物，都是值錢玩意，哪需要挖空心思來林家摳錢？」

「將來妳若有難……林一川會救妳。」

她用得著林一川救？穆瀾不屑至極，「林家除了有錢，還有什麼？他再會做生意，不過就是個商人。」

杜之仙居然說道：「事已至此，妳若說用不著，豈不是特別傻？」

「事已至此，師父也不肯告訴我一句實話嗎？」

耳邊傳來杜之仙氣若游絲的聲音，「人為財死，鳥為食亡。東廠想要下屬忠心，也需要用錢籠絡。譚誠看上了揚州首富林家……竭澤而漁，不如授人以漁。抄沒林家不如讓林家成為取之不盡的錢袋。林一川面相不凡，他日成就絕非一商賈。」

譚誠看上的人，不奉他為主，就與之為敵。一個商人鬥不過東廠，只能投靠。林一川面相不凡，也許還會成為譚誠心腹。師父未雨綢繆，提前讓林一川欠下一個人情，或許將來她這個珍瓏刺客落在東廠手中，他能救她一命。

繞了這麼大個圈，全是為了她。穆瀾大慟。

「師父對不住妳……」

「要死了還這麼囉嗦！」

身後再沒有聲音，穆瀾驚愣地停下腳步。直到感覺到細微的呼吸聲，她才鬆了口氣。她真怕老頭兒耗盡精力，突然猝死。

出了院子，雁行正站在轎旁，態度無比恭敬，「穆公子，小人送您與令師回府。」

不是來時的竹簾小轎，是八抬的寬轎。

穆瀾輕輕將杜之仙送進轎中，陪他坐了，「要穩要快。」

沒有那枝百年老參，搜羅了杜府裡餘下的參煎成一壺濃濃的參湯，穆瀾將其灌進杜之仙嘴裡，摸著他的脈膊，感覺到強壯了一絲。

指尖下的手腕像是一截枯木，褐色的皮膚貼在枯瘦的骨頭上，隱隱能看到紫黑色的血脈，杜之仙才過四十，身體已如八旬老翁。

油盡燈枯。

也許是參湯補氣，杜之仙的呼吸變得平穩。

啞叔的眼睛紅紅的，不停地搓著粗糙的大手。他像是想起了什麼，推開雕著五福的雕花床板，拿出一只匣子遞給穆瀾，比劃著手勢。

「救命的？」穆瀾看懂了，趕緊打開匣子。

裡面放著一幅絹，絹上繪著赤身男子與針灸穴位。

穆瀾醫術不精，也懂得簡單針灸，她俐落地取了銀針，啞叔卻攔住她，著急地比劃起來。

「醫者無男女。」穆瀾冷著臉生氣，「從小教我如何扮男人，今天才想起我是女孩？如今生死攸關，他是我師父，我不需要避嫌。」

啞叔看著形容枯槁的杜之仙。一輩子沒有違過杜之仙的命令，他真是為難。

「死也要講禮！啞叔，他是老糊塗了，你也是嗎？現在救命要緊，有時間去請個大夫來給他針灸？」穆瀾厲聲說道。

啞叔低下了頭。

「去熬藥吧。」

就當你沒看見不知道。

啞叔艱難地朝門外走去，他回頭看了眼床上躺著的杜之仙，嘆了口氣，關上房門。

脫了杜之仙的衣裳，穆瀾又是一愣。她飛快地回頭，看到房門緊閉著，她的心怦怦跳了起來。

杜之仙的肩上有枚刺青，刺著一枝丹桂。難道他的守禮並非是為了男女大防，而是為了遮掩這枚刺青？

穆瀾想起他那件騷包的白色綢袍，上面繡著簇簇金黃丹桂。這讓她想起了教她武藝的師父。

六歲那年，穆家班的船到了應天府，母親釀的藥酒意外緩解了杜之仙的病情。母親留了杜之仙在船上，順著大運河送他回揚州。她在船上跟著杜之仙唸了一個多月的書。到揚州後，穆家班在附近演出，盤桓了三個月，她一直留在杜府讀書。那時候，杜之仙請來了教她武藝的師父。

他的個頭和杜之仙差不多高，全身籠罩在寬大的黑色斗篷裡，臉上一直戴著副面具。穆瀾記得，那副面具的左側淺淺刻著一枝花。花形刻得太淺，她從前一直沒看出來那是什麼花。

「原來是枝丹桂。」穆瀾今天才明白。

面具男連姓名都沒告訴過穆瀾，只讓她稱師父。

杜之仙教她習文，師父教她武藝。在穆瀾心裡，她更親近杜之仙。

面具師父神龍見首不見尾，行蹤難覓。想來就來，說走就走。有時會出現在杜府，有時會在她艙中留下印記，讓她上岸去見他。

他教導她武藝，更多的時候是先教了招式與方法，讓她自行練習；再出現，就是考校之時。他從不和穆瀾說一句廢話。穆瀾性情活潑，小時候說俏皮話，等於對牛彈琴。年紀漸長，穆瀾想方設法刺探面具師父的底細，無論她說什麼，面具師父都當沒聽到。久了，穆瀾都覺得對方是座萬年不化的冰山，無趣至極。

穆瀾刻苦努力，杜之仙時不時也會提醒她練功。母親與穆家班的人都以為她練的是走索雜耍功夫，看不出她練的是高明的武技。

針灸之後，杜之仙的臉色不再慘白如紙。穆瀾替他穿好衣裳，盯著他睡熟的臉瞧了一會兒，起身出去。

「啞叔，既然師父不想讓我為他針灸，等他醒來，你就別告訴他了，免得他心神不安。」穆瀾決定隱瞞下自己看見刺青的事。

啞叔連連點頭，慈愛地拍了拍穆瀾的肩。

第九章　丹桂與面具

天漸漸亮了。

林家西苑守仁堂燃了一夜的燭光漸漸變弱，林二老爺通宵未眠，兩眼泛起了紅絲。浮泡的下眼瞼像兩只乾癟的布袋，令他看上去憔悴異常。

這一晚已經過去了，最初的晨曦透過窗櫺照進屋來，昭示著今天會是個大晴天。然而林二老爺的臉上布滿了陰霾。

他望著東苑銀杏院的方向，焦急萬分。

他這個姪子實在不好對付。自昨天杜之仙入府起，東苑就封了大門，數百護衛把守得連隻蒼蠅都飛不進去。二十幾位姨娘直接被請回了房，連飯菜都是專人送進房中。想從東苑傳消息出來的人被當場打死了六個，血肉模糊的屍體從後巷裡抬出去，連面容都沒遮擋，嚇得林家的下人們連走路的腳步都輕了幾分。

天就這樣亮了，東苑仍無半點動靜。林二老爺又恨起那個收了他一萬兩定銀的掮客，說什麼請的是江湖最有名的殺手。啊呸！一萬兩扔水裡還能聽個水花響。東西兩苑只隔了一條狹窄的長巷，一整夜連個屁響都沒聽見！

「二老爺，大公子身邊的雁行來了。」
林二老爺胡亂摸了把臉，匆匆趕到花廳。
雁行臉色並不好，也是一宵未睡，眼睛卻還有神，臉頰上兩個笑渦仍在，「小人見過二老爺。」
花廳地上一領葦蓆上躺著三個黑衣人。林二老爺一驚，「這是？」
「想趁亂進東苑偷東西的賊。護衛手重，直接打死了。」雁行輕描淡寫地說道：「少爺在大老爺身邊侍疾走不開，煩請二老爺將賊人屍首送衙門報備一聲。」
一萬兩沒了！林二老爺心疼得面皮一陣抖動。
雁行關心地說道：「二老爺臉色不太好，您不用太過擔憂，杜先生已經診治完家去了。」
林二老爺心念轉動，激動地問道：「難道杜之仙真的有回春之術？大老爺的病豈不是被他治好了？」
一點兒消息沒漏出，看得出林二老爺真著急了。雁行露出真心實意的笑容，「回二老爺，杜先生說大老爺的病無礙，靜心調養就行了。小人先行告退。」
真被治好了？雁行走後，林二老爺怔怔站了會兒。他腳下發虛，癱坐在椅子上，喃喃唸道：「真治好了？」
他親眼目睹大哥病得就剩一口氣了，這才按下各種心思，耐心等著大哥歸西。居然杜之仙出手就治好了？之前重金請來宮裡的御醫不是都說沒救了嗎？
劉管事殷勤地將一盞燕窩送到林二老爺手邊，「老爺擔憂大老爺，一宵未睡，小人特叮囑廚房給老爺燉的。」

他擔憂的是大哥被治好了……林二老爺抬手將燕窩打翻在地，喝道：「你將這三個賊子送官府去！」

劉管事馬屁沒拍好，嚇得哆嗦了下，高聲叫人來抬屍首，又不死心地問了句，「老爺，今天說好讓穆家班來演一齣求佛取藥……」

人都被治好了，躺房裡靜養呢，還求什麼佛、取什麼藥？林二老爺沒了心思，怒道：「不知道大老爺要靜養嗎？還演什麼演？叫穆家班滾蛋！」

算他們走運！劉管事躬著身疊聲應了，趕緊離開花廳。

他前腳剛走，林一鳴就抱著蟲罐來了。

「爹，您瞧瞧，這身子、這長鬚、這牙口……」林一鳴心思只在蟋蟀上，壓根沒瞧見父親的神色，得意洋洋地將蟲罐揭開。

清脆的蟲鳴聲吵得林二老爺額頭青筋直跳，他拿起蟲罐就想摔。

「爹！蟲值一萬兩，罐子三千！」林一鳴嚇得喊了起來。

都是錢啊！林二老爺面容扭曲地將蟲罐放在几上，見兒子寶貝似地捧在懷裡。這個不成器的東西……他閉著眼睛有氣無力地揮了揮手，「給你娘說，開庫房拿些補品，用過早飯去東苑探望你大伯父。」

不親眼瞧瞧，他還是不信杜之仙能把個快死的人救活了。

就算活了，他也要想辦法弄死！

再讓林一川掌幾年家業，二房連湯都喝不上一口了。

林二老爺叫穆家班滾蛋，穆胭脂和李教頭都覺得事不宜遲，趕緊滾蛋離開揚州為妙，免得林二老爺回頭想起，又無法脫身了。

穆胭脂收拾了穆瀾的行裝，讓李教頭僱了輛騾車，匆匆去了竹溪里。

春裳、夾襖、棉袍……林林總總鋪滿了半張床。把她的行李都搬來了，仍然沒有提半句與父親有關的事。

穆瀾倒了杯茶，靠著床柱慢慢啜著，沉默地看母親忙碌。儘管理解母親想為父親翻案報仇的心，穆瀾仍有一種被拋棄的孤單。

穆胭脂作賊似地將一只靛藍染花布包打開一角，又飛快地收起。裡面是女人月事來時用的私物，她將花布包塞在枕頭底下。

「聽說宮裡頭的貴人們都是用棉布……咱們用不起那個。取灰不方便，買黃裱紙最好，扔茅廁裡不打眼，被人瞧著妳就說痔瘡犯了。」

痔瘡犯了……穆瀾險些被嘴裡的茶嗆著，卻不得不佩服母親，連這樣的藉口都能想到。她摸了摸自己的臉，連絲羞意都沒有。她自嘲地笑了，臉皮厚得都有一層繭了吧？

「唉！」穆胭脂將她的行李收拾完，長長嘆了口氣。

太了解母親了。穆瀾轉動著茶杯，淡然問道：「船什麼時候啟程？」

「我和李教頭回去就走。」穆胭脂順口答了，終於扭捏起來，「瀾兒，杜先生和妳說了吧？」

「嗯，父親……那晚他對娘怎麼說的？」母親不好說，就她來問吧。

恨意瞬間湧入穆胭脂的眼睛，這一刻她的眼神寒意四射，像是磨得雪亮的刀。剎那間，穆瀾感覺到了殺氣，她下意識挺直了背。穆胭脂已閉上眼睛，那種感覺消失了。

母親恨了十年呢。穆瀾心軟下來，放下茶杯，半跪在床前的腳踏上，握住了母親的手，「您慢慢想，細細說。殺父之仇，不共戴天。再危險，瀾兒也要去做。您不必覺得對不住我。」

穆胭脂沒有睜開眼睛看她，粗糙的手握得緊緊的。那天晚上的事就像每天都被她細細想過一遍似的，話沒有半點磕絆就吐了出來，「……只是罷了官，沒有抄家流放還算萬幸。想著老爺煩悶，我親自下廚給他做了四道菜。一道醬肉絲、一道回鍋肉、一盤熗炒白菘、一碟油煎花生米。特意去買了罈劍南燒春，老爺是四川人，愛喝這種酒。」

穆胭脂的敘述將穆瀾帶回到十年前京都榆樹巷那間二進的小院裡。

六歲的她喝過藥睡著了，母親替父親擺上了酒菜，溫柔執壺，想讓父親舒懷。

還不到三十的邱明堂一杯接一杯飲著家鄉的酒，本以為年輕的自己仕途一片光明，將來能衣錦歸鄉，如今卻罷官回去，不免心灰意冷，又覺得慶幸，「返鄉種田還算落了個好下場，只是連累妳和女兒要吃苦了。」

「老爺說的這是什麼話？妾身又不是什麼大家閨秀，鏢師家的姑娘能吃苦。老爺莫太過灰心，說不定將來也許還有機會起復呢。」

邱明堂憤憤然，「那些奸佞小人！」他罵完繼續喝著悶酒，酒勁讓他心裡的不甘又冒了出來，神神祕祕地告訴穆胭脂，「其實我已經查到了線索。」

穆胭脂分外吃驚，「老爺既然查到了線索，為何不稟了院裡的部堂大人？何至於落個巡查不利被罷了官？」

「我膽小了，怕了！」邱明堂苦笑著將杯中酒一飲而盡，眼神漸漸迷離，「那八名被革了功名的監生不是在獄中自盡，就是意外身亡。哪有這麼巧的事？」

聽到這裡，穆胭脂也害怕起來，「咱們還是平平安安的，就當什麼都不知道。罷官就罷官吧，明天我就遣散了下人，收拾行李回老家去。」

「我不甘心啊！」邱明堂捶打著胸，恨自己膽小不敢說出來。此時他藉著酒勁對著穆胭脂一吐而快，「供奉在孔廟裡的會試試題根本沒有被偷走，科場弊案是假的。皇上病重，有人藉機排除異己！我已經知道那八名監生是怎麼拿到會試試題的了。我明明查到了……不甘心啊！」

穆胭脂心驚肉跳，卻見丈夫說完就趴在桌上醉了。她扶他上床，餵了一碗醒酒湯。她心裡放心不下生病的女兒，替邱明堂蓋好被子正要離開，被他一把抓住手。

邱明堂含含糊糊地嘀咕著，「御書樓，我知道……是在御書樓。」

穆胭脂嘆了口氣，吹熄了燈去了女兒房中。

第二天，邱明堂在臥房懸梁自盡。

杜之仙給穆瀾的卷宗抄錄得仔細，邱明堂那晚所用酒菜與穆胭脂說的一般無二。除了家裡的房梁高了點兒，沒有異樣。仵作屍格上填的也是自盡。

「他酒喝得多，都軟成一灘泥了，老娘幾乎是把他扛上床的！」穆胭脂睜開了眼睛，那股潑辣幹練勁又出來了，「那繩子是柴房捆柴用的。他為了懸梁自盡，後半夜酒醒了先開二門去柴房找繩子，再回臥房搬椅子上桌。他這麼來回折騰沒驚醒家裡一個人，可能嗎？他就是怕死才不敢說出查到了線索，怕死的人會自盡？」

穆瀾聽母親這樣說，突然有點好奇，「母親這麼凶，父親在家一定很怕您吧？」

穆胭脂瞪著她道：「和妳說正事呢，沒大沒小，還敢打趣長輩？」

可是她真的找不到邱明堂是父親的感覺。也許她從小就不知道有父親是什麼感覺。穆瀾嘿嘿笑了笑，繼續問道：「師父說咱們家房梁有點高？」

「繩子也短，不過一丈三。」穆胭脂更正她的話，「妳爹那點兒俸祿在京城買不起房，租的二進小院也只圖個乾淨便宜。臥房沒有承塵，那梁離地有兩、三丈高。娘偷偷試過了，妳爹比我高半頭，桌子上搭了把椅子站上去，他把脖子伸進繩圈，那腳尖堪堪能點到椅子。他那細瘦胳膊得費多大勁才能把自個兒的脖子伸進繩圈哪？說他跳起來把脖子伸進繩圈的吧，一個沒跳準，椅子就蹬掉了，那動靜哪能不驚動家裡人？」

說到這裡，穆胭脂又嘆了口氣道：「仵作匆匆填了屍格，衙門裡來的人都異口同聲說妳爹被罷了官想不通這才尋了死路。娘心裡怕極了，不敢對人說懷疑妳爹是醉酒睡熟時被人舉起來掛上去活活吊死的。辦完喪事帶妳回娘家，一路上總感覺有人跟著。出了京住的客棧莫名其妙著火，娘有點功夫底子，抱著妳跑了出去。後來聽說官府填屍格，把一對母女認成了咱們，就乾脆隱姓埋名辦起了雜耍班走江湖賣藝。」

「十年裡，娘都沒有回過外祖父家？」邱明堂父母早逝，老家只有族親。穆胭脂卻是有娘家的人。穆瀾從來沒見過外祖父家的人。

穆胭脂咬牙切齒道：「全死了。就那年冬天，我帶妳偷偷回娘家，一場大火把整條街都燒沒了。瀾兒，娘不傻，哪有這麼巧的事？這是有人察覺到妳爹找到線索，要斬草除根！」

「重新找到我爹說的線索，揭穿庚戌年科舉弊案是假案一件。因那件案子冤死的人就能得以昭雪，當年操控此案的幕後黑手也許會跳出來現身。所以，我一定要女扮男裝進國子監。」穆瀾的思路很清晰。

穆胭脂聽得連連點頭，「當年娘不圖杜先生回報別的，只要妳能學得他的本事，能進國子監就好！」

陽光照在她鬢旁，絲絲銀色夾雜在黑髮中，格外顯眼。母親其實才三十出頭。穆瀾憐惜地望著母親，把臉擱在她膝上，「娘，其實您早就可以告訴我。」

穆胭脂的身體僵了僵，猶豫了下，伸手摸著穆瀾的頭髮低聲說道：「被人發現就是砍頭的命。娘一直猶豫，該不該讓妳去。」

「我這些年扮男人連李教頭都沒瞧出來，您就放心吧。父親留下了這麼清楚的線索，想必我用不了多長時間就能找到證據脫身。當年死了那麼多官員，一定會有人支持我們，再尋個時機揭破那件案子是假案。至於如何進國子監，娘不是把我託付給師父了嗎？師父會有辦法的。」
提到杜之仙，穆瀾神色黯然。他暫時性命無憂，卻難說壽命有多長。
穆胭脂神色複雜，起身說道：「娘去給杜先生辭行。」
穆瀾陪著穆胭脂出了廂房。啞叔守在杜之仙房外。見到她們，他搖了搖頭。
穆瀾嘆了口氣道：「娘，師父昨兒耗費精力太多，還昏睡著呢。」
穆胭脂望著關閉的房門猶豫起來，「既然先生在休息，我就不進去了。」
她站在門口，雙膝落地行了大禮，「杜先生，妾身今生今世都感念您的恩情！如有來生……為奴為婢都會回報您。」
她站起身，朝啞叔屈膝，「謝您照顧先生和瀾兒。」
啞叔唬了一跳，趕緊側身避開，眼睛漸漸紅了。
穆瀾將穆胭脂送到門口。穆胭脂摸了摸她的臉道：「穆家班沿大運河北上，娘在京城等妳。」
「娘，您別為難核桃，多個人幫我也好。」母親對翻案報仇的執念已深，穆瀾有些不放心核桃。
穆胭脂低聲說道：「將來我會讓核桃留在京城。她既然知道妳的身分，也能照應妳。」
望著騾車走遠，穆瀾這才返回宅子。

●○●

太陽還未升起，竹林中升起了濃濃的晨霧，像風吹動的白紗，輕輕柔柔，纏纏綿綿繞竹不散。

翠綠的葉尖凝著滴晶瑩的晨露，懸而欲滴。一道青色的身影踏霧而來，手中握著青色的瓷瓶隨手一抄，竹葉微顫，那滴晨露已落入瓶中。

腳踏在柔韌的枝頭，身體驀然彈起，順著竹枝徑直而上，踩著越來越細的竹梢往前，穆瀾終於停了下來。被身體重量壓得彎曲的竹梢上下震盪搖晃，隨著呼吸的調整，她穩穩站著，竹梢再不震盪，只是被晨起的風吹得微微起伏。

遠遠望去，竹林起伏如波，穆瀾瘦削修長的身體浮在那一片綠意之中。風吹人動，竹靜人定。

三寸高的玉瓶盛滿了露水。在杜之仙家住著，她每天晨起練功接一瓶晨露已成習慣。她仰起臉，瓶中露水傾進了喉中，沁涼中帶著極淡的竹葉清香。

明明是露水，為何令她有酒後的感覺？

「啊……」她衝著遠方沒來由地大喊出聲。

酣暢淋漓地將胸中鬱悶一吐而盡，氣將竭盡時，一縷風聲破空而至，穆瀾來不及提氣，腳用力下頓，身體已仰倒，背靠在竹梢上。

竹枝從她眼前刺過，枝頭上幾片薄薄的青竹葉掠起的風聲颳得她肌膚生疼。穆瀾後背用力，竹梢用力往上彈回，人飛起在半空。雙腳輕彈，她抄住了靴中雙匕，旋轉著舞出兩團銀絲般的刀芒，朝著毒蛇吐信般的竹枝絞了過去。

綠波之間，青與黑兩道身影交錯而過，不過幾個呼吸的碰撞，就已分開。

兩丈外站立著一個頭臉罩在斗篷裡的黑衣人。他面東而立，第一縷晨光正照在他的面具上，面具一側淺淺刻著一枝丹桂。他低頭看著手裡的竹枝，枝頭的青竹葉已被絞得粉碎，他隨手扔了，聲音嘶啞暗沉，隱隱能聽出話中驚嘆，「妳練成了小梅初綻。」

穆瀾不置可否，彎腰將匕首插進靴中，「師父，有好幾個月沒見到您了。您來送老頭兒最後一程的嗎？」

面具師父當沒聽到穆瀾的問題，冷漠地說道：「青出於藍勝於藍，我已經沒什麼可教妳的了。」

黑色的身影朝著林外躍去。

「師父，您真不去看老頭兒啊？」

面具師父沒有停留腳步，眨眼工夫就消失在綠波竹濤之中。

七月流火。說話間，朝陽的熱意已融化了林中薄霧，熱氣蒸騰而上，然而穆瀾卻覺得遍體生寒。那枚刺青與師父面具上的刻花真的一模一樣呢。為何面具師父不肯見老頭兒呢？他不知道老頭兒真的快要死了嗎？穆瀾重重嘆了口氣。

撿起竹背簍，挖了一背簍夏筍。春筍有春鮮，夏筍有夏甜。清熱化痰，益氣和胃。做道酸筍滾魚頭，老頭兒還能喝上一碗。

「師父，您這是打算把李金針的飯碗搶了？」穆瀾回到家中，掛上了平時的燦爛笑容，揶揄著杜之仙。

啞叔將背簍接過去拎去了廚房。穆瀾舀了瓢井水洗了手臉，將凍在井中的涼茶提溜出來。幾口飲下，心裡最後一絲煩躁也被沖淡了。

絲瓜長勢喜人，綠茸茸地頂著將蔫未蔫的黃色花朵。瓜蔓濾去了灼人的陽光，獨剩下暖融融的綠意。

杜之仙坐在瓜棚架下的竹躺椅上，瘦骨嶙峋，身上搭著一塊薄毯。他臉色蠟黃，雙頰泛著奇異的紅暈，精神瞧著卻極好。

旁邊矮桌上放著一疊衣裳，他膝上擱著針線籃，一雙手很穩地穿針引線，專心致志地將鞣熟了的羊皮縫進夔褲裡。

穆瀾拿了張竹凳坐在他面前，撐著下巴望著他笑。

杜之仙一點兒也不覺得難為情，喜孜孜地將褲子拿出來給穆瀾看，「這條是練騎射時穿的。皮子縫在內側，免得磨傷了腿。犯了事就穿那條屁股上縫了牛皮的。這條是讀書用的。跪著讀書是常事，冬天地上涼，膝上縫了羊皮防潮。有的先生有惡癖，專查學生是否用了護膝。師父做的褲子摸起來像厚的土布，絕對查不出來。」

「針腳這麼細，除非剪開來查，真看不出是縫了皮料的。師父的手藝巧奪天工！」穆瀾心裡悲傷，嘴裡不吝讚賞，只盼著能哄著老頭兒多開心幾天。

老頭兒醒來後，每天就給她做各種衣裳護具，做完內甲做衣裳、褲子，看得穆瀾傷傷心心躲在廚房哭了幾回，大大方方撒謊說燒火煮飯被煙熏紅了眼，老頭兒也不揭穿。

一整天就這樣消磨過去，直到他倦極睡著，啞叔才將他抱回房中休息。

這段時間，林家幾乎隔天就會送來大批藥材。林大老爺身體漸漸好轉，已能下地，據說補回了二十斤肉。他對杜之仙感激涕零，毫不吝嗇銀錢，遣人四處搜羅藥材。百年參還了三支，上十年份的參裝了一籮筐。

藥材收了，林家請來的各路名醫都被杜之仙謝拒了。醫者不自治，他與眾不同，提筆開方給自己，硬是將精氣神養了回來。穆瀾當時以為老頭兒再磨嘰活個幾年沒問題。

日子一天天過去，剛進八月，杜之仙的病情陡轉直下。

「藥沒用了，何必再吃？」

惹來穆瀾大怒，「您不吃怎麼知道沒用了？」

穆瀾強行灌了他幾次藥，反而把杜之仙折騰得吐暈過去。他也不朝穆瀾發脾氣，無奈地看著她，穆瀾就知道再得支千年老參都沒辦法給他續命了。

「行李都替妳備好了。過了八月十五，妳必須走，不然趕不及秋季開學。」

我走了，誰給你當孝子摔盆送終？她顧不了那麼多了。國子監幾千監生、學子，既然知道典籍廳管轄的御書樓中有古怪，她總能想法子混進去。穆瀾滿不在乎地說道：「等了十年，不急這半年，大不了我等到明年春闈後再入學。」

不過是捨不下他而已。杜之仙輕嘆。

後院湖邊那株丹桂開花那天正是八月十五，杜之仙已動彈不得，啞叔抱了他躺在平臺上。他一直伸著脖子遠遠望著，不肯去到樹下，彷彿隔著池塘瞧著多了幾分朦朧美似的。

穆瀾站在後院門口瞧著，實在不忍心告訴他，面具師父來過，又走了。

衣袖被扯了扯，穆瀾回頭，看到鬚髮全白的啞叔紅著眼睛，示意穆瀾跟他走。

穆瀾覺得今天啞叔的舉動特別奇怪。

從林家醫治林大老爺回來後，啞叔的視線幾乎就沒有離開過老頭兒。這樣將老頭兒一個人扔在這裡不管，還是頭一回。

啞叔從杜之仙床底下拖出一只樟木箱子。

四角包銀，箱蓋上雕著一樹丹桂。

看到丹桂雕花，穆瀾又嘆了口氣。扮了這麼多年的男人，她也能瞧出核桃對自己的情愫。到這分上，她已經明白，老頭兒寧肯讓杜家絕嗣，一生未娶，心裡定是有人了，還是個他沒辦法娶回家的人。

她不由自主想起了面具師父。面具師父比自己還要高半個頭，那肩寬、那背影、那嗓音怎麼都不像是個女人……穆瀾翻了個白眼。

師父欸，您號稱江南鬼才，咋就偏喜歡上個男人呢？還是個連您病得要死了都不肯來瞧您一眼的男人！

她胡思亂想中，啞叔將箱子打開了，寬大的手掌小心地從裡面捧出一套衫裙遞到穆瀾手中。

「真好看！」穆瀾驚嘆地望著這套衣裙。

衣裙柔如煙羅，捧在手裡輕若無物。

裙子是春天柳樹初綻新葉那種像綠霧般的色澤，褙子是迎春花最柔嫩的黃。黃與綠極難配出上佳的色彩，這套衣裳的兩種色極柔極嫩，配在一起卻有了明豔的感覺。只看這顏色，彷彿就是一個豆蔻年華的少女出現在眼前。

褙子的襟口用金線繡了丹桂，和老頭兒那件白袍上的花形一樣。一簇簇生動活潑地怒放著，淡淡的桂香盈繞在鼻端，彷彿是才從樹上摘下來似的。

啞叔指了指她，讓她換上。

「給給給……給我的？」穆瀾激動得舌頭都打結了，天知道她多想穿裙子打扮得美美的。及笄時，母親將她帶到河邊，連條素裙都沒讓她換，往她的道髻上插了枝釵，就算成了禮；那枝銀釵轉手還被母親收走了。核桃及笄時母親都新做了件粉色碎花的裙子，羨慕死她了。

啞叔著急地比劃著。

穆瀾當場石化，「讓我扮師父的……心上人？」難道她想岔了？面具師父和老頭兒不是那麼回事？

她仔細瞧著這條裙子，嘀咕道：「不會是師父自己繡的吧？」

啞叔居然點了點頭。

她這個師父是拿得了筆，也捏得了針。穆瀾今天都不知道嘆了多少口氣。她尋思著衣裳上的桂花繡得精緻，江南只有李金針才有這等繡技。她突然就冒出了想法，老頭兒的心上人不會是李金針吧？一時間老頭兒為討好李金針研究繡藝的場面就出現在眼前。

「啞叔，我記得李金針曾來拜訪過師父。要不，我去蘇州將她帶來？」

啞叔急得直跺腳擺手，不停地比劃。

原來師父是向李金針請教針法，就是為了親手做套衣裙送給自己的心上人。穆瀾又咳了聲，「啞叔，師父都到這分上了。你直接告訴我吧，我去把人帶來見他。」

啞叔的眼神分外憂傷，眼圈一點點地變紅。

看懂了他的意思，穆瀾也難過起來，「不在揚州啊，師父等不了那麼長時間。」

啞叔猶豫了下，朝穆瀾跪下去。他行了大禮，眼裡落下淚來。

「我知道了。」

老頭兒快死了，卻惦記著想見一眼心上人。見不著人，就望著那株丹桂發呆。穆瀾也捧著衣裳發愣。她從來沒想過，她會在這樣的情形下第一次穿上女孩兒的衣裙。不是為了自己，是為了扮老頭兒的心上人，再讓他瞧上一眼。

束了多年的頭髮第一次披散下來，瀑布般流瀉在背上。穆瀾換好衣裙，柔嫩的顏色讓她的心情異常複雜。她習慣了青與黑，她將來還能是一個無憂無慮的姑娘嗎？

她打開房門，衝啞叔說道：「大小合適，裙子短了兩寸，隔得遠，不妨事。」

她想，師父心裡的那位姑娘身材比她矮兩寸，一樣的纖瘦。

啞叔搖了搖頭，推著穆瀾在妝鏡前坐好，拿起了桃木梳。

「啞叔……你、你會梳、梳梳梳女人的髮髻？」穆瀾第二次震驚得舌頭打結。

啞叔的手變得溫柔異常，順暢地梳通著穆瀾的長髮。這雙能開碑裂石的大手居然會挽女孩兒的髮髻？穆瀾呆若木雞。她突然發現，相處十年，她並不了解老頭兒，更不了解看上去憨厚的啞叔。他們都有著什麼樣的過往？

老頭兒年輕時也瀟灑倜儻、玉樹臨風，是先帝都恨不得招為駙馬的人物。什麼樣的姑娘才會對他不屑一顧？

短短幾個月，發生的事情就像是春草一樣，瘋狂地冒出來，讓穆瀾走進了一片迷霧。她不知道這是今天第幾次嘆氣了，心如亂麻，她乾脆閉上眼睛。

過了片刻，啞叔拍了拍她的肩。穆瀾睜開眼睛，鏡中出現一個梳著雙螺髻的少女。鴉青的髮、清亮的眼、挺直的鼻梁、花瓣似的淡唇，被那嬌嫩的黃、濛濛的綠襯得柔媚萬分。

鏡中人突然一笑，美麗傾城。穆瀾「哇」的大叫起來，衝著鏡頭擠眼吐舌頭，哈哈大笑，「啞叔，我好漂亮啊！」

啞叔被她的快活感染著，生滿皺紋的臉舒展開來，對她翹起了大拇指。

「嘖嘖，難怪娘讓我扮男人呢。這模樣跑碼頭準被惡少搶破頭排隊來調戲啊！」穆瀾戀戀不捨地望著鏡中的自己，輕輕摸著髮髻道：「還沒戴首飾都這麼漂亮，我太喜歡了！核桃都沒我美呢。那丫頭瞧見，準得傷心死，哈哈哈！」

「咳咳！」啞叔被逗樂了，憐惜地看著她，想了想，從櫃子裡又捧出一只匣子。

打開一看，穆瀾都要暈倒了，「老頭兒年輕二十歲，我嫁他得了。居然還給他心上人準備了漂亮的首飾！」

她的好奇心膨脹起來，究竟是哪家的姑娘啊？連江南鬼才都瞧不上。那頂花冠以金絲編就，嵌著蠶豆大的珍珠，工藝精湛至極。六枝寶相花形的金鑲玉花釵，同款的耳環，玉質潔白無瑕。

啞叔從中揀出一對薔薇形的簪花，插在她的雙螺髻上。穆瀾的臉被耀眼的金照得更加明豔。

她摸了摸耳朵。真遺憾，她沒有穿耳孔。

啞叔比劃著告訴穆瀾，這是杜之仙留給她的。

「師父！」穆瀾眼裡湧上了淚。

她記得有次和核桃她們玩鬧，抹了脂粉，母親直接就抽了她一頓鞭子。

從來沒有人像老頭兒這樣惦記著她，在老頭兒心裡，教她扮小子，卻待她如閨女。

穆瀾吸了吸鼻子，寶貝地摸了摸匣子，遞給了啞叔，「將來等我辦完事，我就打扮給師父看。」

啞叔慈愛地笑著，遞給她一方白紗。他告訴穆瀾，那個「她」出現在桂花樹下時，戴著一頂帷帽。

「家裡沒有女人用的帷帽。別讓師父等久了。」穆瀾用白紗蒙了臉，大步就往外走。裙子絆著，她一個趔趄，撐著桌子才沒被絆倒。

啞叔輕走了兩步。

高大的身軀，走著碎步……穆瀾噗嗤笑了。她學著啞叔走了兩步，還是將裙子提了起來，「我從大門出去，翻院牆！」

桂樹在池塘對面，靠著後院的竹林。

她翻牆進去，從竹林中走向桂花樹。

老頭兒隔岸瞧著，也許會以為真的瞧見「她」來了。

穆瀾提起裙子，飛快地跑向大門。

第十章　神祕黃衫女

翻身下了馬，林一川和捧著中秋節禮的燕聲踏上石階。他的手才觸到門環，杜家的黑漆大門突然打開了。

門口站著一個身材高䠷的姑娘，眉如新葉，腰若細柳。朦朧的白紗遮住了面容，一雙眼睛又圓又亮，像受驚的小狗，惶恐慌亂。

裙子是煙羅紗，褙子是沉水緞，金線刺繡的桂花從領口一直垂到了衣角，繁複華麗。黑色的門與嬌豔璀璨的衣飾相映，林一川驚豔地倒退一步，抬著臉望著意外出現的女子。

哪來的富家千金？

穆瀾嚇懵了，也往後退了一步。

那雙露在面紗外的眼睛噙滿了驚恐，讓林一川沒來由地放柔了語氣，「姑娘莫怕。在下林一川，是來給杜先生送中秋節禮的。」

他灼灼的眼神裡透出毫不掩飾的驚豔。四目相對，穆瀾的心撲通狂跳起來。要不要殺了他滅口？

她長長的睫毛顫了顫，林一川的心像被一片羽毛拂過。他的聲音更溫柔，「煩請姑娘通報一聲，在下與杜先生的弟子穆公子是舊識。」

叫她姑娘？他沒認出自己。穆瀾一顆心蕩蕩悠悠總算落定。

我還不知道你是誰？她雙眼圓瞪，「砰」的將門關了個嚴實。

林一川莫名其妙，轉身問燕聲，「你家公子長得像羅剎？怎麼嚇得跟兔子似的？」又嘖嘖讚嘆，「好溫婉的女子。我打賭，一定生得極美！」

燕聲也看傻了眼，「少爺，這門外也無車馬，她是住在杜先生家的，難不成是穆公子的小媳婦？」

一股不舒服的感覺油然而生，林一川撇嘴道：「那小子不過是個玩雜耍的，他也配娶這樣的姑娘？那身衣裳至少值五、六百兩銀子，小鐵公雞捨得？」

門再次打開，啞叔出現在門口。

「啞叔，我是來探望先生的。」林一川趕緊朝啞叔行禮，「先生可還好？」他的目光情不自禁往裡面瞧。啞叔移動腳步擋住他的視線，接過燕聲遞來的禮盒，比劃著。

「原來先生有客人在。在下告辭，改天再來看先生。」林一川施禮告辭。

上了馬，林一川又回頭看了眼杜宅，有些高興，「聽到沒？那姑娘是杜家的客人，跟那小子沒關係。」

燕聲打趣道：「少爺該不會是對那姑娘一見鍾情吧？說不定面紗下的臉上帶著疤呢。」

林一川作勢舉拳要揍，昂著頭說道：「反正不能是那小子的小媳婦！一個走索賣藝的，長得不錯就算了，比我還會摳銀子，還敢揍我，還娶那樣的姑娘，你教少爺我怎麼嚥得下這口氣？改天我定要約他正式比一場。」

燕聲也沒忘記被穆瀾敲暈的事，同仇敵愾地說道：「少爺，那小子功夫不弱，忒會裝了！您得小心。」

「我不過是瞧在杜先生的分上讓著他呢。真要打，還不知道誰挨揍呢。」林一川說著又咬牙切齒恨上了，「那小子的確狡猾，瞞得滴水不漏。可惜的是，雁行沒從白蓮塢裡找到夜行衣，不然我真懷疑那晚凝花樓中東廠要抓的刺客就是他。」

兩人騎行在窄窄的小徑上。秋日午後的陽光濃烈，一道強烈的光從林中閃過，林一川皺了下眉，又舒展開來，低聲說道：「前面有埋伏。別慌，往回跑。」

他提高聲量叫道：「燕聲，不如比試下，看誰先出竹林！」

燕聲緊張地應了聲好。

兩人同時狠狠朝馬抽了一記，馬揚蹄前奔。

埋伏在兩邊林中的人聽得分明，扣緊了弓弦，就等著兩人衝進埋擊圈。就在馬往前奔馳的同時，兩條人影從馬上跳了下來，頭也不回地朝著來路狂奔。

「被發現了！放箭！」

竹林中站出十來個黑衣人，持弓放箭。

嗖嗖的箭矢聲刺破了空氣，交織成一張網，籠罩著林一川和燕聲。兩人藉著密密的竹林躲過，箭矢拖延了兩人逃跑的時間，回頭一看，黑衣人已圍了上來。

「分頭跑。這裡林子密。」林一川抬劍擋住了砍來的長刀，一腳踹中對方心窩，騰身躍起，順著竹子往上爬。

一名黑衣人緊隨而至，抱著竹子，手中長刀砍向林一川。腳踩在刀背上，林一川藉機又往上爬了一截。眼看爬到頂，竹梢細而柔軟地彈起，將林一川朝另一個方向送了過去。

黑衣人也不是吃素的，手臂抬高，臂弩射出了強勁有力的弩箭。聽到破空聲，林一川往竹後躲閃，一枝弩箭扎進竹竿中。他瞟了眼，心裡暗暗吃驚。

箭矢破空聲不絕，林一川被逼得落了地。他仗著一身好武藝殺了幾人，逃進了竹林深處。燕聲已不知去向，很顯然黑衣人的目標是自己，沒有理會燕聲。也許他再多撐一會兒，燕聲就能帶著人趕來。林一川在林中狂奔，再回頭，發現只有一名黑衣人綴在身後。

這人的輕功很高，貓戲老鼠似地跟著他，怎麼也甩不掉。

林一川乾脆不跑了，喘著氣對跟來的黑衣人道：「兄弟，別人出多少銀子，我給雙倍！」

那人笑道：「江湖規矩不能破。林大公子，你就認命吧！」

「你們接活為的是銀子。規矩算什麼？我給三倍！反正你知我知天知地知，你就當沒追上我，如何？」

說話間，林一川一直盯著對方手裡的刀。黑衣人的刀是同一式樣，弓箭是一石強弓，還有刺穿楠竹的勁弩。彼此間配合默契，他們絕不是普通江湖殺手。

黑衣人揚刀砍向了他。

輕功這麼好，武功卻不怎麼樣。林一川舔了舔有些乾燥的嘴皮，思索著。刀夾雜風聲砍來，卻不夠凌厲。為什麼就這麼個貨色追上自己？林一川邊打邊喘著粗氣，像是用盡了體力，雙手握著劍朝黑衣人劈下。

黑衣人眼神微瞇，輕鬆揮刀將他的劍擊飛，一腳踹在他後背。林一川撲倒在地，掙扎了幾下就暈了過去。黑衣人提著刀走到他身邊，又一腳將他踢得翻轉過身，見沒有動靜，不屑地說道：「有錢人家的公子哥，能把武藝練成這樣實屬不易。」

他朝竹林另一頭看了眼，舉起了手裡的刀。

剎那間，他心中升起了警覺，就像野獸最本能的反應，他就地滾開，一柄匕首「噗」的扎進了他原來站立的地方。

「誰？」黑衣人悚然喝道。

竹林高處衫裙晃動，一位姑娘似馭風而來，極嫩極柔的身影像風中飄蕩的一朵花，轉瞬間就到了他眼前。

一點兒銀光映進黑衣人眼中，他倉皇間舉刀相隔，然而那個曼妙的身影輕飄飄地飛過了他的頭頂。他回首的瞬間，像是什麼東西扼住咽喉，讓他呼吸困難。好快的身法！他腦中想著，眼前一片黑暗。長刀從他手中掉落，他費勁地伸手，摸到了喉間突起的一截刀尖。

撥出匕首，穆瀾彎腰攬起林一川迅速離開。

黑衣人撲通跪倒在地上，瞪著吃驚的雙眼就此死去。

竹林是這樣安靜，風無聲吹過，吹散了濃濃的血腥味。良久，一雙腳踩著清脆作響的枯葉走到黑衣人面前。

皂底布靴上一幅繡著雲浪的緞袍微微擺動，這是個四十來歲的中年男人，略胖的團臉斯文和氣，穿戴像是個江南富家翁。

四周漸漸響起腳步聲，先前的黑衣人趕到了這裡。見到中年男人的瞬間，黑衣人齊齊單膝下跪，「大檔頭！」

梁信鷗沉默望著黑衣人喉間的血窟窿，想起了死在珍瓏刺客手裡的駱公公。那個女子的輕功令他驚豔，出手乾淨俐落，用的也是一雙匕首。難道她是珍瓏？刺客珍瓏是個女人？他喃喃說道：「總算對督主有個交代。」

「撤！」他輕聲下了命令。

風從臉上掠過，林一川悄悄將眼睛睜開一條縫。

柔軟的衫裙勾勒出苗條的腰身，淡淡的桂花香氣從她身上傳來。從他的角度看去，白色的面紗被風吹拂著貼在她臉上，露出臉部朦朧的輪廓。林一川望著她，手指輕輕動了動，有種想立時揭開她面紗的衝動。

幾絡長長髮絲從鼻端飄過。

「阿嚏！」林一川沒忍住打了個噴嚏。

醒了？穆瀾低頭，看到林一川灼灼的眼神，她立時鬆開了手。

身體陡然下墜，林一川亂揮著手叫了聲，重重摔在地上，他一個鯉魚打挺帥氣地跳了起來。

穆瀾站在高高的竹枝上，衣袂飄飄，像枝頭初綻的嬌嫩花朵。

「喂！妳鬆手前不知道打聲招呼？」林一川用力拍打著身上沾著的泥土、枯葉，沒好氣地說道。

原來他是假裝暈厥。為什麼他要在黑衣人面前假裝體力不支被打暈過去？穆瀾猜測著林一川的意圖，然而她更在意的是自己居然被他騙得出手！穆瀾氣惱不已。看來師父和母親說得沒錯，她的心軟遲早會害了自己。

穆瀾冷冷看他了一眼，腳尖踩著柔韌的竹枝，朝外掠去。

「我還沒謝妳呢！」

她頭也不回離開，身姿輕盈美麗。

「還是個冰山美人？」林一川欣賞著她遠去的身影，俊臉上湧起了笑容，「不理我？我不知道能去杜先生家找妳？」

竹溪里依然如昔，竹林中那場刺殺沒有影響到杜府的清靜。

暮色還沒有完全沉入黑暗時，穆瀾出現在桂花樹下。

最後一線黃昏的光落在枝葉間，墨綠葉片間星星點點的金色桂花幽幽吐放著香氣。穆瀾有些緊張地站在樹下。

老頭兒，你瞧見了沒？「她」來了。你再不要失望傷心了。你看到「她」，是否就可以走得安心？

她輕輕攀下一枝，裝著嗅聞著花香，透過枝葉望向池塘的對岸。早已無法站立的杜之仙居然從躺椅上站了起來。

穆瀾驚愕得放開了花枝。老頭兒站起來了？這執念得有多深啊？風吹過他的衣袂，穆瀾依稀看到當年那個名滿京城的翩翩公子。

老頭兒被刺激得都能站起來了！穆瀾激動地想，她是不是可以扮下去，讓老頭兒的病慢慢好起來呢？

她怔忡時，杜之仙突然整了整衣袍，雙膝落地，朝桂樹所在方向行了個大禮。什麼情況這是？穆瀾下意識就想閃身避開。然而，杜之仙伏在平臺上再沒有抬起過頭。一絲不祥油然而生。穆瀾不敢動，盯緊了他，盼著他重新站起來。

他以極恭敬的姿態跪伏於地，任由身體被黑暗吞噬。

時間彷彿停滯，暮色終於完全沉入了黑夜。

「師父！」穆瀾的尖叫聲打破了靜默。她的心狂跳著，幾乎用最快的速度跑向杜之仙。

他的眼睛已經閉上了，嘴角含笑，面容安詳。

穆瀾搖晃著他，眼淚大滴大滴地落下。

一點兒暈黃的燈照亮了她和杜之仙，啞叔沉默地將燈籠放下，跪了下去。

「怎麼會這樣？」穆瀾抱著杜之仙，啞聲問道。

啞叔跪在陰影裡，高大的身軀沉重得像是背負著一座山。

「回答我！為什麼師父見著桂樹下的女人會行叩拜大禮？他不是只想見他的心上人一眼嗎？你騙我！」穆瀾高聲怒吼著。

啞叔的身體簌簌發抖，嗚咽地哭了起來。他用力磕著頭，撞得平臺砰砰作響。

穆瀾扯住了他的衣襟逼視著他，「你說話！你告訴我為什麼！」

「我不扮成那個女人，他就不會洩了心裡那口氣，他是不是就不會死？」

「啞叔，你從小就疼我，你為什麼要讓我害死師父？」

「你不是最聽他的話？你怎麼捨得讓他死？」

「她是誰，你告訴我她是誰？她不是老頭兒的心上人，是債主！老頭兒欠了她什麼？啞叔，你告訴我！」

啞叔顫抖著手比劃著。

穆瀾明白了，「她」若不出現，老頭兒會死不瞑目。他人生最後的夙願就是對著「她」下跪行禮，乞求饒恕。

「至少師父走得安心。」穆瀾喃喃說著，嗚嗚哭了起來，「我不甘心！我什麼都不明白、不知道。為什麼不能告訴我？他欠了別人的債，我幫他還……」

啞叔抱住了穆瀾，大手輕輕拍著她單薄的背。穆瀾瞧不見，此刻啞叔眼裡的悲哀比夜色更濃。

林家幾十名護衛舉著火把將林一川和燕聲遇襲的地方照得如同白晝。

「少爺，確定是這兒？」雁行仔細地把這塊地方查了個遍，沒發現任何異樣。

林一川踢了踢自己裝暈的地方，面前有塊草皮被鏟走了。打掃得真乾淨，連淌了血的地皮都鏟走。他唔了聲道：「查不出什麼了。回吧。」

護衛拱衛著他上馬離開，林一川突然又想到一處地方。

他沿途回憶，終於找到了那株竹子。雁過留聲，那些人鏟走了帶血的地皮，還沒有把這株粗大的楠竹砍走。他取了支火把騰身躍起，抱著竹竿爬上去。

扎進竹身的弩箭已經被取走了，不過，他身上還有一支弩箭，箭簇上刻著鷹翅圖案，從茗煙身上取出的，屬於朴銀鷹的那枝。林一川將火把插在竹枝間，將弩箭朝著竹身上的孔洞插進去。

嚴絲合縫，就像原本這地方插的就是這枝弩箭。

是東廠的番子……

取了箭放進懷裡，他跳了下來，不動聲色地說：「清理得很乾淨，走吧。」

走了一程，他又想到杜家那位姑娘，帶了人又折回了杜家。

「城門已經關了，就地宿營。」林一川下了命令，自己卻邁上臺階，「少爺我去杜家借宿一宿。」

杜之仙沒有拒絕林家送去的大筐藥材，想必借住一晚，也不會拒絕他吧？

他微笑著上前叩響了門環。

這次來開門的，還會是那位冰山美人嗎？他有些期待地站在門外等候著。

沒有絲毫動靜。難道東廠的人來過杜府了？林一川擰緊眉頭，再次叩動了門環，「杜先生在家嗎？在下林一川！啞叔，穆公子！」

沒有聽到腳步聲，他心裡越發著急，正打算翻牆進去看看，門吱呀一聲開了。

穆瀾一身白衣孝服，紅著眼睛瞪著他，「敲門喊得這麼急，來奔喪的？」

林一川大怒，「你……」

他看到了穆瀾的裝扮，話及時噤進了肚子。

「讓開！」穆瀾冷著臉越過他，拿起竹鉤將門上的燈籠取下來，換上了白燈。

她用竹竿挑著素白孝幡豎在了門口。

「你這是……杜先生過世了？」林一川倒吸一口涼氣。他來得太巧，看情形這是才發生的事情。

俊秀眉眼間難掩淒色，穆瀾忍著淚「嗯」了聲，淡淡說道：「在下要忙師父的身後事，大公子自便吧。」

「杜先生於家父有活命之恩，在下理當留下來行後輩之禮。」林一川肅然說道。

一股火突然就冒了出來，穆瀾盯著林一川恨恨說道：「若不是醫治你爹，我師父死得沒這麼快！」

老頭兒本來可以多活幾年！她需要林一川這條後路嗎？說不定將來他投靠東廠作惡，她會先宰了他！

她的恨意是這樣濃烈，林一川無言以對，「我去給先生磕個頭……」

「砰！」杜家的大門被穆瀾用力地關上了。

正想跟進門的林一川險些被撞到鼻子，他沉默地站著，卻生不出一絲怨氣。

「雁行，杜家人丁少，看情形杜先生的喪事會極冷清。咱們卻不能讓先生走得無聲無息，你去辦吧。」

雁行點了點頭，點了些護衛連夜往城裡趕。

●○●

杜之仙的葬事辦得盛大隆重，整座杜宅淹沒在如雪的素幡中。

他過世的消息被林家宣揚出去，揚州城的大小官員絡繹不絕趕來弔唁。官員們去了，有頭臉的富紳接踵而至，附近書院的學子聞聲而來。

竹溪里不復清靜。

平時行走的三尺小徑硬生生被車馬行人踏寬了兩倍。正門內外一百零八個和尚，一百零八位道士打擂臺似地唱經唸佛。還有三十五名專職哭喪的婦人，來個客人，就嚎得哭聲震天。院裡內外供的香燭紙煙燒起裊裊青煙，熏得方圓百丈連隻鳥都瞧不見。

杜宅外頭的竹林伐倒了一大片，搭起了竹棚。來的讀書人相聚於此，競相寫下無數詩篇，這番風雅又引來了城中的小娘子們。

燥熱的秋日，竹溪里平白多出了幾分春意。

杜家的喪事接待被林一川悉數攬上了身，林家的管事、下人有條不紊地安排喪儀，打點茶水飯食，無不周到。

望著林一川忙碌的身影，穆瀾嘴裡沒說，心裡充滿了感激。

「……杜某昔日門生故舊無數，以吾弟子身分進國子監如雙刃劍，照拂者有之，嫉恨者亦有之。以汝之聰慧善加利用，定能化險為夷。」

她原想低調進京，被林一川這麼折騰著，還沒進國子監，杜之仙關門弟子的名聲恐怕早就傳揚開了。

老頭兒還算厚道，給她留下一封書信。信末一再叮囑她不用舉喪，免得為他守孝耽擱時間。

老頭兒為了她，甚至叮囑她不用舉喪。穆瀾看到這句話時，那種難過像是刀刺著心。她不願意讓老頭兒走得無聲無息。

老頭兒的話又在心裡浮現出來。

「事已至此，妳若說用不著，豈不是特別傻？」

「所以，師父。瀾兒決定為您守孝，明年開春再去京城。」穆瀾對著杜之仙的靈位低聲說著。她很感謝林一川，成全了自己的孝心。做出這個決定，她的心就安靜下來。

穆家班已經到了通州，穆胭脂信中催促她早些動身。鞭長莫及，就算母親返回揚州，哭著求她去京城，也趕不上秋季開學了。穆瀾洋洋灑灑回了封長信，重點就一句：「百善孝為先。若不能為師父守孝，必為人詬病，國子監必驅逐之。」

相信母親看到這個，再不會心急催促。

弔唁的人太多，穆瀾跪腫了膝蓋，還禮時額頭都磕得青了。杜家沒有人來，穆瀾到現在才知道杜之仙活得有多麼孤寂。

起身時，林一川瞧見她有點踉蹌，伸手扶了她一把。

「謝謝。」穆瀾對他露出了笑容。

林一川一直都知道，穆瀾笑起來時燦爛得令人眩目。此時穆瀾的這抹笑容配著素白孝服，憔悴得讓他心生憐意，「你去房中歇會兒吧。」

穆瀾揉著膝蓋，微微蹙了蹙眉。

兩人隔著近，林一川瞧著她秀美的眉毛突然想起了那位蒙面姑娘。他情不自禁地問道：「中秋那天見著有位姑娘來拜訪杜先生，你還記得嗎？她蒙著面紗……」

她的武藝還很不錯，殺了一個黑衣人，救了自己。那個黑衣人是東廠番子，林一川沒有告訴穆瀾。

穆瀾揉著膝蓋，慢吞吞地回憶，「蒙著面紗的姑娘？中秋那天……我那天去城裡買節禮了，沒見著什麼姑娘。啞叔！啞叔！」

她叫來了啞叔，比劃著手勢。

「什麼？」穆瀾裝著大吃一驚的模樣，手勢打得飛快。半晌，沮喪地告訴林一川，「啞叔說的確有位姑娘來拜訪師父，不過師父沒讓啞叔侍候，見過那位姑娘就讓她走了。她長什麼樣？」

林一川站在旁邊仔細觀察，沒有看出半點異樣。如果穆瀾說的是真的，那可真是個神祕的女子。她和杜之仙又有什麼淵源？可惜杜之仙已經死了，無人知曉她的身分來歷。

想起那姑娘殺死的黑衣人是東廠番子，林一川不敢洩漏更多情況。

正巧來了客人，林一川胡亂搪塞著，「我來送節禮，她開的門。我也沒瞧見她的臉。啞叔都不認識，我更不知道了。我去招呼客人了。」

穆瀾翹起了嘴角。

她聽到竹林中的動靜悄悄趕了去，看到了黑衣人用的刀。

刀身平直，刀頭呈圓弧性上翹；刀長兩尺五，寬一寸半。只有東廠番子配的雁翎刀才會在刀身開出血槽。正因如此，她才來不及換掉裙裝出手救下林一川。

東廠的人為什麼要追殺他？師父曾經說過譚誠想要收服林家，難道師父判斷錯了？譚誠選中的傀儡是更容易被掌控的林二老爺和他的草包兒子林一鳴？那她得同情林一川了。如果是這樣，東廠一定會整死林一川父子。

「老頭兒繞了這麼大圈子，讓你賠我一條命。你輕易死了，老頭兒就冤枉賠上他的命了。」穆瀾嘆了口氣。如果東廠真要殺林一川，她還得先想辦法去救他。

東廠既然出手，一定還會有後手。林一川被人追殺，卻像沒事人似的，將老頭兒的喪事打理得井井有條。接連幾天，林一川都是在宅子外頭臨時搭的竹屋裡過夜，沒有回家。老頭兒判定林一川會投靠東廠，依然信他會堅守承諾。從林一川這些天的表現看，師父的相面術果然精準。頭七過完，穆瀾覺得不能再給林一川添麻煩了。

「大公子，你對家師的心意，在下心領了。家師遺言喪事從簡，逝者為大，頭七已過，明天就讓家師入土為安吧。」

林一川只聽說過沒錢無法辦喪事，沒聽說過有人出銀子，還不想多辦幾天水陸道場的。他頗有些吃驚地說道：「你是先生的關門弟子，豈能不為先生盡孝？你放心，銀子我出，必要為先生做滿七七四十九天道場，讓他風光入葬。」

穆瀾心頭一熱，越發不想讓林一川繼續待在杜家。她故意激他道：「家師為官時兩袖清風，退隱後只求清淡閒適。喪事辦得太熱鬧，在下怕不合他老人家心意。再說，大公子已經贏得了知恩圖報的美名，何必再多費銀錢？」

林一川大怒，「林某一心想報恩是真，卻不圖這個美名！」

「哦？那大公子是對那位蒙面姑娘念念不忘？還想等她來祭拜我師父，來個靈前相會？頭七都過了，也沒見她來，你就死心吧！」

「你你……豈有此理！連靈前相會都說得出口，也不怕褻瀆你師父！」林一川氣得臉都青了。他是那種人嗎？

見真把人氣狠了，穆瀾又覺得愧疚，抬手揖首向他道歉，「在下心傷家師病逝，對大公子頗有怨意，大公子莫與我計較。在下只是覺得大公子對家師盡心了，遣個管事幫忙，在下就感激不盡了。」

見她說得明白，林一川心裡總算舒服了點兒。他認真告訴穆瀾，「是家父的病連累先生早逝。我決意為先生守靈，抬棺入葬，你別勸我了。」

穆瀾暗嘆了口氣，再不相勸。

這時，院子門口知客大聲唱喏，「東廠梁大檔頭弔唁杜先生！」

兩人悚然驚覺，臉上同時露出了警覺戒備的神色。

五月初，東廠十二飛鷹大檔頭朴銀鷹被刺殺在凝花樓。八月中，又來了一個姓梁的飛鷹大檔頭。

當晚，穆瀾射出一枚珍瓏棋子，讓東廠番子們悄悄按下了案情。穆瀾也知道，死了位大檔頭是震驚東廠上下的大事，東廠對珍瓏刺客的追查只會更緊。這位梁大檔頭來到揚州，很明顯是衝著調查朴銀鷹遇刺案來的。

聯想到前幾天東廠番子扮成黑衣人刺殺林一川，穆瀾判定與這位梁大檔頭一定有關係。如果他來杜家祭拜順便要抓走林一川，自己只能伺機在暗中出手相救。

穆瀾第一次正面與東廠中人接觸，她合上眼睛，平靜地調整著自己的心態。

林一川也想起了數天前竹林中的伏擊。東廠蒙面刺殺，現在卻亮明身分出現。他站在靈堂前思索著，自己是否應該先避開新來的這位飛鷹大檔頭？

白色的身影從他身邊走過。穆瀾徑直進了靈堂，跪在蒲團上說道：「在下一介草民，沒見過東廠這麼大的官，全仰仗大公子招呼了。」

他還想躲開呢，結果杜之仙的正牌弟子躲得比他還俐落。見穆瀾跪伏在地上，頭臉都藏在孝帽中，一副「我只管磕頭還禮」的模樣，林一川氣得衝天翻了個白眼。

數名身穿褐色圓領長袍的挎刀番子魚貫而入，呈雁翅形站立在院中。東廠番子的到來讓杜宅上下為之驚恐，哭喪的婦人們都忘了嚎叫。

一片安靜中，梁信鷗緩步走了進來。

他沒有穿官服，打扮得像是揚州城裡的富家翁。他戴著一頂平頂紗帽，身穿棕色織團花圓領長袍，腰間墜著一個小巧的玉質鼻煙壺。如果不是兩側肅立的番子，那張略圓的臉與和藹的笑容，令人怎麼都看不出他是東廠的十二飛鷹大檔頭。

「梁大檔頭請入內上香。」林一川迎上前招呼，沒話找話掩飾著心裡的不安，「杜先生醫術高明，治好了家父。家父聞聽噩耗傷心不已，奈何大病初癒，叮囑在下一定要把杜先生的後事辦得風風光光。您請！」

俊朗的臉，舉手投足間從容不迫，不過十八歲，生於商賈之家，面對惡名在外的東廠能有這份鎮定，是個可造之材。梁信鷗面帶笑容，進了靈堂。

他已經將林家調查得清清楚楚。被杜之仙診治後，林大老爺的病談不上痊癒，但活上幾年沒有問題。

林家的生意做得風生水起，南北十六行透過大運河的漕運賺著源源不斷的銀子。生意北達京城，南至廣州。東廠年初才透過林家運至京城的一批貨查實，林家暗中投靠了錦衣衛。

被珍瓏刺客殺了數人，東廠被錦衣衛嘲諷得顏面盡失。梁信鷗想起南下時督主的叮囑，這塊肥肉東廠一定要奪過來。

想要收服林家，逼林家棄錦衣衛投靠東廠，自己已經布下了天羅地網，由不得林家了。

他打算先禮後兵，刻意安排了一場刺殺，躲在暗中伺機出手相救，想施恩於林一川。沒曾想半路殺出個蒙面女子，搶了自己的戲，將林一川救走了。

那女子和珍瓏刺客的刺殺手法相似，這樣也好，又多了一個拿捏林家的把柄。

梁信鷗不動聲色地上香，目光在靈堂中睃了一圈。

杜之仙沒有子嗣，靈前只跪伏著一個身材單薄、披麻帶孝的少年。他心頭微動，聽聞杜之仙歸隱十年收了個關門弟子，就是這人？

少年朝他重重磕頭還禮。

他身形單薄，孝帽下只露出清秀光潔的下巴。還是個半大的孩子。梁信鷗滿副心思都在林一川身上，沒有多加注意穆瀾，隨口溫言問道：「你是杜先生的弟子吧？」

「在下愚笨，跟著先生讀了兩年書。先生就……」穆瀾伏在地上哀哀痛哭，臉藏在孝帽中，不打算給梁信鷗留下深刻印象。

「小公子節哀。」梁信鷗嘆了口氣道：「杜先生舊疾難癒，於此歸隱，清閒度日。皇上素來敬重杜先生。林家知恩圖報，大公子年少有為，能將杜先生的喪事辦得如此風光，皇上知曉一定欣慰不已。」

話裡對林一川多有推崇讚賞之意。穆瀾來不及細想，就朝林一川磕頭，「大公子為家師大辦四十九天道場，此番恩德，在下沒齒難忘！」

喊！又裝！先前是誰還想著盡快結束喪禮？林一川對穆瀾轉眼變臉的厚臉皮領教過無數回，當著梁信鷗的面還要掛著謙虛和氣的笑容斯文還禮，「杜先生對家父有恩，林家豈能置之不理！」

梁信鷗笑道：「世間錦上添花者多，雪中送炭者少。梁某最是欣賞懂得知恩圖報之人。將來大公子若是遇到為難之事，不妨給梁某遞個話。」說著遞給林一川一張名刺。

先前想要自己的命，現在卻一副籠絡的好臉色。東廠究竟想做什麼？林一川內心情緒如驚濤駭浪般，臉上卻掛著受寵若驚的神色，雙手接過了名刺。

東廠飛鷹大檔頭的話連一府都督都要重視，何況一介商賈？梁信鷗相信，林一川會明白抱住東廠這條大腿的好處。他微笑道：「梁某還要去凝花樓看看。等大公子為杜先生辦完喪事，梁某再到林府探望林老爺子。」

凝花樓看看……去家裡探望父親……林一川感覺到一根繩子套在自己的脖子上。他揖首謝過，目送梁信鷗帶著東廠的番子離開。

兩人的對話悉數落在穆瀾耳中，老頭兒的話在她心裡來回過了好幾遍。東廠果然想要拉攏林一川，那麼，那天的刺殺難道是一場戲？順著這個思路想下去，穆瀾突然想到，如果梁信鷗想要演戲救林一川示恩，那天他會不會就躲在竹林中？

他看到自己殺死東廠番子救走林一川了？冷汗瞬間沁了出來。

匕首細長輕薄，易於隱藏。穆瀾殺東廠數人用的皆是匕首。慶幸的是那天她換了女裝，蒙著面紗。只要不被識破女兒身，東廠的人反而會被誤導。

穆瀾伏在地上，心裡緊張思索著。

「人已經走了，嚇得那慫樣！」林一川居高臨下看著穆瀾，沒好氣地說道：「你小子太會裝了。我自小跟著父親經商，也算識人無數，還真看不出來你是真的害怕，還是在裝！」

穆瀾抬起頭，神態自若地站起來，還不忘撫平衣袍上的褶皺，「怕是真怕，裝也是真裝。我一個江湖賣藝的小子，自然不想和東廠沾上關係。不過，在下恭喜大公子了！」

「恭喜我什麼？」林一川警覺地反問道。

命運有時候很是神奇。穆瀾不得不承認自己和林一川在老頭兒的安排下，似乎是拴在一塊了。她的眼神閃爍不明，薄薄的唇勾出不懷好意的笑，湊近了林一川低聲說道：「恭喜大公子馬上就要抱上東廠的大腿。瞧在我師父的面上，在下將來就託大公子多多照應了。」

林一川也不是吃素的，他朝外面睃了一眼，確定靈堂附近無人，壓低聲音對穆瀾道：「死了位大檔頭，東廠豈肯善罷干休。你別忘了，那晚你也在凝花樓。」

「可是依在下看來，梁大檔頭對大公子頗有籠絡之意。大公子只要肯投了東廠，人雖然死在林家地盤上，想要揭過此事無非是出點兒銀子罷了。林家又不缺錢。」穆瀾不以為然。

林一川如啞巴吃黃連，有苦說不出。

先是刺殺，再是示好。梁信鷗先提去凝花樓看看，後又說等杜之仙喪禮後去拜訪父親。東廠是要和林家談條件了。

東廠目前看似選擇了他，而不是二叔和堂弟，看中的是自己已經接管了林家南北十六行。如果拒絕，東廠會退而求其次，去扶持二叔。他那位嫡親的二叔也不是草包，為了爭奪掌家之權，恨不得馬上投靠東廠弄死他和父親。

那晚穆瀾雖然也在凝花樓，也曾引得林一川懷疑，但沒有證據；杜之仙剛死，東廠僅憑懷疑就抓他的弟子，他的門生故交必憤怒集結抗爭，東廠沒有那麼蠢。林一川不一樣，人死在林家地盤，林家脫不了關係。如同那晚他的判斷，京城那位東廠督主的胃口太大，要的是整個林家。

「你放心，看在令師治好我爹的分上，我不會拉你蹚這灘渾水。我應承過杜先生，絕不會食言。」見招拆招吧。強龍不壓地頭蛇，更何況林家背後還有錦衣衛撐腰。林一川眉間露出自負的神色。

老頭兒就是看準了他將來投靠東廠，混得不錯，沒準能成為自己的救命稻草，這才出手醫治林大老爺。穆瀾明白林一川的處境，同情卻不能破了老頭兒設的局。她有些不忍，嘆了口氣道：「後院桂花開了，大公子可想去瞧瞧？」

若有似無的桂香飄浮在空氣中。

穆瀾站在桂花樹下，憂傷地望向池塘對面的平臺，杜之仙去世那一幕讓她耿耿於懷。她捻下一簇丹桂，米粒大的花被她揉搓碎了，自指尖滑落。總有一天，她會揭開心裡的謎團。

林一川在揚州太順了，什麼都用銀子開道，以為有錢就能辦事，這種自信與自負讓穆瀾覺得林一川會栽跟頭。他是老頭兒相面看上的人，穆瀾覺得自己有義務提醒他。

她想了想，輕聲說道：「幼時我天不怕、地不怕，師父說，初生牛犢不怕虎。其實不是不怕，而是無知者無畏。」

林一川疑慮地看著穆瀾，無知者無畏是在說自己嗎？說自己輕視了東廠？一個玩雜耍的小子，不過跟著杜之仙讀了點兒書，能知道什麼？不過，他還是有點意外。這小子最愛和自己作對，難得對自己好一回，心裡還是有點暖融融的。為杜之仙操辦喪禮，穆瀾這小子還懂得記情。

「梁信鷗來找我，你替我擔心了？」

穆瀾又開始讓林一川生恨，「自然，我師父不能白救你爹。」

林一川冷了臉，「放心，我記得呢。還有，你當本公子像你？聽到東廠名號就嚇得趴地上連頭都不敢抬？」

穆瀾本意是想提醒他，不願和他置氣，淡淡說道：「我一介庶民，聽到東廠名號自然是怕的。民，不與官鬥。」

她咬得重，意味深長。林一川再聽不懂，穆瀾只能祝他運氣好了。

居然沒有生氣？林一川突然感覺自己有點了解穆瀾了。這小子牙尖嘴利，真心想對人好時，卻不厭其煩地勸說。

真的只是因為杜之仙才對自己好？不，這小子一定是心裡感激著自己，嘴裡不說罷了。林一川的嘴角情不自禁地勾起一絲淺笑。

他雖不圖回報，也絕不喜歡自己所做的事，對方連半點感激都無。

素白的孝服將穆瀾的眉眼襯得清美動人，新葉般的眉、清亮有神的眼眸，怎麼就能這樣像呢？不不，不像。這小子蠻橫粗野，那姑娘受驚嚇時像隻小兔子。小狼崽和小兔子像嗎？他心裡貓撓著似的。然而閉上眼睛，桂花的香氣縈繞著他，感覺身邊就是那位姑娘……無親無故，那姑娘為何要救他？

「在下有些倦了。」該說的話已經說了，穆瀾不打算再陪林一川圍著池塘轉悠。她張嘴打了個呵欠。

她的唇很薄，花瓣似的嫩粉色。林一川突然想起在凝花樓中穆瀾嘟著嘴的模樣，他下意識舔了舔嘴唇，起了心思。他越看這小子的眉眼，越發覺得與那姑娘相似。

賭了！林一川握住穆瀾的肩，深深呼吸。

瞥了眼擱在肩上的手，穆瀾揚了揚眉，「大公子這是何意？」

手突然滑到了穆瀾腰間，穆瀾一驚，人就撞進了林一川懷裡。

「你放心！我答應過杜先生的事一定會做到！」林一川誠懇地說道。

撞進懷裡的人有著硬朗的平胸，沒有想像中的柔軟。唉！身上也沒桂花香……就這麼用力一抱林一川就迅速鬆了手，快得讓穆瀾來不及反應。

然而那雙清亮的眼睛瞪得圓了，噙著驚詫與警覺，怎麼又像極了那姑娘的眼神？林一川看得愣住。

轉悠了這麼久，就為了狠抱自己一下，說句話來安慰她？穆瀾總覺得哪裡不對勁，又說不上來，鬱悶得想撞牆。都是她心軟自找的！她後退兩步，拉開了兩人之間距離，淡淡說道：「你記得就好。」

「開一間小商鋪，只需打點街頭惡霸、衙門差役。林家南北十六行漕運生意做得順，從中得利的人不少。虎口奪食，總有人會對東廠不滿。」林一川向穆瀾解釋著。

林家將揚州府的錦衣衛千戶早餵得飽了，京城那位指揮使雖然沒有明示，也算搭上了關係。東廠主要勢力盤踞在京城，一個飛鷹大檔頭跑來揚州撒野，未必能從錦衣衛手中討得了好。

話已遞到，林一川依然自信自負，穆瀾不再贅言，告辭離去。

她的背影挺拔瘦削，腳步邁得極開。林一川長長嘆了口氣，自語道：「你這是怎麼了？怎麼會懷疑這小子是那個姑娘？」

那身法曼妙如花的倩影從他心頭掠過，林一川狠狠甩了下頭，將對蒙面姑娘的好奇拋到一旁。

第十一章　東廠來人

四十九天道場做完，杜之仙終於入葬。

林一川兌現承諾，與穆瀾一起為杜之仙抬棺。

那株桂樹被穆瀾移到了杜之仙墳頭。穆胭脂泡製而沒有喝完的藥酒，照杜之仙遺言，悉數與他陪葬。

墳頭一老一小素衣白袍孤單清冷，林一川瞧得極不是滋味，「穆公子如有需要，盡可來林家尋我。」

穆瀾朝他深深彎腰，一揖到底，「大公子待家師之恩，穆瀾銘記於心。孝中不便招待，大公子勿念。」

杜家終於清靜下來，黑漆大門緊閉，不再待客。

竹溪里漸漸回到過去人跡罕至的模樣。

穆瀾靜下心來整理杜之仙的遺物。

房中半壁書架，角落竹簍中插滿畫軸，棋枰上尚擺著一局殘棋。

這些書每一本穆瀾都讀過，杜之仙的批注她字字記得。這些畫……她抽出一幅展開。

山水、墨荷、竹枝、雪梅……沒有穆瀾想看到的丹桂。

她凝視著那局殘棋。老頭兒做事顯然比她想像中布局還要深遠。比如去治林一川的爹，為的不是銀子，圖的是林家的恩情。他去得這樣快，這幾月來半字不提珍瓏局。穆瀾執棋殺了東廠七人，雖說每次是老頭兒飛鴿傳書，但那些情報絕不可能是隱居在揚州的老頭兒打探所得。幕後另有人在。

她有種感覺，老頭兒不提，也一定會有人再來找自己。

「主持珍瓏局的會是什麼人？」杜之仙對她的愛護，穆瀾感覺得到，不提及定是為了她好。穆瀾很想知道以杜之仙的才華，究竟是什麼人能令他甘心做一枚棋子。

棋枰上黑白布子斑駁一片，穆瀾坐在黑棋一側，隨手拈子。她的棋藝雖不能稱國手，常年與杜之仙對弈，棋藝也不弱。靜下心來，穆瀾落了子。

一枚枚將圍死的白棋撿走，她走到對面，從棋盒裡拈起一枚白子。

秋天的暖陽照過來，穆瀾移動腳步時，光與影在變幻。她停住腳步，慢慢後退，又走過去。

她沉默地將棋中白子一一撿了出來，只有黑子的棋枰變得清爽乾淨。一個「國」字出現在棋盤上。

「從戈守口，像有衛也。兵守封域是為衛國。江山如枰……」穆瀾喃喃唸著。

一片殺伐之氣似從棋枰上撲面而來。

每殺東廠一人，放一枚刻有珍瓏的黑子於屍體上。黑子代表著奸佞賊子，那麼老頭兒布下這黑子寫下的「國」字，是在喻指當今奸臣當道，太監篡權嗎？

她苦澀地笑，「師父，瀾兒是個姑娘，不能立身朝廷，沒那麼大本事。」

她腦中突然閃過一道流光。珍瓏局……老頭兒是在告訴她，布下珍瓏棋局的主人，所圖的是江山嗎？

「您走了，我絕不會做別人手裡的棋子。」穆瀾堅定地拂亂了棋子。

除了一封交代後事的信，現在她發現師父用意頗深地留下了一枰棋。

老頭兒也許是說不出口，才會用這種隱晦的方式提醒自己。他一定還留有東西給自己。穆瀾的目光再一次落在竹簍裡插著的畫軸上。

先前只想找丹桂圖，現在再回憶，腦中就跳出了一幅雪梅圖。她記得去年冬天來的時候，沒有見過老頭兒畫梅。冬季已經過去很久了，春天裡為何要畫梅開？

她抽出畫軸展開。

茫茫雪海，梅成林。筆墨很舊，不是新近所畫。穆瀾記得師父收藏的舊畫都放在箱籠中，竹簍裡放著的，都是新近的畫作。

她盯著落款，「……辛丑年於蘇州香雪海。辛丑年？」

父親死的那年爆出了庚戌年會試舞弊案。辛丑年是之前十年，杜之仙正值二十弱冠之齡。

穆瀾目光移上了題跋，淡字淺墨題著一句詞。

「如今香雪已成海。小梅初綻，盈盈何時歸。」

老頭兒踏雪觀梅，在等誰歸來賞梅？

師父說：「妳練成了小梅初綻！」

原來她所練輕功的名字來自於這半闕詞。小梅初綻！四個字重重敲擊著穆瀾心房。畫卷從手裡滑落，嘩啦掉落在地上，「師父……」

●○●

林家在揚州城傳家百年，家主所居銀杏院大氣簡樸，門窗上的雕花、飛簷上的石雕神獸又透著江南人家特有的婉約精緻。

兩棵大銀杏脆黃的葉落在青磚地面，如同鋪就的點點碎金。

梁信鷗換了棗紅繡雲龍圓領曳撒，腰間束著白玉帶。漆黑的頭髮用一根青玉簪束了，戴了頂紗帽。團臉上掛著習慣性的和藹笑容，多了一種不怒自威的氣度。

他頗有興趣地看著淺池清水中兩尾游弋的金色大魚，光照在魚身不同角度時，每一鱗片分外清晰鮮明，色調濃淡不一地變幻著。魚游動的姿態極其優雅，魚尾無聲破水，呈現出一種嫻靜之美。

眼前這兩尾背覆紅色大鱗的魚叫過背金龍，生於南洋，極為珍貴，是林家的鎮宅之寶，養了六、七十年，長到了三尺。

數月工夫，林大老爺養了二十斤肉回來，比不了過去那樣富態，但與當初躺床上的枯槁模樣已判若兩人。耷拉的面皮重新被脂肪填充得圓潤，眼裡精神十足。他微躬著腰站在梁信鷗身後一步，以恭敬的姿態迎接這位東廠大檔頭的拜訪。

「就這院裡吧。今天天好，暖陽微風，銀杏樹下擺宴，風景正好。」梁信鷗毫不客氣見外，語氣是居高臨下的吩咐。

林大老爺不動聲色地吩咐下去。

酒席以極快的速度擺在了銀杏樹下，菜品皆是魯地名菜。

兩人分坐於左右，院中並無他人。

梁信鷗睃了眼菜餚，心知林家對自己也徹底打探一番。他笑著舉杯道：「梁某是山東人，沒想到遠至揚州竟然能吃到正宗家鄉菜，甚是感動。客隨主便，老爺子太客氣了。」

「梁大人遠至江南作客，老夫擔心您水土不服，是以吩咐廚子做了山東菜。」林大老爺綿裡藏針地回道。

「梁某是粗人，北地寒冽尚不能弱了心智，又何畏這江南柔風？倒是老爺子大病初癒，這院中風景雖好，本官也擔心讓您受寒著涼，病情反覆可就壞了。杜之仙已經死了，再無人能妙手回春。」梁信鷗毫不示弱，語意雙關。

遣退左右，直面相談，林大老爺很清楚梁信鷗的來意。

林家的南北十六行除了漕運，還供著內廷所需的絲綢、茶葉、瓷器。生意做得大，年年分給朝中官員和錦衣衛的紅利也不少。如今東廠也想來分杯羹。

梁信鷗提到了生死，這是在威脅。林家給了別家好處，能不孝敬東廠？林大老爺的帳在心裡過了一遍又一遍，早就拿定了主意。

他嘆息道：「杜之仙正是為診治老夫才耗盡精力，病情轉重而逝。可惜，老夫也只多掙回幾年壽命，實在對不住他。大人的來意，老夫不能揣著明白裝糊塗。林家的生意能做得順暢，全仰仗著大人們照拂。大人既然來了，林家不會讓大人空手而回。和氣生財方為上道，林家每年抽出兩成利孝敬督主。」

朝中官員一成，錦衣衛兩成，再分東廠兩成，林家生意再賺錢，白送出五成利，真正能落到手中的不過一成到一成半，這是林家最低的底線了。賠本做生意，還不如買些田地，安心做個田舍翁。

可惜督主瞧不上這兩成利。梁信鷗搖了搖頭道：「林老爺子這筆帳算得不對。梁某不妨直言，東廠要四成。」

林大老爺臉色大變，「梁大人，林家雖然是揚州首富，看似有著幾輩人用不完的銀錢，但年年賠本做買賣，縱有金山銀海，也撐不了幾年。」

「老爺子莫急，東廠多要的兩成，是錦衣衛的。我家督主對殺雞取卵的事，素來不屑。」梁信鷗淡淡說道。

東廠要吞了錦衣衛的兩成利，林家對錦衣衛如何交代？林大老爺雪白的長眉不受控制地抖了抖，臉色難看至極，「梁大人這是強人所難！」

東廠厲害，錦衣衛也不是吃素的。林家本想左右逢源，夾縫裡求生，東廠卻不肯，想要獨吞。既然這樣，林家就沒什麼好說的了。

「老夫身體不適，恕不奉陪了。」林大老爺露出強硬的姿態，打算送客。

梁信鷗氣定神閒道：「本官此行，替督主轉達對老爺子的問候是一件事，另一件事是為了查案。」

凝花樓已經火速賣給了城北修家。林大老爺清楚，東廠在凝花樓死了個大檔頭，不會輕易放過。他輕描淡寫地說道：「朴大檔頭死在凝花樓，是刺客所為。畢竟是死在林家地界，林家會出筆撫卹。」

拿筆銀子出來就想不了了之？梁信鷗笑了，「本官去了凝花樓，發現有件事極為有趣。當晚朴大檔頭被刺客所殺，而凝花樓中也死了名舞妓。據說她是自盡，埋在了亂墳崗，然而本官卻刨出了一座空墳。更有趣的是，八月十五，林大公子去竹溪里送節禮給杜之仙，遇到了伏擊，來了位蒙面姑娘將他救了。本官查驗死者傷口，與那位刺客珍瓏的手法相似。」

「本官不得不懷疑，屍首消失的舞妓茗煙其實未死，她正是那位蒙面女子，也是……刺殺朴大檔頭的凶手。這一切，似乎大公子都脫不了關係。本官有十足的理由請大公子回東廠調查！」

林大老爺的心頓時一緊。東廠死了個大檔頭，梁信鷗抓住此事硬要拿林一川回去審問，林家無力阻攔。他抬頭看了眼天色，午時的陽光透過枝椏照射下來，揚州那位錦衣衛千戶沒有出現。

不論是他懼了梁信鷗，還是東廠用了手段阻礙了他的到來，都說明一件事情：錦衣衛此時不會和東廠強硬對抗。

等到了京中，哪怕那位指揮使親自出面，進了東廠的大獄，不死都要脫層皮，兒子定要吃罪受苦。無論如何，他都不能讓梁信鷗帶走兒子。

林大老爺沉默了。

「梁某見過大公子。江南水好，出了令郎這般芝蘭玉樹般的人物，可惜……」

林一川是老來子，林大老爺膝下就這麼一根獨苗。他活不了幾年，兒子卻才十八，家中還有一個對家業虎視眈眈的林二老爺。梁信鷗相信，林大老爺很快就會做出選擇。

一川十八歲了，經商有悟性，極其孝順。林大老爺只要一想到兒子被東廠折磨，心就如鈍刀磋磨，心痛難忍。

也罷，不是孝敬錦衣衛就是孝敬東廠，想要左右逢源、騎牆觀望，那是奢望了。林大老爺拱手認輸，「大人話已至此，老夫也不是不識趣的人。只是神仙打架，凡人遭殃。投了東廠，錦衣衛不會罷休。督主看得起林家，想讓林家忠心效力，林家卻受不起這池魚之殃。」

梁信鷗微笑道：「既是一家人，東廠不會讓林家受委屈。」他的語氣格外輕蔑，帶著絲絲傲意，「就算是錦衣衛那位指揮使，見著督主，也是極尊敬的。」

林家是透過揚州錦衣衛千戶與京裡搭上的關係，連那位指揮使的面都不曾見過；而東廠督主譚誠卻親自吩咐梁信鷗登門造訪。一個是林家拚命地去討好結識，另一個卻主動伸出了手，林家別無選擇。

林大老爺長嘆一口氣，舉杯與梁信鷗輕輕一碰。

席上笑語歡顏，言語中的威脅與針鋒相對在這遍地秋陽中融得乾乾淨淨。

「老爺子養病要緊。大公子接管南北十六行，將來打交道的時間尚多，請來見見吧。」

父親堅持和梁信鷗單獨會面，林一川相信父親會好好對付這位東廠大檔頭。他等在院外，就等著將肅立在門口的東廠番子悉數趕出去。

然而，隨著時間推移，他漸漸覺得事情並沒有如自己想像那樣進行。雁行悄悄傳來的消息讓林一川愕然。揚州那位錦衣衛千戶尚「熟睡」在家中，未能如約而至。

東廠已經摸清了林家的底細。

來者不善。

聽到召喚，林一川整了整衣袍，大步走進了院子。

銀杏樹下，梁信鷗笑容和藹如同自家長輩，林大老爺則朝他無奈地點了點頭。林一川深吸一口氣，壓下了心中的不甘，朝梁信鷗拱手行禮，「見過大人。」

寶藍色的綢袍與金黃銀杏樹映著，長身玉立，分外俊朗。

只是那雙比常人更黑的眼眸，分明透著憤怒與不服；腰挺得太直，似不願向東廠屈服。

用朴銀鷹死在林家凝花樓的事，壓得林大老爺不得不向東廠投誠。然而商人的眼中只有利益，誰能保證將來林家不會倒向錦衣衛？揚州城那位被下了藥迷倒在家中的錦衣衛醒來，自會密告京中。錦衣衛那位指揮使也非善輩，定會插手和東廠角力。

督主看中林家，實則是從林家入手，要和錦衣衛爭奪整個江南的掌控權。梁信鷗決定給眼前如驕陽般的少年一點兒善意的警告。

「聽聞這桌菜都是大公子親自為本官準備的，大公子有心了。」

林一川謙虛地回道：「大人滿意就好。」

梁信鷗點了點桌上那道醬燜黃花魚道：「聽聞揚州有道名菜叫拆燴魚頭。專用大魚魚頭，拆去魚骨清燉。魚肉肥嫩，湯味鮮美。今天梁某不太想吃家鄉的魚，對拆燴魚頭頗感興趣。」

話轉到菜品上，林一川正想吩咐照辦。這時，他看到了梁信鷗意味深長的笑容，順著梁信鷗的目光看了過去。

淺池中映著藍天白雲，水面漂著金色的落葉，兩尾金色的大魚優美地擺動著魚尾。林一川的瞳孔驀然收縮，心頭的怒意再也壓抑不住，冷了臉道：「在下這就吩咐廚房用最好的花鰱魚頭做菜！」

梁信鷗當沒聽到他的話，微笑著對林大老爺說道：「這魚叫過背金龍吧？福建總督兩年前進貢給皇上的生辰禮好像就是這種魚。林家這兩尾魚養得比那兩條還好。」

「一川，去將那兩尾魚殺了，讓廚房做拆燴魚頭。」林大老爺眼皮一跳，迅速吩咐道。

什麼？這兩尾過背金龍來自南洋，在林家待的歲月比他的年齡還多幾倍，一直被林家視為家業興旺發達的吉物。姓梁的欺人太甚！給了梯子不下樓，居然還想吃這兩尾魚！他知道養了六、七十年的過背金龍值多少銀子不？他在東廠幹一輩子大檔頭所得的俸祿賞賜、死後的撫卹都買不起半尾！

不甘與憤怒在林一川心中來回衝撞著。就算林家投了東廠，他一個東廠大檔頭憑什麼想讓林家宰了鎮宅之寶？

「哎呀，老爺子，這可怎麼行？這兩尾魚的魚頭雖然肥美，做成拆燴魚頭卻是有些可惜了……」

話音未落，林大老爺一巴掌重重拍在桌子上，怒而喝斥道：「孽子！沒有聽到為父的話嗎？」

兩人究竟談了什麼，讓父親對梁信鷗退讓至此？父子間心意相通，林大老爺黯然朝林一川又輕輕點了點頭。

此時不是與父親爭論的時候。林一川的後牙槽咬得緊了，牽動著兩頰肌肉動了動，從牙縫裡迸出了一個字，「是！」

還是個年輕人哪。林大老爺不過幾年壽命，林家將來都是林一川的。有才，易衝動，這樣的年輕人才容易被掌控。梁信鷗不再言語，微笑著等著。

一劍緊接著一劍，兩尾金色的大魚被串在了三尺青鋒上，肥碩的身軀在空中拚命扭動，濺了林一川滿臉水漬。他用力往上一揮，兩尾魚被他拋到空中。他閉了閉眼，揮劍狠狠砍下去，魚首分離。

冰涼的血濺開，寶藍色的袍子沾上了點點血汙，林一川眼裡沒有絲毫情緒，忘記了愛潔。他一手拿起一個魚頭，一字字地說道：「兒子這就親自盯著廚下做拆燴魚頭！」

梁信鷗目露讚賞之意。能忍能下手，此子心志非同一般，「大公子還年輕，尚須老爺子多加調教。」

既然投了東廠，就容不得林一川三心二意。梁信鷗這兩句話發自肺腑，出於好心。

林大老爺目光微閃，嘆道：「燕雀難比鴻鵠，家簷太低，一川在揚州城只能看到巴掌大的天。將來他要成為林家的掌舵人，尚須歷練。請梁大檔頭轉告督主，給一川機會。」

把兒子交出來，林家付出了最大的誠意。梁信鷗哈哈大笑。

至於那位自盡的茗煙，莫名死亡的崔媽媽，還有救走林一川的蒙面女子，將來總有揭開謎底的一天。朴銀鷹遇刺案，早晚會被自己查個水落石出。

魚眼鼓出，極淡的血順著林一川的手滴落。林一川提著兩個魚頭，面無表情地走出了銀杏院。

候在外面的雁行與燕聲看到那兩個金色的魚頭同時張大了嘴巴，慣於在臉上帶著笑的雁行都僵硬了臉。

這是林家的鎮宅吉物……在林家待的歲月比林大老爺的年紀還長，少爺竟然殺了這兩尾魚！

林一川出了院子，驀然回頭，黑黝黝的雙眸充滿了憤恨。他可以把銀杏院裡的東廠之人悉數宰了，處理得無聲無息。為什麼父親要如此退讓憋屈？他不由自主想起穆瀾說的話。究竟是自己無知者無畏，還是父親老了，不再有昔日雄霸漕運的自信？

「少爺！這這這不是……」

「拿到廚房做拆燴魚頭！」林一川咬牙切齒地將魚頭往兩人懷裡一扔，看了眼滿是血漬的手，飛快離開。

雁行和燕聲一人抱著一個金色大魚頭，呆若木雞。

清靜的院牆下，四顧無人，林一川吐得面無血色。

他扶著牆，緩過了氣，有氣無力地走回自己的院子。

心疼、憤怒、難過……然而他需要在最短時間裡換過衣裳，親手端著拆燴魚頭再進銀杏院。

魚已經被自己殺了，父親恐怕比自己更難過，卻連緩衝的時間都沒有，一直賠著笑臉，陪著那位東廠大檔頭笑語歡顏。想到這裡，林一川的雙肩上像是壓下一座山，讓他的背挺得更直。

梁信鷗走的時候和藹地拍了拍林一川的肩，看似隨意地問道：「中秋那天大公子遇襲，是被一位蒙面姑娘所救。她的功夫不錯。」溫柔的眼波，如同關心一位子姪。

「是位姑娘救了我？」

林一川懵懂的表情讓梁信鷗有點失望。

接下來林一川的話更讓他尷尬，「一川醒來時躺在林間，沒看到什麼人。不過，大人既然知道是位蒙面姑娘救了一川，可知道是誰想殺我？」

梁信鷗適時地嘆了口氣，輕描淡寫地朝林家西苑方向看了眼，體貼地說道：「梁某待大公子如同自家子姪，相信大公子在林家的地位不會再受到威脅。」

「我就知道……」林一川攥緊了拳，毫不掩飾自己對林二老爺的恨意。

他當然知道梁信鷗是在禍水東引。自己本來就是二叔一家的眼中釘，林一川也無意替二叔分辯。梁信鷗這樣解釋，他就這樣相信好了。

送走梁信鷗，返回銀杏院，林大老爺的精神氣已經消失了。兩隻金色的拆燴魚頭完好無缺地擺放在如玉質般的龍泉青瓷大碗中。

林大老爺想起這魚比自己活的年歲還長，心裡陣陣絞痛，竟離席而跪，拍打著地面，衝著飯桌哽咽，「……對不起列祖列宗啊！」

「爹！」林一川用力扶起林大老爺，恨得雙眼泛紅，這時候才爆發出來，「一個東廠大檔頭，咱們為什麼要怕他？難道錦衣衛真得罪不起東廠？」

長到十八歲了，這樣俊美懂事，又有孝心，今天被自己逼得親手宰了那兩尾魚……林大老爺無比心疼。他扶著兒子的手在椅子上坐了，語重心長地說道：「林家有兩尾過背金龍魚，皇上也有兩尾。林家這魚不能留了。」

林一川愣了愣，氣急敗壞地說道：「不過是梁信鷗給林家的下馬威罷了！這世上除了皇帝，別家就不能養龍魚了？」

「混說什麼？」林大老爺急了，一巴掌呼兒子頭上，「這魚沾了龍字就不是魚了！林家可以養，但不能比皇上養的龍魚好！東廠誠心要收了林家，梁信鷗這才出言提醒。不宰了那兩條魚，回頭林家全族就該上斷頭臺了！」

見兒子仍然臉色難看，林大老爺放柔了聲音道：「一川哪，你是富貴窩裡長大的，只知道有錢能使鬼推磨。士農工商，再有錢，商賈也是賤業。上了公堂，身上沒有一文錢的秀才可以不跪，你縱有金山銀海，見了官，也要跪的。」

穆瀾那小子說「民，不與官鬥」，還口口聲聲恭喜自己抱上了東廠的大腿。她早就知道林家鬥不過東廠。林一川此時才覺得自己看輕了穆瀾。杜之仙的關門弟子，哪怕出身江湖雜耍班，自己也不該因此看低了他。

「一川，趁著爹還有幾年可活，你去京城走一走，讀萬卷書不如行萬里路。林家在京城也有產業，你接管南北十六行，還沒去過京城，去瞧瞧也好。你要記住，咱們家靠著運河做買賣，真正打交道的人，是京城的官員，皇城裡的貴人們。」林大老爺慈愛地說道。

林家養了六、七十年的龍魚被林一川宰了，做成了拆燴魚頭討東廠大檔頭梁信鷗的歡心。這個消息讓林二老爺胸口驀然疼痛起來。

他捂著胸，臉扭曲得幾乎變了形。幼時他最愛去父親所住的銀杏院看這兩尾魚，那時候父親告訴他和兄長，「龍魚吉祥，能護我林家富貴不衰！」

「敗家子！敗家子！」林二老爺氣得不停地咒罵著林一川。他這個姪兒是自己命裡的剋星、災星！眼看兄長年長，膝下無子，產業必然落入自己手中，林一川就出生了。眼看兄長病入膏肓，林一川請來了杜之仙治好了兄長，壞了他攛掇宗族中人想搶過掌家之權的大事。他忍了這麼多年……

「爹！孩兒忍不了！都是長房嫡孫，憑什麼兒子想去看一眼龍魚都不行，他就能把魚宰了做菜？他知道那兩尾魚值多少銀子，能買多少頃地不？」林一鳴嫉妒得雙眼發紅，嚷嚷著轉身就跑了出去。

也罷。讓一鳴去鬧，鬧得林家宗親都知曉才好呢。

「那兩尾龍魚哦！」林二老爺有氣無力地哀嘆了聲。他心裡清楚，自從崔媽媽悄悄跑來告知了凝花樓的刺殺案，東廠就盯上林家了。他心裡害怕，立時要了崔媽媽的命，忍痛讓林一川順利將賭坊和青樓賣給了城北修家。

然而事情都有利弊，姪兒殺了龍魚討好東廠，抹過了那件事，也讓林一川難以對林氏宗親們交代。他就高坐釣魚臺，看戲吧。誰教他那個狡猾如狐的大哥還能活幾年呢。林二老爺暗下決心，等到兄長歸西，林一川孤掌難鳴，就將他踢出林家去！

這廂，林一川正一腳將林一鳴踢了個狗趴，心裡憋著的氣全撒在了林一鳴身上，一腳踏在他背上狠狠罵道：「有臉和我說銀子？你月銀才二十兩，老四海每月帳單七、八百兩。前月和城川修三少在流香賭坊玩牌九，輸了二十八萬兩！人家花萬兩買隻蠱，好歹也要贏回兩場銀子，你連養蠱的盆都輸給了對方。」

「修家接手凝花樓前，好歹是自家產業，白玩姑娘不過費些茶水、酒菜錢。現在凝花樓是修家的了，你去裝什麼少東家？還在凝花樓擺客請宴替修家招攬生意。

雁行，修家拿到帳房的帳單是多少？」

雁行忍著笑意，輕聲報了個數，「一萬三千三百二十七兩！」

細長眉眼、眉目清秀的林一鳴憤怒地扭過臉嚎叫，「別以為你掌家管著南北十六行，產業就都是你的了，裡面也有我爹和我的股子！我花的銀子再多也沒你敗家！林一川你就是個孬種！得罪不起東廠，就把價值百萬兩銀的兩尾龍魚宰了！」

林一川一把將他從地上揪起來，左右開弓一頓好揍。林一鳴痛得呼爹喊娘，卻死不服軟。還是雁行怕出事，用力抱了林一川的腰，林一鳴這才鼻青臉腫地跑了。

「鬆手！我有分寸，揍不死他！」林一川甩脫雁行，氣得胸膛起伏不平。外憂內患，這個不省心的紈褲堂弟還跑來添亂。

雁行輕聲細語說道：「二老爺有些坐不住了，這才由著二公子前來鬧騰添堵。」

林一川不屑地說道：「父親在世，二叔就不敢妄動。爹繼承家業，並不完全是靠著嫡長的身分。二叔在爹面前抖不了威風。去京城前，將事情都打理妥當，二叔翻不起大浪。」

雁行恭敬地應了，「是。」

第十二章 咱們是同窗了

紛揚的雪灑落下來，竹溪里越發清冷。

然而年節前，位於竹林深處的杜宅再一次車馬喧囂。

林一川帶著雁行和燕聲，來杜家送年節禮，順便祭拜杜之仙。還沒到杜家大門，站在山坡上看到門外數抬轎子停著。門外不僅站了衙役，還有幾名身著飛魚服的帶刀侍衛。他心裡咯登一下，認出是錦衣衛。很明顯，揚州的官員陪著貴客拜訪杜家，這時候他不方便去杜家。林一川吩咐雁行前去打探，和燕聲避進了竹林。

此時杜家院子裡站滿了人，揚州知府、學政等官員有些好奇地打量穆瀾。

正門外擺了案几，燃了香。穆瀾一身青衫素服與啞叔正跪著接旨。

「……賜入國子監進學。欽此。穆公子，接旨吧。」

有些尖刻的聲音驚醒了穆瀾，她伏在地上，高呼萬歲，雙手接過了五彩繡祥雲瑞鶴的綾絹聖旨。

杜之仙的去世終於傳進了宮中，那位一心對杜之仙尊崇有加的年輕皇帝遣了身邊的大太監素公公前來祭拜，並頒下了恩旨，讓穆瀾蒙恩蔭入國子監。

杜之仙過世前，讓穆瀾去京中尋他的一位故交，道是已安排妥當。穆瀾沒想到能接到這樣一份恩旨。

能得皇帝青眼，恩旨入國子監，將來前程不可限量。揚州的官員們個個和藹可親，對穆瀾大加讚賞，諄諄教誨外，各自又贈了不少銀兩及文房四寶等物；加上皇帝的賞賜，堆滿了半間屋子。

穆瀾謙遜地陪同著素公公和官員們去了杜之仙墓前祭拜。

臨走時，素公公嘆息道：「皇上驚聞噩耗，難過了許久，一直嘆息未曾能拜杜先生為師。穆公子入學後，當勉力勤學，莫要辜負了皇上待先生與你的這片心意。」

「穆瀾謹記。」

人怕出名豬怕壯。杜之仙的關門弟子本就夠打眼了，現在又接了皇帝恩旨入國子監，穆瀾心情格外複雜。她不由自主想起杜之仙從前說過的話，想害她的人、關心她的人，都會不錯眼地盯著她。哪怕她找出國子監御書樓裡的祕密，揭開十年前那件冤假錯案，脫身卻是不易了。

車到山前必有路，走一步看一步吧。她心裡打定主意，大不了也就一個「遁」字，一輩子隱姓埋名。

她剛把人送走，雁行就來敲了門。

林一川等到人走後才進了杜家，祭拜完杜之仙後，穆瀾請他在廳堂裡敘話。

睃了眼堆積的禮物，林一川頗有種荒謬的感覺。好像自從在凝花樓見到穆瀾，他就一直在和她打交道。杜之仙死了，這緣分卻像斬不斷似的。

啞叔端來的茶是自製的竹葉茶，林一川就像餓了數頓的人，就著點心飲了一杯又一杯。

他不知道在廳堂飲的茶是擺來看的？專為主人端茶送客準備的？穆瀾睨著他，心裡格外不舒服。她才接了聖旨，想清靜清靜理下思緒，林一川這吃貨卻坐了快一個時辰了。

「來而不往非禮也。前些日子我和啞叔把家裡的兩頭豬殺了，醃了些肉，送你兩罈。你在師父家清理過豬圈、鏟過豬糞，估計你會吃得格外香。」

清理過豬圈、鏟過豬糞！你還吃得下嗎？

林一川正捏著一塊綠豆糕往嘴裡送，這句話剎那間勾起了他的回憶。綠豆糕的顏色讓他彷彿又看到了豬圈裡的那些排泄物，他的手顫抖了下，仍然保持著斯文舉止，將綠豆糕放回碟子。

還能不能好好相處了？動不動就說這些骯髒東西來膈應他。林一川動了動手腕，皮笑肉不笑地說道：「一直想與穆公子切磋一番。擇日不如撞日，現在就去，如何？」

穆瀾沒心思和他切磋，端著茶呷著，涼涼說道：「大公子是來討揍的？」

你這話才討揍呢！林一川氣得不行，繃著笑臉道：「我其實是來套近乎的。」

他和自己套近乎？林一川？揚州首富家的大公子？嫌銀子太多了，愁著往外扔是吧？差點噴出口的茶好不容易順下了喉，穆瀾睃了眼滿屋子的禮品，露出了倨傲的神色，「今天收得最便宜的禮都值個百八十兩銀子，大公子送的節禮也就值個十兩吧？」

那些年貨的確值不了多少錢，不外是些風雞臘鴨米麵等物。關鍵是心意！林家沒有在杜之仙死後就變得涼薄疏離，自己還親自前來祭拜，怎麼到了這小子眼中，就只看值多少銀子呢？

然而套近乎的話已經說出了口，穆瀾擺明就看他給多少銀子來套近乎。林一川咬牙把氣又嚥回了肚裡，「穆公子打算何時啟程進京？」

「過完年節就動身。」穆瀾也不隱瞞。她有些好奇，林一川也看上了自己蒙蔭進國子監後將來前程無量？林家打算提前燒冷灶，供自己在國子監讀書？

林家給了三十萬兩，派了管事買米糧給淮河災民，自己從林一川手裡摳來的十來萬兩銀子也一併捐了出去。加上今天收的贈儀，家裡現銀不過六百兩。古玩字畫值錢，她一件都捨不得賣掉，還要留一半銀錢給啞叔生活。穆家班要養活二、三十號人，銀錢也緊，母親給不了自己多少。好在國子監包吃包住還發廩銀，三百兩銀子不多，她省著花，也能過得不錯。不過，林家願意供奉，穆瀾也不拒絕。

「既然如此，在下就包一艘船送穆公子進京。行程就定在年節後，到時候我讓燕聲來接你。」林一川得了準話，終於起身告辭。

林家包船，吃宿船資能省二、三十兩銀子；再加一筆贈儀，少說也有一、二百兩，路上定會侍候得舒舒服服。有便宜不占王八蛋，穆瀾眉開眼笑，「大公子如此熱情，在下卻之不恭，多謝多謝。」

過了年節，穆瀾收拾好行李，獨自去了杜之仙墳前祭拜。

一壺酒灑落墳前，穆瀾驀然心酸，她認真磕了三個頭起身。

「啞叔年事已高，會留在家裡陪您。他的來歷是個謎，我也不想勉強他說出當年之事。這十年，師父待我如父，瀾兒沒別的能孝敬您，知道師父對當年事耿耿於懷，至死不安，我定會給您一個交代。」

那幅雪梅圖又浮現在穆瀾眼前。師父如父，面具師父卻如陌路人。任穆瀾怎麼留心，自杜之仙死後，也沒發現過面具師父偷偷來祭拜過。她不相信，兩人之間的關係如此淡漠。

「我的好師父，總有一天，我會揭下您的面具。」穆瀾暗暗發誓。

她回了前院，燕聲已帶著人等候多時。

啞叔將她送出門，欲言又止。

穆瀾拍了拍他的肩道：「啞叔，你不能說就不必說。該我知道的，我總會知道。不該我知道的，我想知道也一定會知道。清明替我上香燒紙給師父，得空我就回來看他。您保重。瀾兒謝您這麼多年的照顧！」

她朝啞叔深深揖首。

啞叔扶住了她，粗糙的大手緊握著她的手，一件東西悄悄塞進了穆瀾手中。

穆瀾不動聲色收下，與燕聲和林家隨從一起騎馬去了碼頭。

江風凜冽，吹開了漫天雲朵，冬季碧空如洗，碼頭上停著一艘大船。

穆瀾下了馬，聽到頭頂有人招呼。她抬頭一看，林一川裹在黑色的皮毛大氅裡。他戴了頂同色鑲藍寶石的毛皮帽子，朗眉星目，俊美無儔，只是他臉上的笑容怎麼看都覺得有點賊。

她踩著船板上了船，拱手見禮，「大公子親自來送在下，實在客氣。」

在穆瀾看來，林家贈儀送來，行程安排妥當就可以了，林一川是否來送自己一點兒關係都沒有。

這小子還不知道呢。難得讓穆瀾吃驚一回，林一川怎麼都忍不住，笑得分外開心，「我不是來送你。」

他故意停了停，看到穆瀾狐疑的眼神，他靠近她耳邊說道：「在下也要去京城，乾脆和穆公子同行。」

什麼？這一個多月要和林一川同坐一條船去京城？穆瀾瞪大眼睛。林一川說的套近乎指的是同行進京？

「喂！你說清楚，你也要進京？」穆瀾的祕密太多，林一川又是個觀察仔細入微的，她可不想天天被林一川盯著。

林一川從懷中拿出一張紙抖了抖，讓穆瀾瞧得清楚，抑揚頓挫地唸道：「戶部執照。戶部遵旨錄揚州府俊秀林一川，年十八，身長面白無鬚。援例報捐，所捐銀一千四百八十兩已入國庫，訖相應換給執照。看懂了吧？到了國子監，我就憑這個換取監照。」

戶部發給捐資入學的人一張執照，再憑這個換取國子監錄學生入學的監照。意思是林一川捐了銀錢，也要進國子監讀書？

想到當初穆瀾恭喜自己抱上東廠大腿時所說的話，林一川用力拍打著穆瀾的肩，瞧著她傻乎乎的模樣哈哈大笑，「咱們倆以後就是同窗了！我是捐錢入學的，而穆公子是奉旨讀書。國子監裡誰不敢照拂你這個天子門生？在下將來全仰仗穆公子多多照應了！」

這這，這才是他說的套近乎？穆瀾瞠目結舌。

船身一震，已然揚帆啟航。穆瀾這才回過神，扭過頭盯著艙房咬牙切齒，「陰魂不散哪你！敢壞我的事，我先宰了你！」

大明帝國的運河南極江口，北盡大通橋，運道長達三千多里。

穆瀾從小長在船上，沿著這條運河南北不知走了多少趟，她對沿途風光熟識於心，沒有北上進京的興奮與好奇。

林一川則不同，他幼年時隨父親去過一趟京城，印象早就模糊了。這一趟沿大運河北上，看什麼都稀奇新鮮。船行運河上，他嫌一個人寂寞，每天都去找穆瀾。每至一地，必來邀穆瀾同行遊玩。

煩得穆瀾只能待在房間裡，閉門謝客。

船到滄州，房門又被敲響了。穆瀾嘆了口氣，打開門一看，林一川穿著一身醒目的銀白色繡團花錦袍，領口一圈銀狐毛，氣度非凡地站在門口。他腰間荷包、香囊、金三事兒（註5）、玉珮掛滿了玉帶，穆瀾暗撇了下嘴角。生怕滄州的賊看不到他似的。

不等林一川開口，穆瀾搶先說道：「在下暈船。大公子想上岸遊覽請自便。」

暈船？從小跟著穆家班在船上長大的人會暈船？眼前的少年神清氣爽、精神抖擻、脣紅齒白。船上飯食做得好，她每頓飯至少兩大碗，吃得興高采烈……當面撒這種謊她臉都不紅！穆瀾的厚顏無恥，讓林一川又開了次眼界。

她堵在房間門口，連房門都只開了一半。林一川懷疑，自己敢像前幾回那樣勉強拖著她上岸，她一定會「砰」的關上門。他悻悻然地說道：「我一片好心……」

「謝了。頭好暈，暈船好難受，補眠去了。」穆瀾二話不說打斷了他的話，關了房門。

「不識好歹！」林一川熱臉去貼冷屁股，頗不是滋味。難道穆瀾這小子奉了聖旨進國子監，眼珠子立馬長頭頂上去了？行商人家就這麼不招人待見？他想起父親說過的話，不由得冷哼了聲。他將來要做一個有錢的官！什麼窮秀才的風骨，連件錦衣都穿不起，他才不稀罕。

他才轉過身，身後的門打開了。

穆瀾探出臉來，笑嘻嘻說道：「滄州驢肉火燒（註6）味道不錯，大公子記得幫

註5　舊時常把金製的牙籤、耳挖子等用環連在一起，叫「金三事兒」。
註6　一種以麵粉加水做成在火上烤熟，餅上沒有芝麻的餅。

我帶幾只回來。暈船暈得沒胃口，怎麼想到這個口水就出來了呢。差點忘了，要趙家老字號的。在下舌頭刁，吃得出來，別糊弄我啊。」

林一川還來不及說話，門「砰」的又關上了。

「你給我等著！驢肉火燒！還趙家老字號的！我買一籮筐讓你吃到吐！當本公子是你小廝啊？」林一川氣急敗壞地走了。

不過，等他嘗完幾家的驢肉火燒後，仍然不甘心地買了趙家老字號的。反正他有銀子，還真買了一籮筐。晚飯時，飯桌上就擺滿了摞得高高的火燒，下面還升著炭盆保溫。

林一川惡狠狠地說道：「甭客氣，隨便吃！這點兒銀子本公子出得起。」

穆瀾嘆了口氣，拿了只火燒咬了一大口，「大公子，在下跟你明說了吧。我自幼來往大運河，該逛的都逛遍了，我還得抓緊時間溫書哪。你以為拿到監照就能進國子監了？入學要考試的。不知道多少雙眼睛都盯著我呢。我要考不好，丟我師父的臉，皇上也沒臉不是？你何必與在下賭氣，浪費銀錢呢？趁熱把火燒賞給船工、下人們當晚飯吧。」

原來拒絕上岸遊玩是想抓緊時間溫書？林一川突然想到一個問題，大驚失色，「我捐錢入學的，也要考？」

他從小也學過四書五經，但他是林家獨苗，將來是要繼承家業的，不可能像那些奔著科舉的學子成天掉書袋。

這次他想進國子監，林大老爺格外贊同。對外的說法是懲罰林一川殺了兩尾金龍魚，給林氏宗族中人一個交代。

林家也打探了些消息，但所有從國子監畢業的官員嘴裡只有推崇，只道賞罰分明，刻苦勤學便可。林家捐一千多兩銀子，輕鬆就拿到了戶部的錄入執照。進國子監憑他的聰明，讀書也不是件難事。突然聽說還有入學考試，林一川急了。萬一被刷下來，二叔會不會又借題發揮呢？不行，最關鍵的是自己不能丟這個人！

趙家老字號的驢肉火燒外脆肉鮮、醬汁香濃，穆瀾狠咬了兩口，鼓著腮幫子有點噎著了，手直接伸向桌上的茶壺。

林一川也顧不得了，趕緊倒了杯茶遞過去。

就著茶水順了口中的食物，穆瀾這才笑了起來，「要不怎麼說大公子精明呢？提前抱上了在下的大腿……咳咳，不是不是，是提前與在下套上了近乎。我就說與大公子聽聽。」

國子監的監生分大致四種。春闈落第的舉子，三品以上朝廷官員家每戶可以恩蔭一人入監，各州府書院每年推薦的貢生，以及林一川這種捐銀錢入學的例監生。監生的待遇極好，衣食住行全包，每月還有不等的廩銀，全由國庫出。這麼一來，隨著監生的日益增多，負擔就重了。

國子監畢業就能出仕。新帝行冠禮後，覺得國子監的人數眾多，良莠不齊，從今年起，下旨新立了一條規矩：但凡新監生入學，都要進行入學考試。

「像大公子這等捐銀入學的人不少，能占監生的三分之一。再有錢，大字不識、詩文不通，拿到監照也會被刷出去。不然某天見面，說起來對面的草包還是自己同窗，豈非丟人至極？」

這一路與林一川同行，穆瀾想得很清楚。林一川有錢，人聰明，還會武藝，進了國子監自己少不得也需要幫手，套近乎就套近乎唄。和他勉強算半個鄉黨，只要他不壞自己的事，各取所需，也是件好事。

她揶揄道：「大公子不僅文武雙全，還囊中多金，應付這樣的入學考試，絕對不在話下。」

林一川目光微閃。他素來心細，立時抓住了穆瀾話中的意思，「你的意思是，有錢還能請槍手代考？」

穆瀾嘿嘿一笑，抓了兩只火燒在手，拍了拍他的肩，一臉正色，「我可沒那樣說……在下溫書去了。」

杜之仙的關門弟子知曉的就是比自己多，賠笑臉套近乎、好吃好喝供著總算有了一點兒成效。這筆買賣穩賺不賠，林一川深深佩服自己的眼光。

進門來的燕聲看著他拿只火燒不停地往嘴裡塞，嚇了一跳，「少爺，您怎麼了？」

他家少爺吃火燒這類食物從來不會整只拿在手裡啃，得用銀刀分成小塊。少爺驟然變得和船工百姓一樣豪放，燕聲有點難以接受。

他這一聲叫醒了沉思中的林一川，一口火燒梗在了喉間，噎得他直翻白眼。顧不得叫燕聲倒水，抓起茶壺猛灌了數口，這才長長地打了個嗝。

「少、少爺……」燕聲目瞪口呆。心裡冒出一句話來，近墨者黑。他家少爺生生跟著穆公子變得粗俗了。

林一川頭回這樣拿著火燒啃，覺得極帶勁。他白了燕聲一眼，振振有辭地說道：「國子監進餐吃燒餅都得這樣！你家公子爺提前學學。」

「哦！」

他突然看到醬汁已順著手指淌了下來，黏呼呼的，真噁心！林一川飛快地將沒啃完的扔到桌上，喝道：「還不去擰塊巾子來！」

吃過驢肉火燒後，從滄州到京城，林一川也不下船閒逛了，開始溫書習字。無人再去打擾穆瀾，她終於拿出了啞叔偷偷塞給自己的東西。

這是一枚白色雲子，晶瑩如玉。對著陽光，邊緣泛起淡淡的寶光。上面鑽了個孔，用一根褪色的紅線拴著，看起來像是一枚掛墜。棋子上也刻有「珍瓏」二字，只不過這兩個字不是穆瀾手筆，字體雋秀清奇，帶著柳骨之風。

以往殺東廠之人，她扔的是黑色棋子。啞叔卻給了她一枚上品白色雲子。白子又代表什麼呢？穆瀾摩挲著棋子，靜靜地思索著。

●○●

一月中旬，船經過了通州，直達京城外碼頭。

林家有管事來接。在昌平歇了一晚，第二天午後，穆瀾和林一川就到了京城。

城池雄踞在廣袤的平原上，青灰色的城牆如蜿蜒大山，氣勢磅礴，城門樓金碧輝煌。

京城的熱鬧也與揚州不同，同樣的喧囂熱鬧、人聲鼎沸，因街道的寬敞，一眼望不到邊際的樓臺亭閣，更為大氣。

「小時候我跟著父親也到過京城，感覺沒這麼熱鬧啊。」林一川骨子裡還是個十八歲的少年，興奮、好奇滿滿寫在了臉上。

穆瀾也長舒一口氣。她終於到京城了，總算能甩掉林一川這張狗皮膏藥了。她拎起兩只大包袱，背起書箱就要下船，「大公子，多謝一路照拂。咱們就此別過，入學考試時再見吧！」

「哎哎，你別急著走啊！」林一川趕緊攔住她，「你沒地方下榻吧？不如跟我回家。林家在京城有店鋪，現成的三進大院，總比你找客棧強吧？今年春闈，進京赴考的舉子早把客棧住滿了，你拿著行李也不好找。」

穆瀾笑道：「誰說我要住客棧了？我回穆家班。我很久沒見我娘和班裡的兄弟，甚是想念。大公子，你留個地址，有事我去尋你。放心吧，咱們倆是一夥的，進了國子監還得抱團幫忙不是？」

對，一夥的！這小子雖然可惡，好歹也有幾分交情了。林一川眉開眼笑，「你別拿行李了，你先給個穆家班下榻的地址，回頭我吩咐人送過去給你。」

「行。」穆瀾也不想累著自己，痛快說了地方。

林一川恨不得和穆瀾走得更親近，吩咐燕聲找夥計扛行李。轉身他手裡就多出一串禮品，笑咪咪地說道：「既然咱們倆是同窗了。我理應前去拜見伯母。」

穆瀾嘶嘶兩聲，咬起了牙。林一川也太賊了吧？明知道母親對他諂媚討好，這一拜訪，就衝著他家的銀錢、在揚州的勢力，母親也會滿口答應讓自己幫他。

「走啊！」

前面林一川回頭催促著，穆瀾哼了聲與他並肩下了船，冷笑道：「大公子，在下有言在先，你千萬別動什麼歪心思。我進了國子監，我娘也管不了我。」

「瞧你說的，我就是作為你的同窗，去拜見一下伯母而已。你不是說咱們倆是一夥的嗎？難道，我有事你會不幫我？」林一川反問道。

拿她的話來堵她的嘴？穆瀾翻了個白眼。

穆瀾帶著林一川徑直去了正陽門外，遠遠就看到人群聚集，鑼聲響起，穆家班的人正在演雜耍。

空地裡圍了裡三層、外三層的人，旁邊的酒樓迴廊上也站滿了看熱鬧的人。兩人剛走近，就聽到一聲聲叫好聲。

「這麼多人，賞錢一定多！剛過了年節，小孩手裡都有過年紅包呢。」穆瀾說著興奮地擠進了人群。

林一川哭笑不得。這小子地道的財迷，連小孩的過年紅包都惦記上了。

穆家班的小子正在翻筋斗，五個人，在場子裡翻個不停。

李教頭手裡的銅鑼敲得越來越急，五個小子的速度也越來越快。

「好！」

又一輪叫好聲響起。李教頭朗聲說道：「有錢捧個錢場，無錢叫兩聲好！各位看得痛快，穆家班的小子們謝賞啦！」

銅錢、銀角子就灑了進來，一群丫頭、小子歡呼地蹲地上撿著。

「接下來在下給各位表演飛叉！」

鑼聲一停，五個小子穩穩當當地停了，朝四周抱拳行禮。

「換節目、搬家什麼的空檔也不能停。停下來，人氣就散了！」見到穆家班的人，穆瀾很開心，極少見地對林一川解釋起來。

這時場子裡有個小丫頭背靠桌子用腿蹬起了罈子，一雙纖細的腳頂著一人高的罈子滴溜溜地轉。

「等會兒你瞧著啊，李教頭的飛叉也是一絕呢。六十斤的飛叉轉得風火輪似的。」

林一川不置可否，「以我的武藝，我也能。」

穆瀾瞪著他道：「那飛叉上還站著個人呢。轉起來人不會摔下來，你能嗎？」

這倒稀奇了。林一川等著看。

李教頭脫了棉襖衣裳，露出一身古銅色的腱子肉，腰間紮著三寸寬的護腰，朝四周抱拳一揖，說完場面話，拿起了飛叉。

牆根積著的雪還沒化掉。縱然知道李教頭長年累月如此，不怕寒冷，穆瀾仍然瞧得眼裡泛酸。她將來一定要多掙銀錢，讓穆家班的人都過上好日子。

李教頭將飛叉橫擺於胸前，一名六、七歲的小子抱住長柄這端，李教頭大喝一聲，那孩子隨之就被挑了起來。

那小子凌空翻了個筋斗，飛叉趁著他在空中的時候轉動起來，掠起呼呼風聲。眾人驚呼起來。飛叉往空中一擺，那小子穩穩當當站住了。隨著飛叉的舞動，那小子或跳或躍，始終黏在飛叉上沒有被甩下來。

震天價響的叫好聲此起彼伏。

穆瀾給了林一川得意的眼神，壓低聲音說，「演到這時就要停下來討賞了！」

果然，穆家班的人端了銅鑼四處討賞。

「許家三公子和直隸解元譚公子在綠音閣鬥詩啦！」

驀然出現的高亢聲音瞬間吸引了所有人的注意。叫嚷者興奮得滿臉通紅，「聽說輸了的人要站在長街上大吼三聲，我不如對方！滿京城的小娘子都朝綠音閣去了！」

「啊？那可是許家的三公子，許家玉郎！」

「這可新鮮！太后親外甥哪！」

「走，看看去！」

不過眨眼工夫，圍著雜耍班的人一窩蜂散了個乾淨。穆瀾抬頭一看，對面酒樓長廊上的有錢貴客們早就沒了蹤影，她氣得直吼，「給完賞錢再走！白看戲啊！」沒有一個人因她的叫喊聲停下腳步。穆瀾扠著腰破口大罵，「兩個大男人鬥詩有什麼好看的？」

人群一散，李教頭就停了下來，驚喜地看到了穆瀾。班裡的小子、丫頭也圍了過來，熱熱鬧鬧地叫著，「少班主！」

站飛叉上的小子年紀小，抱著穆瀾的腿就哭開了，「少班主，豆子今天沒有掙到賞錢！」

「改天少班主露兩手絕活，多的賞銀都掙回來！不哭！」穆瀾低頭柔聲哄著他。兩顆金燦燦的豆子塞進了豆子手裡，穆瀾吃驚地轉過臉。

林一川笑得燦爛無比，「他們走了沒關係，本公子還沒走呢。演得精采，我賞你的！」

豆子的眼睛放著光，甩脫了穆瀾，拿著金豆子朝李教頭興奮地叫道：「師父，豆子得了賞！」

「謝謝。」穆瀾露出了真心的笑容。

大概是進京城，穆瀾終於換了身新衣。蓮青色的緞面直裰襯得整張臉清俊無比。望著他的笑容，林一川不知為何突然想起了夏天青翠碧荷上滾動的晶瑩露珠。鬼使神差的，他低頭對穆瀾說道：「想不想去整整那兩個害穆家班沒拿到賞錢的什麼公子？」

「瀾兒！」

穆瀾聽到母親叫自己，睃了一眼，發現母親臉色似不好看，她就想起自己拖延進京的事來。總不能讓林一川看到自己被母親拿雞毛撣子追著抽吧？

「當然要去見識下了！」穆瀾匆匆回了他一句，把林一川朝母親推了過去，「娘，林大公子來拜訪您。我還要去瞧瞧直隸解元的詩才，說不定能認識幾個同窗好友。回來再和您細說。」

穆胭脂憋著一肚子火終於等到穆瀾進京，見她躲在林一川身後，只得把火氣壓了回去，換成一張笑臉，伸手接過林一川手裡的禮品，「多謝大公子，您太客氣了。您這是和我兒子一塊來的？」

「在下捐了個監生，將來與令郎不僅是鄉黨還是同窗，約好同船進京。聽聞伯母在此，在下特意前來拜見。」林一川笑著揖禮。

穆胭脂就瞪向了穆瀾，「同窗？還同船進京？」她知不知道萬一被林一川識破身分會是什麼下場？

「娘，我倆先去看鬥詩了！」

穆瀾見勢不妙，拉著林一川就跑。

「混小子晚上早點回來吃飯，聽到沒有？」穆胭脂的目光落在林一川身上，眉心漸漸擰起了疙瘩。

第十三章　公子如蘭

綠音閣是琉璃廠中一家經營樂器的店鋪，專銷前朝名琴、名人所用笛簫、當朝名師親製琴箏二胡笛簫等，客人非富即貴。

店鋪十二道隔扇門大敞，大堂是五間打通的寬闊大開間。四周書架上全是各種樂譜，等級相對普通的樂器陳設其間。

正中一道鏤空月洞門通向後院，庭園占地極廣，遍植梅蘭竹菊，臨池照影，景色宜人。

樂師們抵抗不住這裡的樂器，以能受邀到綠音閣演奏為榮。買不起，能觸碰著彈奏一曲，便心滿意足。

久而久之，京城中的貴人們就把在綠音閣飲茶品樂當成了一件雅事。

當朝製琴大師徐凡音親手進山選材，花費六年製了一張琴，取名沉雷，被綠音閣得了，特意請來京城天香樓的花魁沈月試音。消息傳來，京城的公子們蜂擁而至，兩撥人為爭雅室，鬥上了。

綠音閣的大部分客人非富即貴，因樂生雅，對布衣學子也極為客氣。三月春闈，天下士子齊聚京城，到綠音閣賞樂吟詩交流策論也成了一景。

今天槓上的這兩撥人，一撥是以太后親外甥、皇帝表弟、禮部尚書承恩公之子許玉堂為首的京城貴公子。另一撥是直隸解元譚弈為首，前來參加春闈的舉子們。舉子們先得了沈月的邀請，貴公子們卻搶先到了，兩邊爭執不休。舉子們文才、辯才了得，含沙射影、指桑罵槐，把貴公子們譏諷成紈褲都不帶半個髒字。貴公子們哪受得了這等奚落，一怒之下，就來了個文比。

穆瀾和林一川趕到綠音閣時，整條街都擠滿了人。

更令兩人驚奇的是，裡面還不知曉動靜，外面的小娘子們已經潑辣地比試上了。

「玉郎沒參加科舉罷了，若他去了，什麼直隸解元，定會因玉郎之才羞愧得再不敢提筆！」

「不就名字中帶個玉字，也配在譚公子面前稱玉郎？見過譚公子才知道什麼叫玉樹臨風！羞殺衛玠（註7）！」

「區區直隸解元，還以為自己就是天下第一呢。許玉郎貌如皎月，他才是京城第一美男子！」

「京城有天下大嗎？見過譚公子就知道什麼是真美男！」

註7　晉朝美男子，風采極佳，受人仰慕。據說衛玠從豫章至下都時，觀者如堵牆，年二十七歲卒，時謂被人看殺。

美貌小娘子們越爭越厲害，寸步不讓，大有捋袖先打一架的架勢，看得穆瀾和林一川咂舌不已。

兩人的好奇心上升到無與倫比的高度。

穆瀾睨著林一川道：「不知道許玉郎和譚解元比起大公子之貌會如何？」

林一川不屑至極，「大男人被一群小女子品頭論足，有什麼值得誇耀的。不過……我倒是覺得他二位肯定比不上穆公子。論才華，你是江南鬼才杜之仙的關門弟子，不會比他倆差吧？論容貌嘛，穆公子剛柔並濟，精緻如畫，我覺得他倆肯定比不上你。」

說得穆瀾心花怒放，用胳膊肘捅了捅他，「擠都擠不進去，人都沒見著，怎麼弄死他們？你可得想好了。許三不好惹，身分貴重。譚解元嘛，頗得人心，當心捅了馬蜂窩。」

林一川只是笑，「我沒那麼傻，整人嘛，當然得不露痕跡。瞧我的，保管你順溜踏進綠音閣的大門。」

他轉過身，對隨行的雁行和燕聲吩咐了幾句。

燕聲神色呆滯，雁行扯了他一把，走了。

不多時，只聽到身後一陣爆竹聲炸響，煙氣瀰漫中，穆瀾聽到燕聲的大嗓門。

「集珍齋盤貨了！所有東西一兩銀子起售！走過路過不要錯過！南洋的海珠香料、蘇杭的彩線越窯青瓷，一律一兩銀子起售！前面一百位客人贈送湖筆一枝！先到先得！」

「大公子厲害！你這麼敗家你爹知道嗎？」穆瀾沒想到林一川依然是用錢開道，一時間哭笑不得。

人群分出一部分朝著集珍齋跑去，林一川扯住穆瀾的胳膊迅速擠了進去，「你以為我蠢得敗家？一兩銀子起售，又不是都只賣一兩銀子。先把人調開再說，還能給集珍齋拉點兒生意。」

「奸商！」穆瀾笑罵了聲，跟著他擠到綠音閣門口。

門外正站著一位管事，不停地團團作揖，「小店容不了太多客人，見諒見諒！裡面的詩文，綠音閣都將懸掛出來！」

穆瀾還沒想好，林一川已拉著她上了臺階。

「兩位公子，在下剛才說得很清楚……」

「我倆是許三公子請來助陣的，許家不能輸。」林一川低聲打斷了管事的話。

林一川一身華麗的捲草蝴蝶紋蜀錦長袍價值不菲，外罩黑狐皮毛大氅，矜貴異常。他傲慢地睥睨著管事，擺出一副「許玉堂輸了，你就死定了」的神情。那管事情不自禁地側過身，林一川昂首挺胸就走了進去。

「那兩人怎麼進去了？」外頭有人不服氣地嚷嚷起來。

管事仍然四處行揖，「那二位是許三公子的客人！」

穆瀾悶笑不已，「你裝得真像！」

林一川得意洋洋地說道：「他又不能將許三請出來對質，怕什麼？走吧。」

進了後院，只見池塘邊、草地上兩撥人不懼寒風對峙著，四周還站了不少圍觀者。就衣著看，兩人一眼就認出了當中的許玉堂與譚弈。

許玉堂裡面是件緋色的袍子，披著一件天青色的鶴氅，面如冠玉，似雪裡枝頭紅梅，氣質中沒有豪門公子的矜持自傲，眉宇間反而露出一股溫潤如玉的氣質。

「好一個許家玉郎！人如其名。」穆瀾脫口讚道。

「我看譚弈的家境也不輸許三。」林一川被譚弈吸引了目光。他眼睛毒，上下一打量就瞧出不凡之處來，「譚弈穿的那件裘衣是雪貂，我想弄一件都沒找夠那麼多皮子，千金難買。許三和他比，同樣俊俏，氣勢卻弱了三分。」

裘衣白中帶著淺淺銀色出鋒。譚弈身材高大，五官立體分明，俊美又不失英武氣概。

「金窩裡的鳳和雞窩裡的鳳還是不一樣的。外表難分高低，氣度上，譚弈卻多了幾分狠厲。君子如玉，許三就是塊長年累月優渥生活盤出來的老玉。譚弈像塊新玉，火氣太重。」穆瀾注視著兩人的目光，低聲說道。

「在你眼裡，本公子是什麼樣的玉？」林一川見她如此推崇許玉堂，隱隱有些不服氣。

穆瀾想都沒想隨口答道：「你就是塊金子。」

金子？林一川腦子轉了轉，就氣得咬牙。這是說他俗氣呢！沒那兩人有氣質。

一縷琴聲自廂房中突然傳出。

兩撥人頓時交頭接耳，品評起來。

穆瀾尋了個圍觀者打聽，這才知道，廂房裡是花魁沈月在撫琴。琴曲終了，兩撥人就以樂賦詩分個高低勝負。

「我現在又不太想整人了，能圍觀鬥詩也不錯。你說呢？」穆瀾聽著琴音，心境變得安寧。說起來，許玉堂和譚弈鬥詩拉走客人，讓穆家班少了賞錢，也並非他二人的過錯。

她矚應自己的時候從不心軟，卻偏對這二人生出了好感，忘了來綠音閣的初衷。林一川睥睨著她，心裡百般不是滋味。見她聽得出神，悄悄離開了穆瀾。

不遠處的假山上建著幢精美亭閣，從雕花窗戶望出去，下方鬥詩場景一覽無遺。

春來小心地往暖爐裡加了炭，用天鵝絨罩了，送到窗前站立的年輕公子手中，抱怨道：「窗戶上裝塊琉璃就好了，開窗風寒著呢。」

那人戴了頂出鋒的雪貂皮帽，帽子正中鑲了顆龍眼大的金色珍珠。淡淡珠光映出一張清俊的臉，正是端午那天穆瀾不小心撞到的綠衫公子。

琴音悠悠順風傳來，沈月奏的是《雉朝飛》。

琴曲來歷有個故事。據說山中打柴的人一生辛勞，暮年仍煢煢獨自一人，看到草叢中雉鳥成雙飛過，越發覺得自己孤獨淒涼，因而悲歌：「雉朝飛兮鳴相和，雌雄群兮於山阿，我獨傷兮未有室，時將暮兮可奈何？」後有人便譜成了這首琴曲。

接過暖壺抱著，他默默地想著沈月琴曲中的心思，突地說道：「許三郎是太后的心頭肉，譚弈是譚公公的寶貝義子，這一回賭得大了，誰勝誰負都難以收場。莫等到曲終，答應替沈月姑娘贖身，讓她把局攪和了。」

春來得了吩咐正要去辦，樂聲突然停了。

正撓頭想詩的才子們驚詫地望向廂房。

房門打開，盈盈走出一位穿著紫色縐紗銀鼠皮裙、頭戴雪白臥兔的美貌女子。行到眾人面前，沈月滿臉喜色盈盈下拜，「方才有人替妾贖身，放妾歸良。妾答應恩公永不撫琴，諸位公子見諒。」

劍拔弩張的兩撥人同時愣住。

許玉堂表弟，靖北侯世子靳擇海跳了起來，世子威風大作，指著沈月道：「彈完再走！」

話音剛落，譚弈已拱手笑道：「恭喜沈月姑娘！咱們這些人受姑娘相邀來此，得聞喜訊，也替姑娘歡喜。」

舉子們個個都是玲瓏心肝，平時也常與沈月聯詩品琴，紛紛道賀，立時就將對面靳擇海等面露不豫的貴公子們襯得粗鄙不知禮。

沈月嬌羞著一一還禮，看得出心情格外高興。

她年已十八，雖是花魁，再過兩年容顏老去，最好的下場不過是嫁給商人為妾。她心高氣傲，熟讀詩書，最羨慕書中所寫的一生一世一雙人。然而她身價又高，出得起銀錢的，她未必看得上；想許付芳心的，又拿不出贖身銀錢。突然廂房中來了一人，許諾為她贖身，卻只放她歸良。這等條件，沈月自然立馬應下。

謝完這邊，沈月馬上向靳擇海賠禮，「求小侯爺憐惜一二。」

螓首低垂，顯得楚楚可憐。

沒等靳擇海開口，譚弈就嘖嘖兩聲，嘆息道：「小侯爺何必為難一弱女子？」

靳擇海對表哥許玉堂的文才極為崇拜，今天是他先和譚弈等人爭執起來，相約鬥詩後，這才去承恩公府請來了表哥許玉堂，一心想在詩文上爭口氣。原本聽到沈月說不彈了，他只是下意識吼了聲，並沒有真要為難沈月的意思。被譚弈拿話一擠兌，靳擇海就抹不下臉了。

他銀牙暗咬，眼白翻上了天，「想要小爺不為難沈月姑娘也行啊。譚解元當街大吼三聲不如我表哥許玉堂就行了。」

「豈有此理！」

「當真以為咱們怕了他？」

「只知飛鷹弄狗之輩，知道詩字怎麼寫的嗎？」

舉子們憤怒地又說開了。

靳擇海為首的公子們也不是吃素的，紛紛譏諷對方膽小怕事，腹中空空。詩文比不過，借沈月之事想耍賴，攔了沈月不讓離開。

其中一人紈褲勁上來，叫嚷道：「和這些酸才比什麼詩文？依本公子的意思，不服氣就打一架，打傷了本公子包賠湯藥費！」

靳擇海素來是個愛湊熱鬧的，當場脫了披風，揉開了腕子，蔫壞地說道：「小爺不考進士，打折了胳膊腿也不怕！誰來和小爺過招？」

此言一出，舉子們就愣住了。別說打折了胳膊腿，弄傷了手指握不住筆，想考春闈還要再等三年。事關一生前途，不免踟躕起來。

一舉子不屑地說道：「清雅之地竟成鬥毆所在，有辱斯文！」

貴公子們哈哈大笑，「不敢就是不敢。男子漢大丈夫，就剩一張嘴厲害，有什麼意思？」

說得舉子們神情憤慨，扯歪理卻不是這些紈褲們的對手。

許玉堂扯了靳擇海的袖子低聲說道：「打什麼打？都是要參加春闈的舉子，打壞了告到府衙，你爹不揍死你。」

「表哥，你沒看到嗎？我大不了挨家裡揍，他們卻是不敢應戰的。只曉得寫酸文、說風骨，一提打架腿都哆嗦。什麼手無縛雞之力，家中殺隻雞，連刀都不敢拿。這種柔弱男人，我最是看不起了！」靳擇海賭這些舉子不敢打，夾槍帶棒地又損了一通。

「詩文譚某比不過諸位，打架這種事譚某擅長，各位仁兄就站在旁邊替在下掠掠陣好了。」譚弈突站了出來，說得誠懇，笑容燦爛明朗，將眾舉子的尷尬化為無形。

舉子們哄然笑道：「譚兄算了吧，小侯爺那細腕子也不比筷子粗多少，別讓人家說欺負小孩子。」

譚弈瞥著對面小猴兒似的靳擇海，微笑道：「小侯爺身子骨柔弱，在風裡凍著了想活動筋骨，在下陪著練練，定不會真折了他的胳膊。」

靳擇海是早產，十六歲瘦竹竿似的。他平生最大願望是如父親一樣靖北安邦，最恨別人說自己柔弱。聽了譚弈的話，氣得白著嘴脣就要衝過去。

「海弟！」許玉堂大驚，伸手拉住了靳擇海，「好生站著！」

他盯著譚弈想，這位直隸解元究竟是個什麼來路，竟敢不懼自己和擇海的家世背景。看衣著定是出身豪富，但這天下豪富到了京城，誰還敢如此囂張？他的言談舉止對舉子們頗為照拂，怪不得一進京城，就大受舉子們推崇，鋒頭大盛。坊間都有賭盤開出，押譚弈能連中三元，今科狀元、榜眼、探花總能得其一。

許玉堂邊想邊解了披風，扔給靳擇海，站到譚弈面前，「我這表弟年方十六，心性純良，不受激。譚公子總拿話擠兌一個孩子，又有什麼意思？我陪你過幾招，如何？」

太后外甥、皇帝表弟、承恩公禮部尚書之子許玉堂也會武藝？譚弈想著許玉堂名字前那些前綴，情不自禁笑了。他雙手抱在胸間，揶揄道：「我怕把你打傷了，許尚書拿我們這些舉子撒氣！」

眾舉子驀然驚覺，春闈由禮部主持，打傷了許尚書的兒子被記恨上，多年寒窗苦讀都付之東流。他們一時間心有淒淒，看許玉堂的目光變得不善。

有人就譏諷道：「譚兄，算了。離春闈不足兩月，溫書要緊，哪有閒工夫陪這些貴公子過招呢。免得贏了遭恨。」

許玉堂斯斯文文地說道：「譚公子的意思是家父會徇私？」

譚弈卻不上當，「我等還要考試，誰願意和你們打架！若不是小侯爺死纏爛打，我和他打什麼架？有這閒工夫，還不如去天香樓替沈月姑娘擺酒慶賀！走了！」

眾舉子爆發出輕蔑的笑聲，高聲叫道：「走了！」

這個譚弈在舉子中的聲望很高嘛。許玉堂暗暗沉思起來。

「許三哥，你今天要不動手，我瞧不起你！」公子哥裡有人就衝許玉堂嚷嚷起來。

「表哥，我今天不揍他們，我心裡過不去！打！」靳擇海一口氣嚥不下去，招呼了聲。身後的公子哥們幾時吃過這種虧，叫嚷了聲「打」，跟著靳擇海就衝了過去。

許玉堂阻攔不及，急得直跺腳，扯了綠音閣看傻眼的小廝叫他去搬救兵，一咬牙朝著譚弈就衝了過去。

轉瞬間，鬥詩變成了鬥毆。

穆瀾津津有味地看著這場鬧劇。見真打起來了，她跟著圍觀的人就要離開。這時，她突然想起了林一川，左右一看，沒見著人。穆瀾懶得管他，轉身就走。

「哎喲！」身邊響起一聲嬌呼。

穆瀾轉頭看去，見是沈月被人擠著摔到了地上。她心頭微動，伸手扶起沈月，

「給妳贖身的人去哪兒了？」

「恩公他有事先走一步。公子認得我家恩公？」沈月驚喜地捉住穆瀾的胳膊，急切地問道。

「妳不會連他姓什麼都不知道吧？」穆瀾奇道。

沈月的臉羞得紅了，輕聲說道：「他給了奴家兩萬兩銀子，便走了，不肯留下姓名。奴家記得他的模樣，將來會替他日夜上香祈福。」

嘖嘖，兩萬兩！穆瀾咂舌。聽她形容，就知道是林一川所為。隨手花掉兩萬兩，隱姓埋名當好人，不像他的風格啊。她轉念一想，林一川存心毀局，還真不能讓人知道是他所為。被兩邊恨上，都不是好事。

「我不認識他。只是有些好奇罷了。夜長夢多，姑娘早點離開京城。」穆瀾回頭看了眼打得正熱鬧的兩撥人，好心地提醒了沈月一聲。

兩方打架都因自己中斷撫琴而起，想起靳家小侯爺的臉色，沈月一驚，匆匆謝了穆瀾，提起裙子就跑了。

穆瀾正要離開，大門口衝進來一大群手執棍棒的家僕。為首的指著庭院裡的人叫道：「看清了衣裳，打！」

他娘的！穆瀾聽到這句話知道要糟。她雖換了身緞面棉袍，但離那些侯門公子的打扮還差得遠呢。思索間，幾名家僕一眼就看到眼前的穆瀾，目光往她身上衣裳一打量，確認是個窮酸無異，揮舞著棍子就衝了過來。

「狗眼看人低！」穆瀾罵了句，左右一看，朝假山飛奔而去。

她沒施展輕功，一身雜耍工夫還在，藉著假山躲過了那幾個家僕。這場架打得轟轟烈烈，穆瀾尋思著京畿衙門的人也快到了，她得想法子躲著。抬頭看到假山上的亭閣，她順著臺階就跑上去了。

門一推就開，穆瀾關上門鬆了口氣。鼻端飄來茶香，她警覺地回過頭。

升著炭盆的亭閣暖意融融，窗邊案几旁一位年輕公子正在煮茶。

雪白的皮帽、淺綠色的錦緞面銀貂出鋒皮毛寬袍，還有他唇角浮現的淺淺笑容，讓穆瀾有些恍惚。亭閣下面那場鬥毆彷彿並不存在，這裡異樣的靜謐，她似乎走進了另一個世界。

炭爐紅色的火苗溫柔舔著紫砂壺。他垂下眼簾靜等著水開，一雙白皙修長的手自寬大袍袖中伸出，穩穩提起了水壺。

穆瀾見過茗煙煮茶，也見過杜之仙煮茶，遠遠見過母親煮茶，那些優雅淡然的舉止都不及眼前這位帶給她的震驚。她心裡浮現出一句詩：「蘭之猗猗，揚揚其香。」

水入茶盞，盈香滿室。

他抬起頭望向穆瀾。

「走錯地方了，抱歉。」穆瀾回過神，轉身欲走。

「穆少班主，我們見過，你忘了嗎？端午，揚州。你手裡的獅子頭套撞到我了。」他放下水壺，靜月般的笑容溫柔而美麗。

端午那天，他穿了件淺綠色的繭綢圓領直裰，淺笑的眉眼透出一股雨後青竹的氣息，如月般皎皎，溫文爾雅地站立在雜亂的人群中。

還意外得了他一百兩賞錢。穆瀾一拍腦袋想起來了，她抬手一揖，「原來是您。上次沒來得及向公子道謝。謝您打賞。」

這世界真小，竟然在京城又遇見了。

他笑了笑，目光移向窗外，「坐吧。你是哪邊的？」

穆瀾眨了眨眼，有點遲疑地問道：「看穿著打扮，您該不會是許三公子那邊的吧？」

愉悅的笑聲從他喉間發出。他攤開了手，戲謔地說道：「還沒來得及寫詩出場，就困在這兒了。你該不會想和我在這裡打一架吧？」

「原來閣下是許三公子請來的槍手啊！」穆瀾笑著大方地走過去坐在他對面。下面的喧鬧聲仍在繼續，中間夾雜著各種對罵呻吟。她揶揄道：「好像是你那方勝了。公子不會出賣我這條漏網之魚吧？」

她的話又逗得他大笑起來。

「我與你也算有緣，真沒想到你竟然是名舉子。」他回想當時那一幕，有些感慨，「走雜耍賣藝的少年都知讀書奮進中舉，朝廷將來何愁沒有棟梁之材。」

「春闈能高中進士者，誰不是才高八斗？入仕之後也非人人皆國之棟梁。」穆瀾隨口答道。

「哦？穆公子趕赴春闈，難道不是為了能實現心中抱負，造福百姓？」

「您誤會了。」穆瀾大笑，「我不是舉子，我是來看熱鬧的。兩邊打起來，在下正想離開，誰知道門外衝進一群手執棍棒的家僕，大喊，看清衣裳，打！在下衣著寒酸，被誤認成譚解元那邊的舉子，只好抱頭鼠竄，意外闖到您這兒來了。」

原來是這樣。穆瀾說得生動，他想著那句「看清衣裳打」，也有些忍俊不禁。

「既來之，則安之。」他把茶推向穆瀾，溫和地問道：「沒想到你不僅玩雜耍，還對鬥詩感興趣。讀過書？」

「哎，實話告訴您吧。其實是穆家班在獻藝，結果許三公子與譚解元鬥詩消息一出，看客們顧不得扔賞錢，一溜煙全跑了。在下一時好奇，跟著來看看名震京城的兩位公子。」

她的話再一次出乎他的意料。想像眼前這少年沒拿到賞錢的模樣，他就想笑，「該不會是一時氣憤，才跑來看的吧？」

穆瀾當然不會承認，「在下豈敢對許三公子和譚解元心懷憤恨。這消息傳出去，外頭整條街的小娘子們一人一口唾沫都能淹死我。」

「京城有句話叫萬人空巷看許郎。」

「如今又多出一句話叫，羞殺衛玠解元郎。」穆瀾一本正經地將打聽來的話接上了。

兩人驀地同時笑出聲來。

他笑得愉悅，像是一枝白玉牡丹徐徐綻放。穆瀾脫口而出，「不過，我覺得她們真沒眼光，如果公子與許三郎、譚解元並肩同行，就該羞殺許、譚二郎了。」

他為之一怔，白玉般的面頰上漸漸浮現出一抹粉色，脣角禁不住微微上揚，「當天我在揚州見著穆公子，就感慨江南靈秀，連個雜耍班的小子都眉目如畫。」

穆瀾噗地笑了，「這番話傳到外人耳中，必定認為你我二人嫉妒他倆，正互相吹捧對方呢！」

他跟著笑了起來，「那得小聲一點兒，莫讓外面打架的人聽到了。穆公子，用些點心吧。」

一碟蔥香牛舌餅，一碟蜜三刀（註8），一碟核桃酥，一碟豌豆黃。

茶不是碾篩煮的茶湯，細長的葉在水中舒展開來，一色清幽。穆瀾淺啜了口茶，順嘴說道：「六安瓜片清淡，佐這些點心正好解膩。」

他眼中閃過詫異之色。一個雜耍班的小子居然知道這茶是六安瓜片？

他不動聲色地先拿起一塊豌豆黃吃著。穆瀾也拿了一塊。這少年防範心很重嘛，只取他取用過的那碟豌豆黃。

細膩的口感，甜而不膩，這是她吃過最好吃的豌豆黃了！穆瀾驀然瞪大的眼睛裡噙著驚喜。

她小巧的舌頭無意中舔過嘴脣，讓他想起幼時餵小奶貓吃奶的情景。才覺得她防範心重，轉眼就看到這麼可愛的一面。他莞爾一笑。才十五、六歲年紀，哪有那麼深的心機？

啃完一塊豌豆黃，穆瀾又取了一枚蔥香牛舌餅，吃得餅屑簌簌直掉。她忙不迭用手托著，眉眼都因手裡的餅香幸福得瞇了起來。

他眼裡笑意越發重了。

「京城太小，事實上我有個朋友長得也極英俊，不輸許三公子和譚解元。」穆瀾吃得高興，想起了林一川，順嘴說道。

註8　山東、江蘇等地特色傳統風味小吃。香甜綿軟，芝麻香味濃厚。上方有三道刀痕，故取其名。

「哦？能得穆公子如此推崇，能壓過那二位，必是位美男子了。」他突然想到剛才穆瀾也這樣讚過自己，不由得失笑，換了話題，「這些點心外面買不到，回頭我囑人送兩匣子給你。」

「不用不用，過猶不及。」穆瀾心想若讓母親看見，定又要刨根問柢。不過這碗豆黃實在太香了，她可以偷兩塊帶回去讓核桃嘗嘗。

他並不勉強，吃過一塊就不再吃，很貼心地替穆瀾續著茶水。

兩人說話間，公侯府的家僕人多武力強，秋風掃落葉般將舉子們打得抱頭鼠竄，這會兒已是打掃戰場的尾聲。

這時，外面又一陣喧譁傳來。穆瀾從窗戶望出去，奇道：「怎麼來的不是京畿衙門的人？竟然是東廠番子？」

他往外看了眼，眉心輕蹙了下又散開。公侯家的公子們叫來了家僕，譚弈也能叫來東廠番子幫忙，理所當然的事。

穆瀾就看了一眼，轉過身繼續喝茶。現在不是出去的好時機，她還是賴在這裡好了。

「對了，得了公子賞銀，吃了您的茶點，還未請教公子尊姓大名。」

吾生也有涯，而知也無涯。天下事，他需要學的太多。他略一思索便道：「我字無涯。我與許三公子是親戚。」

「怪不得。我總覺得看無涯公子面善，似在哪兒見過。」和皎月般的許三郎是親戚，難怪她見他時有種熟悉感。

外面突然傳來急促的腳步聲。他看了眼，臉色大變。幾個東廠番子朝著亭閣奔了過來。

「東廠的人要搜綠音閣，怎麼辦？」

什麼怎麼辦？穆瀾感到有些奇怪地望著他道：「士子們和名門貴公子群毆鬬咱們什麼事？看無涯公子的打扮，家世定也不凡。東廠不會貿然為難。東廠再厲害，也得講道理吧？隨意大肆抓人，他家大牢住得下嗎？放心吧，也就是過來瞧一瞧，盤問幾句就走了。」

問題是他不能讓東廠番子看見自己。也許認不出他來，但也可能會被人認出來。無涯蹙緊了眉道，「你可有辦法攔住他們？」

「我？」穆瀾指著自己的鼻子驚呆了，「我只會走索玩雜耍，帶你跳窗翻牆出去還行，攔東廠的人，我可沒那膽子。」

「好，那就跳窗翻牆！」

穆瀾呆滯地望著他，喃喃說道：「你該不是被東廠緝拿的欽犯吧？」

聽到腳步聲更近，無涯顧不得許多，起身一把將穆瀾拉起來，大步走到後窗處，推開了窗戶。

後窗外不遠就是圍牆。可是她憑什麼要顯露輕功帶他離開綠音閣？東廠的人不過是搜搜而已，自己一個看熱鬧的，他們不能把自己怎樣。無涯公子為何這樣害怕東廠的人？

腳步聲越來越近，已經奔上了臺階。

無涯後悔不已。看著兩邊打起來，他吩咐春來讓京畿衙門出面，本以為留在綠音閣再無危險，沒想到東廠的人竟會搜到此處，此時更不能發信號叫秦剛露面。

「我知道你會功夫，不是普通的走雜耍的功夫。你說，要怎樣才肯帶我離開這裡？」

他怎麼會知道？雖然他拉著她胳膊的手很有力，但明顯和習武之人不同。穆瀾想起了他身邊那個大塊頭秦剛。

看起來家世不凡……穆瀾從不肯做虧本生意，豎起一根手指，「不能透露我會功夫的事。」

「好。」

穆瀾又豎起第二根手指頭，「你欠我一個人情，將來得還我兩個！」

「行！」

穆瀾伸出手。無涯深吸一口氣，他竟看錯這少年了，「你還有幾個要求……」

他腰身一緊，穆瀾竟攬住了他，手一撐窗臺躍了出去。

猝不及防間，一聲驚呼便要脫口而出，穆瀾不知從哪摸出一塊豌豆黃塞進他嘴裡，噎得他頓時呼吸不暢。

他的手情不自禁地揮動，穆瀾的手卻極有力地攬緊他的腰。視線一空，他看到了圍牆近在眼前。

不偏不斜地落在圍牆上，無涯還沒回過神，穆瀾已帶著他輕盈地跳了下去。兩人跳下圍牆的瞬間，身後傳來亭閣隔扇門被大力踹開的聲音。

「走！」穆瀾低喝了聲，拉著無涯沿著院牆朝巷子裡跑去。

「唔！」無涯還沒來得及掏出嘴裡的豌豆黃，就被她扯了個趔趄，不由自主地踉蹌著腳步跟著她跑。

拐進一處安靜的小巷裡，穆瀾停了下來。

無涯「噗」的將豌豆黃噴了出來，嗆得直咳嗽。白玉般的臉漲得通紅，嘴邊沾滿了黃色的碎屑，狼狽不堪。

「噗嗤！」穆瀾噴笑出聲。她做的事自然不好再笑下去，努力地忍著，臉上的笑容怎麼也掩飾不住。

她笑容燦爛得令人眩目。無涯也跟著笑了，他似乎從來沒有這樣狼狽過。

他抬起手想擦拭一番，突然想起自己沒有隨身帶帕子的習慣。他抬起了袖子。

「哎哎，等下。」穆瀾遲疑了下，拿出一方手帕給他，「用這個吧。別弄髒了這麼貴的衣裳。」那麼貴的錦袍袖子用來擦豌豆黃碎屑，太可惜了。

無涯愣了愣，想起穆瀾曾說過走索是她的飯碗。貴人一件衣，貧家一年糧。這件錦緞皮袍真染上了豌豆黃，也許會被扔掉不會再穿了。他得記下這件事，「我囑人洗乾淨還能再穿。」

穆瀾笑著將帕子塞進他手中，「新的，沒用過。」

素色的普通青緞，角落上繡著兩枚圓滾滾的核桃，很別致的花樣。他道了聲謝，擦了嘴，見黃色的痕跡染在青色緞面上極為醒目，隨手放進袖中，「我另還你一摞新的。」

「這可不行。你給我，我自己洗乾淨就好。」這是核桃繡給她的生辰禮，穆瀾可捨不得扔了。

無涯便道：「洗淨後還你。這樣我過意不去。」

穆瀾爽快地說道：「行！天色不早，我也要回穆家班了。再見。」

不知為何，無涯聽到她說再見，心裡有些不捨。大概是緣分吧，他很難得認識這樣一個少年，話脫口而出，「那三天後，我們在會熙樓再見。我請你吃飯。」

她說再見的意思是這個嗎？穆瀾有點遲疑。

「會熙樓的主廚是前御廚告老後開的館子，他手藝極好。我早訂了席面，獨自一人不如請穆公子作陪，順便還你帕子。別無他意。若穆公子不方便，那便作罷。」似看出她的猶豫，無涯溫言解釋道。

「多謝您宴請，我準到。」穆瀾也不是拖泥帶水的人，揖首告辭，尋了穆家班下榻的方向去了。

夕陽的橙光將她的背影拉得極長。真是個有趣的少年。今天，也是極有趣的一天。無涯望著她的背影，心情愉悅至極。

地上漸漸多了幾個影子，他站著沒有理會。

「皇上，您沒事吧！」春來屁滾尿流地從馬上滾下來，匆匆跑到他面前，上下左右細細打量著。

他一巴掌拍開春來的腦袋，笑罵道：「等到朕有事，你還能好好站在這裡？秦剛，依你看，那位穆公子是有意還是誤闖？」

秦剛牽著馬過來，想了想道：「卑職看得清楚，的確是誤闖。卑職還查到一事。那位穆公子單名一個瀾字。」

「穆瀾？」世嘉帝眼中閃過一道光，「杜之仙的關門弟子。朕下恩旨許恩蔭入國子監的那個穆瀾？」

秦剛有些慚愧，「卑職也是在他闖入亭中後查到的。穆家班少班主姓穆，單名一個瀾字。他到過揚州，如果不是巧合，應該是同一人。」

偶然遇到的雜耍班少班主，不僅有江湖門派的功夫，還是杜之仙的關門弟子；今天又意外闖進了他所在的亭閣，言語中卻沒有半句提及自己進京城是奉恩旨進國子監，究竟是有意還是有緣？

先生，你這關門弟子機敏可愛，還與朕有緣。朕會護著他。世嘉帝望向穆瀾離開的方向，微微一笑。

春來看了眼天色，急道：「皇上，時辰不早了，盡早回宮吧。萬一……素公公也攔不住啊。」

太陽掛在西邊的城門樓上，城角鼓樓裡咚咚響起了暮鼓雄渾沉重的聲音。

他嘆息了聲，接過韁繩翻身上了馬又道：「去查一查，今天是何人贖了沈月。明天叫許三公子進宮。」吩咐完，便帶著春來和侍衛們朝宮城趕去。

第十四章

棋枰中的布局

暮色的橙光中，紫禁城的高大紅牆越發顯得厚重。東安門外的東緝事廠燈火通明，往內第二進的花廳中，一老一小，一坐一站。

坐著的是司禮監大太監，東廠督主譚誠。站著的是換過一身黑色錦緞長袍的譚弈。

光線已經很暗了，譚誠仍慢悠悠地下著棋。

譚弈悄眼打量了下譚誠。譚誠的臉被暮色掩住，看不清喜怒。

他已經站了一個時辰了，義父仍沒有開口說話，譚弈心裡有點發慌。多年的鍛鍊讓他不由自主地想，今天他做錯了嗎？錯在什麼地方？

花廳的門大敞著，譚誠突抬頭朝東面望去。不遠處的紫禁城已成一片黑色的暗影，像隻伸開翅膀遮蔽了日月光明的雄鷹。

「掌燈。」

終於聽到譚誠開口說話，譚弈迅速地打燃火，點亮了花廳裡的燈。剎那的燈火通明將花廳耀得如同白晝。

譚誠的臉終於顯露在譚弈面前。這是個四十來歲的壯年男子，兩撇極長的眉，深陷的眼窩讓他的雙眼顯得異常有神。他的嘴唇緊抿成一線，大概是常年難得一笑，嘴角兩邊抿出了兩道明顯的法令紋，讓他的面容多了幾分威嚴之感。

他看了眼棋盤，拈起了枚白子落下，結束了整盤棋。

「義父……」

譚誠截斷了他的話，指著棋枰道：「你來說說最近義父的安排。」

譚弈想起了譚誠曾經下過的一盤棋，他認認真真地看著這枰棋，思路漸漸清楚明朗，「開春後，義父根據珍瓏棋子出現之地，發現了對方沿大運河南下的線索。在揚州落下一子，布下埋伏，打劫的目標是刺客珍瓏。」

因而讓十二飛鷹大檔頭朴銀鷹護送負責內廷採辦的薛公公去了揚州，然而薛公公無恙，朴銀鷹卻死在刺客珍瓏之手。錦衣衛和東廠爭奪權力，鬥得熱火朝天。東廠大檔頭被殺了，卻沒捉到刺客，番子們只好密而不宣，這一次針對捉拿珍瓏的局徹底失敗。

「依你看，這一局，義父是勝還是敗？」

譚弈愣了愣，言不由衷地說道：「雖然失敗，但印證了義父對珍瓏的判斷，也可以說是勝了。」

譚誠嘆了口氣，言語柔和起來，「阿弈，東廠有十二位飛鷹大檔頭，你覺得他們都是忠於義父的嗎？」

十二飛鷹大檔頭在東廠位高權重，但是譚誠依然安排了人手，每個月收集各大檔頭的動向。譚弈情不自禁地背出了朴銀鷹死前一個月的檔案，「朴大檔頭在明時坊麻繩胡同新買下一座三進宅院。義父的意思是這筆錢來路有問題？」

譚誠從多寶格上取下一只紫檀木盒打開。三寸高的玉雕小馬在燈光下栩栩如生，散發出屬於極品翡翠的神祕色澤，「他買宅子之前去山東辦案。在山東，他悄悄當了這匹翡翠玉馬。這是去歲雲南總督進京述職時，悄悄獻給皇上的。」

皇上賜給了朴銀鷹……譚弈腦中浮現出世嘉帝儒雅斯文的臉。

「皇上親政兩年，已經二十歲了。賞賜一文錢內庫都會記檔。這匹翡翠小馬在內庫沒有上冊，皇上用心良苦啊！」譚誠感慨道。

譚弈明白了，「所以義父安排的餌不是薛公公，而是朴銀鷹。他能擒獲刺客珍瓏，咱們從中得利；他死在珍瓏手中，咱們便借珍瓏之手除掉這個叛徒，同時也印證了義父對珍瓏的判斷。珍瓏目前只針對東廠，皇上又……義父懷疑珍瓏刺客是皇上的人？」

長在深宮，十八歲才從太后手中接過皇權親政。短短兩年，那個年輕的皇帝在暗中真擁有這樣的力量？

「一切皆有可能。」譚誠的雙目中浮現出一片陰霾，「開春皇上去塞外春獵，感染風寒，拖延了一個多月才回京。義父被京中瑣事糾纏無法脫身，皇上是否真在大帳中養病，義父至今也無法查證。東廠的能力都查不到，本身就證明了咱們這位皇上的能力。」

皇帝一個人是無法掩藏行蹤的，一定有人幫忙。

譚弈順著義父的思路想了下去，「假設皇上裝病離開了春獵大帳，他會去哪兒？」

「揚州。」譚誠的目光掃過棋枰上右下角的一枚白棋，「揚州有一位江南鬼才杜之仙，咱們的皇帝欲掌控皇權，急求良策，非尋他不可。」

他眼中掠過一絲輕蔑，「當初杜之仙若有能耐，也不至於眼看著她全家被抄、宗族被滅。又逢母喪，一時間嘔血悔恨，才選擇致仕返鄉。他倒識相，歸隱老家足不出戶，為自己多賺了十年的命。」

杜之仙如果不老實。他早殺了他。

這件事譚弈卻是從未聽聞，不免感到有些好奇，「義父嘴裡的她是哪戶高門？」

「都是過去的事了。活著的人，才有資格站在這朝堂上指點江山。」譚誠淡淡回道：「再說說今天之事吧。」

譚弈一凜，自責道：「孩兒拉攏舉子心切，一時間敵不過那些家僕，便請梁大檔頭以搜查欽犯為名查抄了綠音閣，將許玉堂一行人帶回盤查，以出心頭之氣。可是，目前舉子們並不知曉孩兒與東廠的關係，許玉堂也不知道。」

「阿弈，十二飛鷹大檔頭的梁信鷗出了面，你的身分便瞞不住了。能為東廠所用者，定會巴結討好於你；看不上東廠名聲者，你一直隱瞞是我義子的身分，只會讓那些舉子認為你待人不誠、有心欺騙，適得其反。往後，不用再隱藏了。東廠只需要忠心之人。」

「是。」

看出譚弈心中疑惑，譚誠耐心告誡於他，「此次，你錯在太過浮躁，目光短淺。雖得了舉子們的推崇，卻將那些侯門公子得罪死了。梁大檔頭將許玉堂、靳小侯爺帶回來盤查，扔大牢裡嚇唬一番，又有什麼用呢？回頭還得備了厚禮，一一登門致歉。出得一時之氣，心裡痛快了，但後果卻會讓你難以承受。」

譚弈不服氣地說道：「孩兒不信許德昭敢在會試中藉機報復。」

他不相信義父對付不了禮部尚書許德昭。

「阿弈，這次春闈你就不用去了，進國子監讀兩年書再入仕途。」

譚誠的話如給了譚弈當頭一棒，英俊的臉上飛快閃過一絲急切，卻又死死忍住了。半晌他才垂頭道：「孩兒聽義父安排。」

譚弈心裡的掙扎與最終的順服讓譚誠滿意，他依舊冷冷說道：「這是你得罪數家公侯名門公子必然要付出的代價。許玉堂身後站著的不僅僅是他父親禮部尚書許德昭，他還是太后的親外甥。靳擇海身後站著靖北侯。朝廷官員們就要想一想了，一個連許玉堂、靳擇海都敢打的舉子，將來同朝為官，是否逮著誰咬誰？獨狼凶狠，當群羊抱團時，牠未必討得了好。此時放棄春闈，是示弱，何嘗不是對你的一種保護？」

譚弈細細琢磨著，心悅誠服，「木秀於林，風必摧之。」

譚誠「嗯」了聲，神情變得和藹可親，「為父知道你傾慕錦煙公主，想奪得狀元來個金殿求娶。錦煙公主才十五歲，義父保證，除你之外，無人可娶她為妻。」

「孩兒謝過義父！」譚弈單膝下跪，激動地說道。

「再來說說義父讓你進國子監的想法。」

譚弈靜下心來，腦中清明無比，「孩兒雖得罪了那些公子哥，也得了舉子們的推崇。示弱進國子監，能得到同情。雖然孩兒亮明身分，舉子們更會認定孩兒磊落。如義父所言，忠心投靠的人自會前來巴結討好。皇上想攬權，需要培養新的官員進行大換血。這樣的人只有國子監才有。許玉堂今年蒙恩蔭進國子監，他會是皇上的眼睛。義父放心，孩兒進國子監後，絕不會讓許玉堂替皇上籠絡到一個有用之才。」

「此外，你注意下揚州的林家兄弟。他倆捐了監生，今年也會入學。」

譚弈想起來了，梁信鷗去揚州說服林家替東廠效力，「是否需要孩兒在國子監多加照拂，畢竟林家投了咱們。」

「不。」譚誠微微笑了起來，「林家大老爺活不了幾年，生意會悉數交給獨子林一川；而林二老爺卻一直覬覦林家產業，聽說大公子捐了監生，也迫不及待把自己兒子送進京城。打壓大公子，照拂二公子，讓林二老爺死心塌地替我們在林家當眼線。林家那位掌控了南北十六行的大公子需要磨一磨銳氣，才能明白不抱緊東廠的大腿，他將一無所有。」

●○●

正陽門東南邊的東坊喜鵲胡同中，坐落著一大片大雜院，穆家班二十來號人暫居於此。

穆瀾回去時買了不少京城小吃，提溜著一摞麻紙包興匆匆進了大雜院的門，「我回來了！」

風聲呼呼朝她撲來，穆瀾錯步躲開，看到母親舉著一把高粱掃把朝自己打來。她無奈地叫道：「娘，好好說話成不？我剛回來呢！」

「混帳小子，翅膀硬了不是？老娘說話當放屁是吧？嫌老娘人不在就管不到妳了是不是？半年一封信就把老娘打發了？」穆胭脂氣呼呼地用掃把指著她罵道：「知不知道穆家班為了等妳，在這兒住了大半年？京城房租、柴米油鹽多貴啊！」

「我這不是來了嘛！」穆瀾嘆了口氣，將零嘴遞給了圍過來的丫頭、小子們，朝裡面張望著，「核桃呢？怎不見她人？」

她懷裡還偷藏了一個碗豆黃呢。

聽她提起核桃，穆胭脂突然變了張笑臉出來，「李教頭！去周先生那兒支錢，買頭羊回來，晚上燉羊肉湯吃白麵餅！」

「好咧！」李教頭高興地應了。

聽說晚上有羊肉湯、白麵餅吃，丫頭、小子們歡呼起來，大雜院的氣氛變得像過年節似的，喜氣洋洋。

「外面凍，進屋說話！」穆胭脂將掃把放在門後，整了整衣襟，進了正房。

穆瀾心裡咯登了下，母親這番變化讓她泛起不好的預感。她跟著進了房，順手將門掩上了。

「趕緊換了衣裳上炕。」穆胭脂盤腿上了炕，從暖套裡拿出茶壺倒了一杯熱茶，指著簸籮裡的零嘴說道：「都是妳愛吃的，娘特意買的。」

脫下身上的緞面棉袍，搭在衣架子上，穆瀾拿起炕上疊得整齊的青布棉襖、棉褲換了。她扣著高豎領的盤釦，回頭看到了母親滿意的眼神，沒好氣地說道：「放一百個心吧。我知道輕重，師父做的內甲貼身穿著呢。」

「臭小子！娘對妳當然放心。」穆胭脂見她收拾停當，怎麼看都是個俊俏小子，笑意直深入到眼底。

上炕盤膝坐了，穆瀾抓了把南瓜子嗑著，「說吧。核桃哪去了？」

「妳也知道，穆家班在京城停留時間太長了，班裡二十幾張嘴要吃飯。京城待久了，雜耍把戲總有被人看厭的時候……」穆胭脂絮絮叨叨地說開了。

穆瀾聽得不耐煩，打斷了她的話，「我知道。我到京城了，母親囑咐妥當就要帶著穆家班南下。核桃呢？您把她弄哪兒去了？母親答應過我的。」

「我不知道。」穆胭脂嘟囔了句。

「什麼？您怎麼會不知道！」穆瀾萬萬沒想到竟聽到這麼一個回答。

穆胭脂轉過身從炕上櫃子裡取出一封信來，沒好氣地拍在桌子上，「自己看吧。我問過周先生了，信是寫給妳的。」

看到信封上的字，穆瀾瞳孔一縮，情不自禁按住胸口。衣襟裡藏著一枚吊墜，珍貴的白色雲子做成的吊墜，上面刻有「珍瓏」二字，字跡雋秀清奇，深得柳骨神韻。信封上寫著「穆瀾親啟」四個字，與那雲子上的字如同出一人。

她木然拿起信，信沒有封口，顯然寫信的人並不擔心內容外洩。她抽出信紙展開，裡面只有一句話：核桃我帶走了。安全無虞。勿念。

落款畫著一只面具。

面具師父帶走核桃有什麼目的？難道他也認為知曉自己女兒家身分的核桃不宜再留在穆家班？進國子監找父親留下來的線索，與面具師父又有什麼關係？

穆胭脂伸長了脖子去看信，嘀咕道：「周先生說有人帶走了核桃，說安全。還說這人妳一定認識。也不知道核桃那丫頭能不能守住祕密，早知道……」

「早知道您就把她扔進大運河去了是不是？」穆瀾將信收好，冷冷說道。難得見母親這般好說話，自己不在這半年，核桃的日子定不好過。

穆胭脂氣得一拍炕桌，「她是我養大的，我會那樣對她？妳就這樣看娘的？」

穆瀾根本不理這茬，淡淡說道：「娘雖救了師父一命，師父也教我十年。他過世，我為他守個孝有什麼不對？娘卻一直催我進京，早點進國子監。娘對師父沒有一點兒感恩之情，對核桃又能好多少？」

穆胭脂的臉色頓時變得難看至極，把臉扭到了一旁，「是，我報仇心切，我一刻都等不了。妳的父親、外祖父、外祖母、舅舅……」

淚水從她緊閉的眼裡簌簌滑落。

穆瀾輕輕嘆了口氣，伸手握住母親的手，「娘，我心急核桃失蹤，心情不好，不該遷怒於您。您別生我的氣。」

穆胭脂用力甩開她的手，抽了帕子拭著淚。

穆瀾只得繼續柔聲哄她，「我知道您說話算話。帶走核桃的是師父請來教我武藝的另一個師父。考過入學試，我就進國子監。我一定能找到當年父親留下的線索。」

聽了這番話，穆胭脂整個人又活了過來，擦乾了淚，笑咪咪地穿了鞋下炕，「今晚娘下廚親自給妳做幾道好菜。妳收拾整理下行李歇著。」

穆胭脂掀了厚棉門簾出去了，不多會兒就聽到她的大嗓門。

「……拿刀來！瀾兒愛吃血腸，今晚灌血腸吃。」

母親總是這樣，大剌剌的，心裡卻惦記著自己。穆瀾愣了一陣子，覺得自己實在不該把面具師父帶走核桃的事怪罪到母親身上。她大字不識一個，也就會些粗淺功夫，怕是連人怎麼被帶走的都不曉得。

她挽起衣袖出了門，對滿院的人爽朗地笑，「給我把剔骨刀，我來剔肉！」

穆家班宰羊做席面時，林一川也在吃羊肉，只不過他沒有穆瀾那樣的好胃口。因為穆瀾是和自己喜歡的穆家班老小們歡呼著搶肉，而他，食不下嚥。

怎麼就送了這麼個堵心玩意來呢？林一川慢慢嚼著羊肉，被對面的堂弟林一鳴膈應得不淺。

他還真沒想到，自己前腳走，二叔就把林一鳴打包送上了船，兩人竟然前後腳進了京城。雁行急匆匆找來綠音閣，他一聽顧不上和穆瀾打招呼，匆匆趕回了林家在京城的宅子。林一鳴已經到了。

三大盤涮羊肉被吃得七零八落，林一鳴吃得滿臉油光，笑嘻嘻地問林一川，

「大哥，你胃口不太好啊。」

林一川嚥下羊肉，慢條斯理道：「二弟初來乍到，吃這麼多羊肉，也不怕上火？」

「不怕！今天我心情好啊！心情好就得多吃點兒。明兒叫集珍齋的掌櫃帶我去琉璃廠逛逛，我淘個蟲盆去。聽說京城玩蟲的場面比揚州熱鬧了不知多少倍！」林一鳴叼著一根銀質牙籤，吊兒郎當地說道。

他這個大哥心情不好了，他的心情就好得不得了。爹這事幹得漂亮！大伯父以為自己去蘇州遊玩，沒想到自己也捐銀當了監生，進京城了。林一川見到自己難掩吃驚的模樣實在太好玩了。林一鳴越想越得意。京城多好啊，天子腳下，想玩什麼沒有？沒有人管束，身上又帶著大量銀票，他的好日子來了。

林一川玩味地看著得意洋洋的堂弟，心想還有場入學考試，這草包能過嗎？想到這裡，板著的臉綻開了笑容，「行啊。讓老掌櫃帶你轉轉，別讓人給蒙了。先說好，櫃上的銀子一兩都不會支給你。我讀書花的是公中的銀錢，你也一樣。想買蟲玩鳥包妓子，自己用私房。」

等他走了，林一鳴才噗地吐掉了牙籤，昂著頭道：「啊呸！當二房是靠大房吃的窮酸嗎？我爹和我也有南北十六行的股子呢！用不著！少爺我荷包裡有的是銀票！進了國子監看我怎麼捉弄你！」

三天後，穆瀾很準時地赴約。

那位無涯公子似乎有心結交，她沒有透露過杜之仙關門弟子的身分，也許，是因為緣分吧。事實上她對無涯也充滿了好奇，她也很想知道他懼怕東廠的原因。敵人的敵人，也許就是朋友。

無涯送了封信給穆瀾。她覺得有些奇怪，仍然按信中所說從會熙樓後門進去，來了個夥計親自將她引上了三樓。

穆瀾心裡犯起了嘀咕，感覺有些神祕。

夥計站在一間房門前敲了兩記，開門的是春來。

春來一直覺得像穆瀾這類人，做的是賤業，實不該和九五之尊沾上關係。在揚州，穆瀾接賞錢前後的變化，讓春來覺得，她是個江湖油子。當初他以為自家主子再沒機會和這個玩雜耍的下九流小子有所交集，沒想到在京城這小子竟然得到了與主子同席宴飲的恩賜。

「穆公子和我家主子挺有緣的。遠在京城，也能遇見。」春來的聲音壓得低，哼哼唧唧的，不難聽出他的嘲諷之意。

敏感察覺到眼前清秀小廝的敵意，穆瀾毫不謙虛地回道：「在下運氣一直不錯，一進京城就遇到了無涯公子。能在會熙樓包席吃前御廚親手做的菜，在下太有口福了。」

臉皮真厚！蹭吃蹭喝也不知道客氣兩句？春來忍不住撇嘴。

「穆公子到了？」裡面傳來無涯溫和的聲音。

春來頓時換了臉色，在門口彎下了腰，聲音又輕又柔，「爺，穆公子到了。」

「快請。」

春來推開了裡間的雕花木門。

穆瀾進去前還不忘衝他擠了個笑臉，「多謝。」

春來不敢造次，心裡對穆瀾的討厭又多了兩分。他輕輕將門拉攏，低眉順眼地在門外站著，豎著耳朵聽裡面的動靜。

進了房，無涯正在下棋。他抬頭看了眼穆瀾，發現她仍穿著三天前那身蓮青色緞面棉袍，熨燙得一絲褶子也沒，就知道她沒有更好的衣裳。他沒有放下棋子起身相迎，很是自來熟地說道：「一人下棋總是無趣，你陪我下完這半局棋吧。」

一見棋，穆瀾的心就跳得有點急。難道無涯也是珍瓏中人，所以不想和東廠碰面？他又如何知道自己會下棋呢？她連連擺手道：「在下對棋只知一二，實在是個臭棋簍子，不敢壞了無涯公子的棋局。」

「無妨。我只是嫌一個人下棋無聊罷了。」無涯想知道杜之仙的關門弟子棋力如何，只當穆瀾是在謙虛。

棋枰是金絲楠所製，金絲般的紋路華貴美麗。無涯執黑，穆瀾就拈起一枚白子。指尖傳來只有極品雲子才有的溫潤質感，她瞟了眼手中的棋子，邊緣在陽光下微微透著寶藍色的光暈，和她胸口藏著的那枚吊墜雲子幾乎一模一樣。

再看棋局，先前半局或因是一人所下，黑白棋子絞殺厲害，難分輸贏。穆瀾有意試探，細細觀棋後苦笑道：「這局棋已下過中盤，勝負難分，在下真不行。要不，您讓我幾子？」

清亮的眼睛盯著自己，彷彿在說：你不讓我，我就輸定了。

「好。我讓你。你說讓你幾子？」無涯大方地說道。

「我看看啊。這一子讓我，這枚子也讓我……」穆瀾故意將要害處的棋子一枚枚撿走。

無涯看得連聲嘆氣，「四子了，可以了吧？」

「我再撿……三枚。」穆瀾飛快地又撿走三枚黑棋子。七枚黑子，加上朴銀鷹，正是死在她手裡的東廠人數。她滿意地停了手，還意猶未盡，「那就先讓我七子吧！」

還只先讓你七子。無涯不由得失笑，「棋盤絞殺，一子能定江山，何況七子。局面已被你改得面目全非，如此一來，黑子必輸無疑。不行，最多只能讓你四子。」

「七枚黑子才與我的棋力匹配。」穆瀾很是堅持，目不轉睛地看著無涯。

無涯看過棋局，苦笑道：「去掉這七子，你還不如讓我認輸得了。算了，用過飯重新再下一局吧。」

神情如此自然，難道自己猜錯了？穆瀾捏著手裡的白子對光看了看，故作驚訝地說道：「這雲子品相真不錯！外頭沒見過這麼好的雲子！」

無涯一笑，「喜歡就送你。」

「這種品相的雲子瞧著像是貢品，您一定也是極不容易才得到的，君子不奪人所好！」穆瀾珍惜地將雲子放回棋盒。

雲南年年進貢，對他來說，算不得多麼珍貴。無涯笑道：「不過是一副雲子罷了。穆公子，入座吧。」

還真是貢品！啞叔塞給自己的雲子吊墜，它的主人是如何從皇家得到的？面具師父究竟是什麼身分？穆瀾一邊想著心事，一邊隨無涯入了席。

菜剛上桌，外頭就起了喧譁。外頭聲音大，穆瀾耳力又好，聽得清清楚楚。有人生辰，邀請朋友來會熙樓吃飯。

會熙樓在京城也算是豪奢之地，架不住天子腳下貴人多，一、二樓全滿，就想上三樓，被夥計們攔在了樓梯口。

「穆公子，嘗嘗這道佛跳牆，會熙樓的名菜。」無涯神色淡定地說道。

汁濃湯鮮，穆瀾讚不絕口。沒想到外面的喧譁聲越來越大，又來了一撥食客，氣勢如虹。

兩人不自覺地停下筷子。

「敢攔爺的道？也不打聽打聽，爺是誰？爺的姑父是東廠梁信鷗梁大檔頭！」

「東廠大檔頭的親戚？」這世界很小嘛。穆瀾腦中跳出了梁信鷗那張看似無害的笑臉，她睃了無涯一眼，緊張地問道：「萬一那人惱羞成怒，把梁大檔頭找來……您要不要現在跳窗跑啊？」

其實她是在試探。她很好奇，無涯為何那天會害怕被東廠的人見到？

無涯眉心很好看地皺起一道褶子。

梁信鷗的親戚不會這麼巧，硬闖會熙樓三樓用飯。看來前幾次偷偷出宮已被譚誠察覺，他盯自己盯得真夠緊的。

不行，他絕不能讓東廠的人盯上穆瀾。想起上次逼著穆瀾帶自己跳窗翻牆的事，他忍不住想笑。很久沒有這樣胡鬧過。等到穆瀾知道自己的身分，恐怕連這樣的胡鬧都不行了。

他突然很珍惜這樣的機會，笑道：「又連累你了。你帶我跳窗跑吧！」

啊？又帶你跳窗？穆瀾驚呆了。

然而不等她回絕，無涯玩心大起，一把將穆瀾拉起來，興匆匆地走向窗前，「跳吧！」

你當跳窗是玩啊？穆瀾哭笑不得，「至於嗎？」

無涯認真地說道：「被東廠的人盯上不是件好事。」

這句話讓穆瀾突然想起杜之仙的話。東廠是恨她的人，盯上她，自然不是件好事。看來無涯的身分不僅神祕，還能引起東廠注意。注意到無涯，不就注意到自己了？無涯既然送信叮囑她從後門進會熙樓，就不願意讓人知道自己和他用膳。還是……跳吧！

穆瀾低聲說道：「你閉上眼睛，別亂動。」

「我保證。」無涯可不想嘴裡又被塞點心，閉上了眼睛。

他長長的睫毛覆蓋下來，脣角帶著微笑。穆瀾忍不住問他，「你就這麼相信我？這可是三層樓，你真不怕摔下去？」

「我信你。」無涯臉上的笑容更濃，「春來，我和穆公子先走一步，你自行回府吧！」

門口傳來春來驚惶的聲音，「主子！」

「快走！」

被他一催促，穆瀾果斷拉著他的手一躍而出。無涯下意識地握緊了手真小。風聲迎面吹來，他睜開了眼睛。眼前的樓宇、街道、天空似倒了個天旋地轉，他忍不住驚呼出聲。

穆瀾沒有往下跳，而是帶著他勾住屋簷，翻上了房頂。他驚呼出聲的瞬間，穆瀾將他按在屋頂上，手捂住了他的嘴，氣急敗壞地說道：「你想讓整條街的人都發現有人從會熙樓窗口跳出去？」

無涯從來沒有以這種姿勢被人按倒過……還是在屋頂上。背心被瓦片硌得生疼，他卻沒有生氣羞惱的感覺。

他尚記得在揚州城外碼頭，穆瀾璀璨自信的笑容，那時的燦爛令人眩目。此時的穆瀾微微有點薄怒，眼裡染著些許的嗔意，新葉般的眉活潑地揚起，有種靈動的美麗。

自無涯記事起，他的生活就是一個圓，圓滑地沿著固定的軌跡行進。十八歲從母后手裡接過皇權親政之前，他更多的事情是讀書。太傅慈祥嚴謹。宮中女官與侍女們離他三步開外就蹲身低頭，連多看他一眼都不會。

慈愛又嚴苛的母后、嚴肅的舅父、應答守足禮儀的臣工，他一度以為紫禁城中的人與全天下的人並無不同。

十八歲親政之前，他覺得自己會做一個好皇帝。親政之後，他卻發現，皇帝並沒有他想像中的威嚴。他的心意就像是被道道堤壩攔住的河流，不論想往哪個方向走，總會被阻攔回去。

他並非讀死書的人，母后與舅父，以及教他學問的太傅們以極隱晦的方式讓他明白，在朝堂上，掌控話語權的人並非只有他這個高坐在九龍椅上的皇帝。

各種錯綜複雜的關係交織成網，牽一線動全身。

他感覺腳下踩著的江山並不完全屬於自己，江山如枰，被各種勢力分成了一個個的小格子。

他裝病去了趟揚州，悄悄進了竹溪里，見到了仰慕已久的江南鬼才杜之仙，向他拜求帝王權術。

那一趟南行，他眼中的世界就變了。萬里河山不再是紙上畫的、書裡寫的，大運河的水撲上臉，真正感覺到了河流的味道，而非禁中鏡面似的平湖。老百姓是活生生的，喜怒嗔罵不是戲臺上咿咿呀呀的唱腔。

杜之仙逝了，他卻把他的關門弟子送到自己身邊。他想起杜之仙的話。

「老夫已如朽木，命不長矣，唯一放心不下的是弟子穆瀾……」

眼前這個表情生動的少年讓他備感親切。

「摔疼了？」穆瀾移開了手，將無涯拉得坐起來，「嚇著你了？膽子這麼小，還總想著跳窗做什麼？」

無涯傻乎乎地笑，「不疼。我還從來沒有這樣坐在高高的屋頂上。」

「走！」

穆瀾拉起他沿著相鄰的屋頂奔走，不多時就遠離了會熙樓，尋了個安靜的小巷帶著無涯跳了下去。

兩人整理了下衣袍正要離開，後窗裡傳來了人聲。

「三千兩，考試包過。」

聽到這句話，無涯停住了腳步。穆瀾則想起了十年前的那件科舉弊案，她輕輕拉了無涯一把，兩人貓腰蹲在後窗下。

「應兄，三千兩也太貴了！」

「侯兄，進了國子監，畢業後出仕為官，十年清知府，十萬雪花銀。三千兩買個前程，太便宜了。這是行價。再晚一點兒，像在下這種國子監裡能當槍手的監生就很難找了。今年連蔭監生都要參加入學考試，那些三等大員家的公子早就在國子監找好槍手了。要不是看在你我同鄉，我也不會拖到現在還沒有應允別人入場替考。」

穆瀾恍然大悟。原來是三月下旬的國子監入學考試。三月初會試後，下旬就是國子監的入學考試，她要不要多寫一份試卷呢？考試時與人偷換了，三千兩輕鬆到手。

無涯氣得攥緊了拳頭。他難得順心下回旨，如果不是戶部供著幾千監生銀錢吃緊，恐怕六部堂官也不會應允得這麼順利。

國子監是國家後備官員儲備人才之地，他想不動聲色地集權，只能培養忠心自己的年輕官員，一步步換血。

沒曾想，竟然無意中偷聽到這麼一齣。姓應的、姓侯的，還有其他人，休想在考試中作弊！

穆瀾拉扯著氣憤中的無涯悄悄離開。

小巷無人，無涯猛地站住，咬牙切齒道：「出仕為官難道就只為了賺銀錢嗎？實在可惡！你這就報與京畿衙門知曉，將那兩個商議作弊的人先抓起來！必能審出更多作弊詳情！」

「我去？我沒證據啊！」穆瀾抄著胳膊直笑。她還想賺上一筆呢。

「你就是人證！」無涯斬釘截鐵地說道，威嚴之勢自然而然散發開來，「你儘管去舉發，衙門那兒我會打招呼。」

「人證？」穆瀾笑著搖頭，「實話告訴你吧，我今年也要參加國子監的入學考試，我不會去舉發當證人的。聽那姓應的書生話裡的意思，國子監裡的老監生們都四處當槍手賺銀子呢。斷人財路如殺人父母，我可不想將來在國子監裡日子難過。」

杜之仙關門弟子名聲在外，她再去舉發老監生當槍手，是嫌自己鋒頭還不夠足？這種蠢事穆瀾是絕不會做的。

國子監幾千監生，就算人人都才華橫溢，難道出仕為官後，就都是清官、好官？若真如此，大明帝國早就海晏河清、國泰民安了，還建什麼東廠、錦衣衛監視文武百官？

「你、你……我真是錯看你了！」無涯指著穆瀾氣得臉色大變，「還以為你眉目清正，胸中定有正義，你卻為了明哲保身，任憑這些人肆意作弊！」

穆瀾譏笑道：「你不也聽到了？無涯公子也是人證。我不去舉發，你可以去堂前作證嘛。」

他如何出面？堂堂皇帝去聽人壁角得來的消息？無涯被她一句話堵得半晌不知如何作答。

「無涯公子胸有正義，看不慣有人弄虛作假，卻又不肯拋頭露面舉發，定有苦衷吧？」

無涯用力地點頭，「我若能出面，何必讓你去！」

穆瀾涼涼地笑了，「無涯公子有苦衷，在下就沒有嗎？錢帛動人心，又不是會試作弊，我還想當槍手掙一筆呢。誰教我窮呢？」

看不慣早點散。反正你出身富貴，與我這種下九流玩雜耍的就不是一路人。穆瀾抬手，「告辭！」

午後藍天白雲，陽光下的穆瀾脊背挺直，走得無愧於心。無涯氣得狠了，望著她高聲叫道：「你若敢幫人作弊，我定抓你，絕不徇私！」

穆瀾驀然回頭，滿臉燦爛，對他擠了個怪臉，「當場抓到我就認！口說無憑！」

無賴！囂張！這人怎麼就能是杜之仙的關門弟子？杜之仙怎麼會收這麼個人當關門弟子？無涯氣得胸膛起伏不平，連秦剛帶人來到身後都不知曉。

「皇上，回宮吧。」

「秦剛！去將巷子那頭屋裡姓應和姓侯的書生悄悄擒了，朕要親自查辦國子監入學考試作弊一案！」

秦剛身上有兩個頭銜，錦衣衛千戶，皇帝貼身親衛軍統領。皇帝選擇親近錦衣衛，對抗東廠，他對皇帝的忠心可表日月。然而東廠不是那麼好對付的。他猶豫了下道：「皇上，東廠盯得緊。以屬下看，此事不宜大張旗鼓，只可暗中查辦，免得東廠橫插一腳，打草驚蛇。」

他能想到培養年輕官員，譚誠就想不到嗎？這次國子監入學考試，東廠不知會暗中放進去多少自己的人。秦剛說得有理。無涯略一沉思道：「不用查了。放開口子讓他們以身試法！朕親自巡查。在入學考試上殺他們一個措手不及！就算東廠想插手，當場抓包，他們也無話可說。」

他回頭望著穆瀾離開的方向，想到應允杜之仙照顧他的事，又氣得緊了。他敢幫人作弊，他就……代杜之仙好好教訓他！

第十五章 踏春偶遇

紅色的宮牆將天空切成一條狹而長的縫隙，早春二月的風從頭頂呼嘯而過，兩乘軟轎陡然在長巷裡相逢。

褐衣的番子毫不退讓地立在道中，無視對方那頂綳著綠呢、顯示是朝廷大員的官轎。番子們有足夠的驕傲，因為轎中坐著司禮監掌印大太監，東廠督主譚誠。哪怕是內閣大學士，也要給自家督主幾分薄面；雖然更多時候是督主會謙遜地讓道給那些老傢伙們。

用督主的話說，讓他們先走一步又有何妨。

先走一步，要看是走向哪裡，也許會是死亡。那麼，讓一讓又何妨。

修長白皙的手從轎簾裡伸了出來，輕輕擺了擺。番子們停下了轎，朝後退開十丈。

對面轎中的人卻一把掀起了轎簾，露出冰冷隱怒的臉。

承恩公，禮部尚書許德昭從轎中走了出來，手同樣一擺，抬轎的轎夫與隨從同樣退到十丈開外。他背負著雙手仰頭望向頭頂窄窄的一線藍天，「想見譚公公一面，比見皇上還難哪。」

譚誠下了轎，緩步走到許德昭身邊，同樣抬頭望向藍天，輕聲嘆息，「承恩公在此等候咱家，是為令郎來討個說法？」

「許久沒見譚公公，本官擔心會認不出您了。」許德昭微含譏諷地說道。

「早春二月的風把雲都吹走了，這一線天碧藍如湖水。」譚誠感慨道：「咱家記得十年前的春天，天也這樣藍，風很涼，讓人懷疑春風不在。那時您曾道，寒冷能讓人保持清醒。若非那點清明，又如何能在十年後仍能看到這如洗藍天？」

許德昭終於低下頭，轉過臉直視著譚誠的眼睛道：「我怕有人掌了十年的東廠大印，開始犯糊塗了。」

微微尖利的笑聲從譚誠嘴裡響了起來，他笑得甚是爽快，「三公子的事，是咱家的孩兒魯莽，必會給您一個交代。」

「怎麼交代？送八色禮盒到我府上來嗎？」許德昭逼視著譚誠道：「三郎是我兒子中最有出息的一個，譚公公，我不希望再出現類似事情，以免壞了你我多年的交情。」

「譚弈是咱家的義子。他不會參加這次會試。您可滿意？」譚誠收斂了笑容，淡淡說道：「年輕人火氣太旺，做事不周全，咱家打算讓他進國子監多讀幾年書。」

原以為是東廠大檔頭梁信鷗所為，沒想到竟然是和三郎起爭執的那個直隸解元譚弈。許德昭動容。他看好自己的兒子許玉堂。以譚弈的才華，何嘗不被譚誠看重？放棄會試，等於暫時阻斷了譚弈的仕途，這個交代太鄭重了。

「年輕人的事讓年輕人去處理吧。」許德昭也是一嘆，算是揭過了此節。譚誠的目光移向正北太和殿的方向，微笑道：「稚鷹嚮往飛上藍天，承恩公心疼令郎，可別忘了照拂其他晚輩。」

他朝許德昭拱了拱手，返身回了轎。番子們上前抬起轎，沿著旁邊的門拐了進去。

長長的宮巷內只留下許德昭獨自負手而立，他緩慢地轉過臉，沿著譚誠先前的視線望了過去，心思漸漸重了。

坤寧宮裡一派春色，穿著紫色團花錦寬袍常服的許太后和幾位太妃觀賞著一幅幅打開的畫卷，笑語嫣然。

「娘娘喜歡哪家姑娘？若是沒個中意的，再叫禮部呈選就是了。」寧太妃感慨道：「娘娘瞧著還如二十年前年輕美貌，一轉眼皇上都要立后了，時間過得真快。」

「可不是嗎？」清太妃奉承地說道：「我看到她們，就想起娘娘年輕時，沒一個及得上娘娘當年的風采。」

許太后不過四十出頭，身材如二八少女，只是鬢旁多了幾絡銀髮。微微上挑的鳳眼往二人身上轉了轉，眸中風韻猶存。她笑了起來，「妳們倆比我還小幾歲，這是變相在誇自己吧？」

兩位太妃便抿著嘴笑了。

許太后也瞧得累了，「我瞧這些姑娘都還不錯，還得看皇上喜不喜歡，咱們替他操心不管用。」

寧太妃和清太妃笑著又湊了會話，見許太后面露倦意，兩人知趣地告退。

坤寧宮安靜下來，許太后倚在錦枕上，由著侍女拿了美人槌輕輕地敲著。她揉著額，有點頭痛。兒子十八歲親政後，朝中就有大臣提出該立后了；但兒子接過朝政，專注其中，一拖就是兩年。

許太后心裡明白，一旦立了后，自己就要搬出坤寧宮，後宮的主人將變成皇后。十來歲的小姑娘能為兒子撐起整個後宮嗎？她搖了搖頭，沒有人比她更明白後宮的複雜。

有了皇后，就會同立妃嬪、美人，那些女人會把她們的家族勢力一起帶進宮廷。

形勢容不得皇帝再拖下去了，可惜，許家卻沒有適齡的嫡出之女。年齡最長的一個才十歲。兄長令禮部呈上這些閨秀的畫卷，也是不得已。她長長嘆了口氣，只能從許家的屬官的女兒中選一個了。

「皇上駕到！」

許太后睜開眼睛，看了眼窗外的天色，心中微動，隨口問身邊的女官梅青，「皇上這個月來請安，好像有幾次都來得遲了？」

梅青睃著漏壺，低聲回道：「有四、五次了，遲了約莫半個時辰。再晚，宮門就要下匙了。」

是因為忙於政事？不，不對勁。許太后「嗯」了聲吩咐道：「去打聽打聽。」

梅青早有耳聞，遲疑了下，輕聲告訴了許太后，「聽乾清宮的小太監說，好幾次宮門緊閉，素公公親自守著，皇上極可能是出宮去了。」

「什麼？」許太后還是頭一次聽說，緊張地站了起來，朝前殿急步行去，迎面就看到世嘉帝穿著淺黃色常服進了正殿。

「母后。」世嘉帝笑著行禮請安，親手扶了母親在正殿鳳椅上坐了，關切地問道：「母后又勞神了？精神不太好。」

許太后心裡溫暖，拉了兒子在身邊坐下，嗔道：「你舅舅送了些閨秀的畫像來，你該娶妻立后啦。母后與兩位太妃看了一下午，各有千秋。主意還得你定，看你喜歡哪家姑娘。」

怎麼又提立后？還是親舅舅主動提出來的！世嘉帝仍帶著笑，那笑容卻沒染上他的眼眸。他有些不滿許德昭的殷勤，「眼下馬上就是春闈，許尚書不忙會試，倒替朕想得周全，連畫像都弄來了。」

「立皇后、選妃嬪，本就是禮部的分內之事。他還是你的親舅舅，他不替你著想，誰替你著想？你舅舅選的人，總比朝堂上別人選出來的強。」許太后見兒子話語中對兄長頗有不滿，趕緊勸說道。

母子倆敘話時，梅青聽見是立后的事，使了眼色，帶著侍女、太監們悄悄退下了。偌大的前殿只有母子兩人。

「無涯，你十八歲親政後，就該立皇后。你執意不肯，你舅舅身在禮部卻依著你的意思沒有勸諫，也不知道受了多少彈劾。你現在都二十了，再不立后，胡首輔就要帶頭勸諫。到時候文武百官在大殿上長跪不起，你是應與不應？你舅舅也是一番好意。」

左右無人，世嘉帝霍然起身，困獸般急步走著，「胡牧山見著譚誠哪有半分首輔的模樣。明著是朕的首輔、朕的內閣，還不是東廠說了算！朕的大臣，朕才一天沒見到，定罪的條陳就呈上來要朕朱批了。如果不是朕倚重錦衣衛牽制東廠，朕怕是出趟宮都要譚誠點頭！我看立后這事，譚誠說了算，胡首輔說了算，舅舅說了算，偏朕說了不算！」

一口氣說出來，堵在胸口的鬱卒消了不少，世嘉帝白玉般的臉又緩緩平息了激動之色，重新在許太后身邊坐了，嘆了口氣道：「母后，兒子這皇帝當得甚是窩囊。再娶個不齊心的皇后，這日子沒法過了。」

「噗嗤！」許太后先是被兒子一通發洩驚愣了，轉眼看到他一如從前般在自己面前嘟囔，忍不住笑了起來。

她成了太后。可她的兒子卻不能當傀儡皇帝。許太后想起譚誠，眼中閃過一絲厭惡，更多的卻是無奈，「東廠勢大，朝廷、宮掖哪裡沒有東廠的人？這兩年你倚重錦衣衛，畢竟比不得譚誠經營多年，龔指揮使眼下也要給譚誠幾分面子。無涯，你還年輕，不要心急。」

他現在一門心思都在今年的會試上。這是他親政以來第一次春闈。取士三百多名，他不信全是東廠塞進來的人。世嘉帝所有心思都用在選錄忠心自己舉子身上，對選皇后索然無味。

「母后，幫我想個法子，再拖一、兩年吧。」世嘉帝希望兩年後屬於自己的權力更多一點兒，選擇皇后的權力也多一點兒。

許太后寵溺地望著兒子。玉樹臨風的兒子是她的心肝、她的命，她也不願意讓另一個女人這麼快取代自己。

「母后最近總是作惡夢，打算去行宮養養身體。我兒至孝，就以此為理由吧。」世嘉帝感動得握緊了許太后的手，「母后！」

許太后俏皮地說道：「這樣，無涯現在出宮，就有藉口了。」連深宮中的母后都知道自己偷偷出宮的事，譚誠自然一清二楚，他還以為瞞得嚴實呢。世嘉帝苦澀地笑了。

他想了想，宮裡能得到母后支持，也是好事，「眼下天下舉子雲集京城，兒子最近常微服出宮，是想親眼看看這些舉子，最好能結識一些有才之士。」

認識有才之士，與之結交，培養自己的力量？許太后怔了怔，半晌才嘆道：「皇兒長大了。」

譚誠經營多年，從朝堂到地方滿布自己的官員，他的話比皇帝的旨意還管用。沒有許家，哪有譚誠的今天。然而，如今的譚誠，卻不再受許家掣肘。許太后心裡冷笑，許家能給他的權力，就能由她的兒子去拿回來。

●○●

二月春風吹綠了枝頭，還有一個月會試，京城各處景點隨時都能看到踏春的舉子，各種聚會成了舉子們交流策論、結識新友、打探消息的來源。

林一川邀穆瀾去京郊靈光寺踏春遊玩。

騎在馬上，感受著春光灑下來的暖意，穆瀾心情很不錯。她偷瞄著穿著一襲紫色織團花的林一川，團花的金絲繡線隨著光影像湖中泛起的魚鱗光，耀眼醒目。怎麼看，就覺得他是個移動的錢袋子。當然，是個非常俊俏的錢袋。至於他身邊牛皮糖般黏乎的林家二公子嘛，穆瀾藏住了對這個紈褲公子的鄙夷。

拿人錢財，與人消災。林一川用銀子收買人做得極順手，也極大方。穆瀾悄悄捏了捏荷包，裡面有林一川給的五百兩銀子。

林一川靠近她，聲若蚊蚋，「別捏了，辦成了還有一半呢。」

兩撇劍眉上下抖了抖，幽黑眼眸閃過一絲促狹。難得見著林一川扮怪臉，逗得穆瀾抿了嘴直樂。

她低聲笑道：「我收錢，你放心。」說完她拍馬上前，與林一鳴並肩而行。

林一鳴要盯死林一川，死乞白賴地跟著出門，果然就見林一川是邀了杜之仙關門弟子出遊。揚州城的人都知道，穆瀾是接了聖旨入國子監的，前途不可限量。林一川花銀子與之結交，他憑什麼不可以？穆瀾一跟過來，林一鳴心道機會來了。

「三月下旬是國子監入學考試，二公子準備得如何了？」

林一鳴也知道了有入學考試，京城人生地不熟的，遣貼身小廝在市場上打聽，從國子監老監生們那兒花了上千兩買了好幾次試題，僱人做了文章，背得滾瓜爛熟，但買來的試題不一樣，他心裡就有些打鼓了。聽到穆瀾這麼一問，頓時來了興趣，「穆公子對考試知之甚詳？」

穆瀾清了清喉嚨，往後面賊賊地瞥去一眼，「大公子今天也向我打聽呢。你們兄弟倆真是心有靈犀！」

怪不得邀約穆瀾去靈光寺踏春呢。林一鳴興趣更濃，鄙夷地說道：「我堂哥摳門得很。別看他衣裳穿得好，那是為了在外的體面呢，事實上他對自己和身邊人吝嗇到了極點。聽南北行的掌櫃們說，跟著出去運貨，吃食和船工們一樣，捨不得花銀錢買酒肉。」

也正因如此，十六歲的林一川才能得了你林家南北十六行老掌櫃們推崇。只有你這個紈褲，才會覺得他摳門。穆瀾又捏了捏裝著五百兩銀票的荷包，心裡卻多出一道警醒。林一川需要花錢的時候，金山銀海都捨得往裡砸，絕非表面瞧著那麼好對付。

「誰說他摳門？他花一千兩請我去尋杜先生的故交好友打聽消息呢。」穆瀾故作驚奇，「咱們說的是同一個人嗎？」

一千兩打聽消息！真捨得花錢！林一鳴吸了口涼氣。他知道自家這個堂兄從小就請了先生授課，入學試題只要不難，很容易考上。他將來入仕當了官，二房在他面前，更沒有說話的餘地。

來之前，林二老爺就向林一鳴交代過，不求他將來做官，只要盯死林一川，暗中下手教他在國子監畢不了業。等林大老爺一死，林氏宗族中的人就會支持二房接管家業。

林一鳴咬牙道：「穆兄，市面上的消息太多了。我也不蠢，買消息對我來說不管用，只要你能包我過考試，多少銀子都成！」

哎喲，還不是個蠢到家的紈褲嘛。穆瀾刷新了對林一鳴的認知。

「當槍手太冒險了，我賣點兒消息還成。」

林一鳴急了，「實話告訴你吧，這次有兩千人參加入學考試。除了落第的舉子外，蔭監生、例監生都四處找人替考，找槍手寫試卷呢。我就是知道得遲了，臨時抱佛腳，找不到人，只能胡亂買了些試題。我當然知道穆公子也要參考，替考是不行了。多做一份卷子，到時候使個調包計，你看如何？」

這不是先前她想的法子嗎？穆瀾眨了眨眼睛。誰說林一鳴是紈褲草包來著？這兩兄弟都不傻嘛。

「兩千人考試，二公子的座位不一定能和在下挨在一塊，如何能調包？」

「聰明！要不怎麼會被杜先生收為關門弟子呢？」林一鳴翹起大拇指誇道。他左右看了看道：「考場設在國子監，由率性堂的監生布置。在下使了點兒銀子，這座位嘛……他們也不敢做得太過，只悄悄放了四十個名額出來。我早打點好了，花了六百兩！對方只等著我報名字過去呢。別的人我也接觸過，哪有穆公子穩妥呢？咱們是同鄉嘛。」

率性堂裡的學子是國子監六堂中成績最好的監生。有錢不賺王八蛋。貼座位名字，舉手之勞就能賺六百兩銀子，四十個名額就是兩萬四千兩呢。

報她的名字？穆瀾心裡暗嘆。可能別人看不上他這六百兩，也要殺一殺杜之仙關門弟子的威風。幫林一鳴作弊，太過危險，這錢賺不了。

穆瀾沒有馬上答應，林一鳴卻越發覺得她可靠，黏著她不放，「市價三千兩包過。我給你四千！」

「看在銀子的分上，行吧！考完試我再收錢。」

「一言為定！」考完試再收錢，只能證明穆瀾鐵定會幫自己，林一鳴眉開眼笑。

「咱們考場見。你堂兄盯著咱們呢，咱們倆一直在一起，會惹他懷疑。」穆瀾突然想起了無涯。不知為何，她頗想知道自己如果去當槍手，無涯怎麼抓住自己。

說話間已到了靈光寺，林一鳴和穆瀾下了馬，回頭見林一川拍馬追來，懷疑地看著自己和穆瀾，林一鳴得意地飛了個眼神過去，帶著小廝自行去逛了。

穆瀾等到林一川過來，笑嘻嘻地朝他伸出手，「另一半！」

「說說，你怎麼捉弄他的？」林一川也不小氣，又塞給穆瀾五百兩銀票。

他拿荷包的時候，穆瀾又瞥見裡面那錠二兩碎銀子，前塵往事一股腦兒湧進心裡。面具師父帶走了核桃，那二兩碎銀是核桃的私房。她又伸出了手掌，「把那二兩銀子還我。」

林一川愣了愣，馬上想起來了，幽深的眼眸死死地盯著穆瀾，「原來那晚你的確是裝出來的！」

「你不早就懷疑了嗎？我幫你解惑，大公子應該開心才對。心裡少個疙瘩，是否痛快了？」

有武功，他知道。凝花樓裝睡，他也猜到了。

穆瀾笑得極其可惡，「茗煙去做什麼我不知道。我只知道我是找你賺銀子的。」

是啊，百般懷疑，卻沒有證據證明茗煙刺殺朴銀鷹時，穆瀾在場。

「林家投了東廠，大公子要去告發我嗎？告我什麼呢？茗煙行刺時，我醒著？哦，我還會武功，實在是值得懷疑。」

東廠！藉著朴銀鷹在凝花樓被刺，拿自己要脅父親，迫林家投靠，逼他親手殺了那兩尾鎮宅龍魚，這個仇他非報不可。林一川沉著一張臉道：「凝花樓的事我不會再提及，這二兩銀子我也不會還你，它會提醒我記住那件事。」

穆瀾無奈，「行，你就留著吧！總有一天我會拿回來的！」

「你收了我的銀子，還沒說怎麼捉弄他的！」

「你堂弟出四千兩……讓我幫他考入學試。買座位和我挨在一塊。我不幫他，他豈不就抓瞎了？」穆瀾慢悠悠地說道：「對得起你花的一千兩吧？」

「考完入學試我補你三千兩！」

真大方！穆瀾換了張笑臉，沿著青石板砌成的山道往上走，「大公子這麼大方，我對二公子真是一點兒愧疚之心都沒了。」

「我還不知道你？讓你損失三千兩，你一定會幫那草包考過！」林一川沒好氣地說道：「既然我願意花錢，自然就要做到最好。讓林一鳴考不過入學試，免得進了國子監被他黏著不放。貴是貴了點兒，也不算賠本買賣。」

穆瀾就想起了沈月那件事，「你花兩萬兩替沈月姑娘贖身，沒見你求回報啊？匿名替人贖了身，沈月姑娘都不在京城了，難不成叫著恩公，天天為你祈福，大公子就心滿意足了？」

「回報必厚過我付出的兩萬兩。要不要和我打賭？」林一川笑了起來。

那翹起的唇角洩漏出他的好心情。穆瀾不明白了，難道還有自己沒看懂的地方？她好奇地問道：「賭什麼？」

「四千兩銀子。你贏了可以賺翻倍的錢。輸了。就把一千兩還我。不幫林一鳴，我也不付那三千兩。」

真是個奸商！摳門！嘴裡說得大方，還是捨不得給自己那麼多銀子。

穆瀾的眼睛動來動去，目光閃爍，顯然內心在掙扎。林一川也不理她，逕自朝前走。

反正銀子都是他給的，大不了當自己沒賺過。穆瀾實在不解，快步追上他道，「賭了！」

林一川得意地笑道：「雖說兩撥人打了一架，但沈月中斷撫琴，也沒有出現誰輸誰當街大喊不如對方的尷尬，於雙方名聲無損。得罪了權貴公子，沈月不說清楚能離開京城嗎？我又沒有蒙面出現，一查就知道是我攪的局。許玉堂和譚弈都不是蠢材，事後一想，只會感激我。譚弈會試高中，為官後回想這件荒唐事，定會感激我。國子監隸屬禮部管轄，許尚書能不記這個人情？我得到的好處，豈是區區兩萬兩就能買到的？」

「狡猾啊！」穆瀾原以為他害怕被人家查出來，沒想到林一川故意使了招欲擒故縱。人家找上門來，這般一解釋。誰不承他的情？

她磨磨蹭蹭地拿出還沒捂熱的兩張銀票。林一川捏著銀票一頭，穆瀾卻苦了臉捨不得鬆手。

「喂！願賭服輸！」

穆瀾嘟囔著，「我知道……我就再多摸一會兒。」戀戀不捨地鬆了手，林一川飛快地將銀票揣進兜裡。好不容易從小鐵公雞手裡摳出了銀子，他高興得不行，胳膊就搭上了她的肩，低頭直笑，「別垂頭喪氣了。將來有的是從我荷包裡摳銀子的機會不是？」

說話的熱氣撲在她的耳朵上，癢得穆瀾紅了臉。她使了個巧勁，輕鬆甩掉他的手，怒道：「說話就說話，勾肩搭背成何體統！」

她瞪了他一眼，蹭蹭沿著山道快步走了。

林一川嘖嘖兩聲，鄙夷地說道：「小鐵公雞！輸也是輸我的銀子，至於這麼生氣嗎？喂！小穆，等等我！」

他拔足追向穆瀾。

「你胡喊什麼？你別跟來啊！」見他故作親熱地叫著自己，穆瀾更不想和他一起遊寺，開口喝道。

「小穆，你真小氣！要不要賭我能不能追上你？就剛才的賭注！」她越迴避，林一川越開心，大笑著朝她跑去。

她腦袋被門夾了才會當眾施展輕功。穆瀾啐了口，加快腳步往山上跑。

兩個人在山道上對罵追逐，那笑聲直透山林。

上方山道盡頭，虯結古樸的迎客松下，穿了件普通淺綠綢衫做書生打扮的世嘉帝遠遠地看著穆瀾輕盈如鳥的身姿。他屈尊結交，她卻不珍惜，心裡頓時不舒服起來，「小穆？」

穆瀾哪怕不施展輕功，腿腳也快。轉過山道，一角綠衫正好從視線中消失。許是來寺裡遊玩的舉子，她也沒在意，蹭蹭幾步就站在了那株羅漢松下。回頭一看，林一川正站在幾步開外的臺階下，望著自己笑。他倒用起了輕功。穆瀾跑得滿頭是汗，倚著羅漢松吹著風，方才的惱怒沒多會兒就被風吹散了。

「渴不渴？後山羅漢壁下有口泉，甚是甘甜。我們煮茶去？」林一川走到她身邊，興致勃勃地說道。

跑了一程，是渴了。穆瀾好奇地問道：「你來過靈光寺？」

林一川笑道：「我十八年前就來過了！」

「嘁！」穆瀾才不肯信，轉身與他並肩朝羅漢壁走去。

「要不要賭一把？」

還來勁了？穆瀾昂著頭笑道：「賭我是否知道？一千兩！」

「我還真不信你知道！」林一川大笑，「小穆，不是我不想和你賭，我怕你沒銀子還債！」

「我就不會輸！」穆瀾傲嬌地給了他一個白眼。

走過旁邊的葫蘆門，後山那面羅漢壁就出現在眼前。

一大片山崖刀鑿斧削般聳立在眼前，不知從哪個朝代起，寺中就請來工匠雕刻羅漢。五百羅漢星羅密布，煞是壯觀。崖上長著數株矮松，虬結粗獷的根系牢牢伸進了岩石中，古樸滄桑之感撲面而來。

細聽又有細碎的叮咚聲不絕於耳，崖縫中滲出的清泉滴落而下，在崖底匯成一汪淺淺的潭水。

「好地方！」穆瀾大讚。

跟上來的雁行和燕聲在離羅漢壁不遠的松下找了個石桌，布置起來。

林一川望著高聳入雲的羅漢壁，眼神有些傷感，喃喃說道：「要摸完這五百羅漢真不容易。」

沿著峭壁鑿有窄窄的小道，順著尺餘寬的石道，可以摸遍山壁上的羅漢。沒有欄杆，山壁上的鐵索已被摸得光可鑑人。

「你在你娘肚子裡就來摸過這些羅漢了是吧？」

這小子還真猜到了。還好沒和她賭。林一川腹誹著，感慨道：「可惜娘親辛苦生下我，卻過世得早，沒享幾年福。」

「你娘定是個美人。」見過林大老爺形容枯槁的面容，穆瀾覺得林一川定是肖似他母親。

林一川想起父親請人繪的母親小像，只是一笑，並不作評。他心裡隱隱有些高興，這小子在變相誇自己呢。

「我從前就想，到了京城一定要來趟靈光寺，親手再摸一遍五百羅漢壁，以慰母親在天之靈。你要不也試試?聽說很靈的。」

摸完五百羅漢，誠心祈求，心願一定會達成。穆瀾想起了老頭兒，「嗯」了聲道：「飲杯茶歇歇就去。」

這邊雁行與燕聲已沏好茶水，兩人行到了樹下坐了。

茶還沒飲完，又有人聲傳來，卻是一群舉子逛到了後山。見兩人煮茶，舉子們也來了興致，招呼寺中小沙彌取了茶具，就在潭邊支了案几、蒲團，煮茶閒聊開來。

地方寬敞，離得又近，舉子們的議論被兩人聽得清清楚楚。

只聽一人說道：「治國之道，道家講究清靜無為。治大國若烹小鮮。人法天，天法道，道法自然，天下之事莫過於此。道之靜即無極，道之動即太極，又像及理而知數，只要當今皇上不太過於昏庸，清靜可以為天下正。」

「無為而治?天大的笑話!」一人氣得冷笑出聲，憤然起身道：「南方水患、餓殍遍野，山野間強盜頻出，賣官鬻爵屢禁不窮。不廓清吏治，何來朗朗乾坤?」

「剛則易折，柔則常存。人皆可以為堯舜。我欲仁，斯仁至矣。皇上只需為政以德，譬如北辰，居其所而眾星共之。」

此言一出，眾舉子就笑了起來，「老廖，你這是自比星子，胸有壯志啊!」

說話的廖姓舉子輕撫鬍鬚道：「十年寒窗苦讀所為何來?學得文武藝，賣與帝王家。諸位仁兄，難道就不想高中，一展抱負?」

氣氛又活躍起來，舉子們見景生情，賦詩作對，好不熱鬧。

不經意間，此處羅漢壁下已聚得許多遊客。

林一川和穆瀾幾乎同時開口道：「人太多，不如遲些再來。」

在兩人心中，去摸遍五百羅漢為心裡思念的人祈福是很嚴肅的事，不想被下面的人圍觀。

見對方也是這樣的打算，兩人相視而笑。起身進了寺裡。

穆瀾耳目聰靈，才走得幾步，就感覺有視線落在自己身上。她下意識回頭。

淺綠的春裳、靜月般的氣質，穆瀾一眼就從人群中看到了無涯。

她想起那天的事來，燦爛地笑著，抬手一揖，向他打招呼。誰知道無涯的目光極淡地掃過，竟裝著像是沒看見她一樣，側轉身望向正在賦詩的舉子。

「小氣！」穆瀾狠狠地摔了袖子，嘀咕了句。

「我小氣？」林一川以為她說自己呢，揶揄道：「我說小穆，沒贏走我的一千兩就是我小氣？誰教你賭本不夠呢。」

「賭賭賭！林大公子，你爹知道你這麼愛賭嗎？你要賭本夠，找有錢人去，找我幹麼？不知道我是跑江湖賣藝的窮酸嗎？」

無涯門庭高貴，定看不上自己這種出身低賤的人，何必把他一時釋放的善意當真呢？穆瀾心裡這樣想著，仍然被無涯那個漠然的眼神傷到了，劈頭蓋臉衝著林一川發作起來。

她拂袖離去。林一川愣了半晌，氣得額頭青筋直突突，一甩袖子又跟了過去，「本公子花了這麼多銀子套近乎，就這樣被你氣跑太吃虧了！小穆，你等等我！」

無涯慢慢轉過身，穆瀾青色的身影在紅色的寺牆門洞裡閃了閃就消失了，那位衣著華麗的紫袍公子跟著他去了。

無涯臉上掛著淺淺的微笑，眼神卻有些黯然。他真心想和杜之仙推崇的弟子結交，但是他卻說他也想做槍手賺銀錢。他怎麼能這樣辜負杜之仙和自己的期望？他輕輕搖了搖頭，繼續把注意力放在眼前的這些舉子身上。

「殺人啦！」

突兀的聲音從寺中驀然響起。

無涯再次轉過頭，發現聲音正是從穆瀾先前進去的地方傳來。他心頭一緊，朝那邊奔了過去。

珍瓏無雙局 壹

作　　者／桩桩
執 行 長／陳君平
榮譽發行人／黃鎮隆
協　　理／洪琇菁
總 編 輯／呂尚燁
執行編輯／許晶翎
美術監製／沙雲佩
美術編輯／李政儀
國際版權／黃令歡、梁名儀
企劃宣傳／楊玉如、施語宸、洪國瑋
文字校對／朱瑩倫、施亞蒨
內文排版／謝青秀

國家圖書館出版品預行編目資料

珍瓏無雙局 / 桩桩作 . -- 1 版 . -- [臺北市] : 城邦文化事業股份有限公司尖端出版 : 英屬蓋曼群島商家庭傳媒股份有限公司城邦分公司發行 , 2022.08-
冊 ; 公分
ISBN 978-626-338-195-7（第 1 冊 : 平裝）

857.7　　111009872

出版／城邦文化事業股份有限公司　尖端出版
台北市 104 中山區民生東路二段 141 號 10 樓
電話：（02）2500-7600　傳真：（02）2500-2683
讀者服務信箱：7novels@mail2.spp.com.tw
發行／英屬蓋曼群島商家庭傳媒股份有限公司城邦分公司　尖端出版
台北市 104 中山區民生東路二段 141 號 10 樓
電話：（02）2500-7600　傳真：（02）2500-1979
劃撥專線：（03）312-4212
戶名：英屬蓋曼群島商家庭傳媒（股）公司城邦分公司
劃撥帳號：50003021
※ 劃撥金額未滿 500 元，請加付掛號郵資 50 元
法律顧問／王子文律師　元禾法律事務所　台北市羅斯福路三段三十七號十五樓

台灣地區總經銷／中彰投以北（含宜花東）　楨彥有限公司
電話：（02）8919-3369　傳真：（02）8914-5524
雲嘉以南　威信圖書有限公司
（嘉義公司）電話：（05）233-3852　傳真：（05）233-3863
（高雄公司）電話：（07）373-0079　傳真：（07）373-0087
馬新地區總經銷／城邦（馬新）出版集團 Cite（M）Sdn Bhd
電話：603-9057-8822　傳真：603-9057-6622
E-mail：cite@cite.com.my
香港地區總經銷／城邦（香港）出版集團 Cite（H.K.）Publishing Group Limited
電話：852-2508-6231　傳真：852-2578-9337
E-mail：hkcite@biznetvigator.com

版　次／ 2022 年 8 月 1 版 1 刷　Printed in Taiwan